赤毛のアン（上）

L.M.モンゴメリ／作
対馬 妙／訳
日本アニメーション／絵

★小学館ジュニア文庫★

もくじ

Dear Anne
your true friend, DiannaBarry

おもな登《とう》場《じょう》人《じん》物《ぶつ》

アン・シャーリー

この物語《ものがたり》の主人公《しゅじんこう》。11歳《さい》のとき、孤児院《こじいん》からプリンス・エドワード島《とう》にやってきたおしゃべりで空想《くうそう》がちな女《おんな》の子《こ》。髪《かみ》の色《いろ》が赤《あか》いことに絶望《ぜつぼう》している。

マリラ・カスバート

グリーン・ゲイブルズで兄《あに》のマシューとともに暮《く》らす、厳《げん》格《かく》な女性《じょせい》。独身《どくしん》で、子《こ》どもにはあまり慣《な》れていない。

マシュー・カスバート

グリーン・ゲイブルズで妹《いもうと》のマリラとともに暮《く》らす、アンのよき理解者《りかいしゃ》。無口《むくち》で内《うち》気《き》。女《おんな》の人《ひと》が苦手《にがて》。60歳《さい》。

ギルバート・ブライス

勉強《べんきょう》ができて、女子《じょし》からも人気《にんき》のある男《おとこ》の子《こ》。背《せ》が高《たか》く、茶色《ちゃいろ》い巻《ま》き毛《げ》で、ハシバミ色《いろ》(黄色《きいろ》がかった薄茶色《うすちゃいろ》)の瞳《ひとみ》。もうじき14歳《さい》になる。

ダイアナ・バリー

カスバート家《け》から小川《おがわ》と森《もり》を越《こ》えたオーチャード・スロープに住《す》む、黒《くろ》い髪《かみ》、黒《くろ》い瞳《ひとみ》、バラ色《いろ》のほおの美《うつく》しい少女《しょうじょ》。アンと同《おな》じ11歳《さい》。

レイチェル・リンド

カスバート家《け》の近所《きんじょ》に住《す》む、完璧《かんぺき》に家事《かじ》をこなす女性《じょせい》。アヴォンリーで起《お》きることはすべて把握《はあく》していないと気《き》がすまない。

レイチェル・リンド、おどろく

　レイチェル・リンドが暮《く》らす家《いえ》は、アヴォンリーの街道沿《かいどうぞ》いの、小《ちい》さな窪地《くぼち》にあった。ハンノキとフクシアに囲《かこ》まれたその窪地《くぼち》には小川《おがわ》が流《なが》れていた。カスバート家《け》の森《もり》のなかでは、ひめやかな淵《ふち》や滝《たき》をかなりの勢《いきお》いで流《なが》れていたその小川《おがわ》も、リンド家《け》の窪地《くぼち》にたどりつくころには静《しず》かなせせらぎになっている。

　リンド家《け》のまえを通《とお》るときは行儀作法《ぎょうぎさほう》に気《き》をつけなければいけない。というのも、レイチェル・リンドが台所《だいどころ》の窓辺《まどべ》に座《すわ》って、街道《かいどう》に目《め》を光《ひか》らせているからだ。ミセス・リンドはつねとちがうものやその場《ば》にふさわしくないものが通《とお》りかかると、そのわけが気《き》になって、いてもたってもいられなくなる。もしかすると、小川《おがわ》はそれを心得《こころえ》ているのかもしれない。

　自分《じぶん》のことをあとまわしにして熱心《ねっしん》に人《ひと》の世話《せわ》を焼《や》く人間《にんげん》はアヴォンリーにかぎらずい

くらでもいるが、自分《じぶん》のことをきちんとこなしたうえで人《ひと》の世話《せわ》を焼《や》くのがミセス・リンドだった。つねに完璧《かんぺき》に家事《かじ》をこなし、裁縫《さいほう》クラブをとりしきり、日曜学校《にちようがっこう》の世話人《せわにん》をつとめ、教会《きょうかい》の婦人会《ふじんかい》や海外伝道後援会《かいがいでんどうこうえんかい》を手伝《てつだ》い、その合間《あいま》に、台所《だいどころ》の窓辺《まどべ》ですごす時間《じかん》をたっぷりみつくろって、木綿《もめん》のキルトをこしらえている。しかも、その手際《てぎわ》のよさには、アヴォンリーの主婦《しゅふ》たちから、もう十六枚《じゅうろくまい》も仕上《しあ》げてしまったのよ、と感嘆《かんたん》の声《こえ》があがっていた。

そんなふうに窓辺《まどべ》で針仕事《はりしごと》をしながら、ミセス・リンドは窪地《くぼち》を通《とお》って赤土《あかつち》の丘《おか》につづくアヴォンリーの街道《かいどう》に気《き》をつけてもいた。アヴォンリーはセント・ローレンス湾《わん》に突《つ》きだした三角形《さんかくけい》の半島《はんとう》にあり、出入《でい》りする者《もの》はかならずその街道《かいどう》を通《とお》ることになる。そして、ミセス・リンドの百人力《ひゃくにんりき》の目《め》がそれを見逃《みのが》すことはなかった。

六月《ろくがつ》はじめのある午後《ごご》のこと、ミセス・リンドは明《あか》るい日《ひ》ざしがさしこむ暖《あたた》かい窓辺《まどべ》にこしかけていた。

家《いえ》の下《した》の斜面《しゃめん》に広《ひろ》がる果樹園《かじゅえん》では、かすかに桃色《ももいろ》をおびた白《しろ》い花《はな》がいまを盛《さか》りと咲《さ》きほこり、たくさんのミツバチが元気《げんき》よく飛《と》びかっていた。

アヴォンリーの人々《ひとびと》に「レイチェル・リンドのだんなさん」と呼《よ》ばれている、小柄《こがら》でおとなしいミスター・トマス・リンドは、納屋《なや》のむこうの丘《おか》の畑《はたけ》でカブの種《たね》をまいていた。マシュー・カスバートもまた、グリーン・ゲイブルズ（緑《みどり》の切妻屋根《きりづまやね》の家《いえ》）のずっと先《さき》にある、小川《おがわ》のそばの広々《ひろびろ》とした赤土《あかつち》の畑《はたけ》で、カブの種《たね》をまいているはずだった。どうしてそんなことがわかるかというと、前日《ぜんじつ》の夕方《ゆうがた》、カーモディにあるウィリアム・J《ジェイ》・ブレアの店《みせ》で、マシューがピーター・モリソンに「あしたの午後《ごご》はカブの種《たね》まきをする」と話《はな》すのを聞《き》いていたからだ。もちろん、ピーターに聞《き》かれたから答《こた》えたのであって、マシューが自分《じぶん》のほうから何《なに》かを話《はな》したことは、これまでの人生《じんせい》でただの一度《いちど》もなかった。

ところが、種《たね》まきに追《お》われているはずの午後三時半《ごごさんじはん》、そこには、ゆうゆうと窪地《くぼち》を横切《よこぎ》り、丘《おか》をのぼっていくマシューの姿《すがた》があった。白《しろ》いカラー（えり）と一番上等《いちばんじょうとう》な服《ふく》でめかしこんでいるところを見《み》ると、アヴォンリーの外《そと》へ出《で》かけるのだろう。栗毛《くりげ》の馬《うま》に車《くるま》を引《ひ》かせていることが、かなりの遠出《とおで》を意味《いみ》していた。

いったいぜんたい、どこへ、何《なに》をしにいくのかしら？

これがアヴォンリーのほかの住人《じゅうにん》なら、ミセス・リンドはあれやこれやを組《く》み合《あ》わせて
ふたつのなぞの答《こた》えを見事《みごと》に導《みちび》きだしていたのだろう。しかし、マシューが出《で》かけるのは、
のっぴきならない事情《じじょう》があるときにかぎられている。人並《ひとな》みはずれて内気《うちき》なマシューは、
知《し》らない人《ひと》と話《はなし》をしなければならないところへはけっして出《で》かけない。あんなふうに白《しろ》い
カラーをつけて馬車《ばしゃ》で外出《がいしゅつ》するのは、きわめてめずらしいことだった。
いくら考《かんが》えても答《こた》えは見《み》つからず、ミセス・リンドの平和《へいわ》な午後《ごご》はだいなしになった。
「食事《しょくじ》のあとでグリーン・ゲイブルズへ行《い》って、マリラに聞《き》いてみるしかないようね」
さすがのミセス・リンドもついにあきらめることにした。
「あのマシュー・カスバートが、この忙《いそが》しい時期《じき》に町《まち》へ出《で》かけるなんて、ふつうのことじ
やない。だれかに会《あ》いにいくような人《ひと》じゃないし、カブの種《たね》を買《か》い足《た》しにいくだけなら、
あんなにめかしこんで馬車《ばしゃ》を出《だ》すはずはない。お医者《いしゃ》を迎《むか》えにいくほどあわてたようすも
なかった。つまり、まちがいなく何《なに》かあったってこと。いったいなんなのかしら？　はっ
きりするまでは、何《なに》も手《て》につかないわ」
食事《しょくじ》がすむと、ミセス・リンドはグリーン・ゲイブルズへ出《で》かけていった。街道沿《かいどうぞ》いに

あるカスバート家《け》の入口《いりぐち》は、リンド家《け》の窪地《くぼち》から四分《よんぶん》の一《いち》マイル（約四百《やくよんひゃく》メートル）足《た》らずのところにある。とはいえ、そこから果樹園《かじゅえん》に囲《かこ》まれたむやみに大《おお》きな家《いえ》へとつづく小道《こみち》をえんえん歩《ある》かされるせいか、かなりの道《みち》のりに感《かん》じられた。

マシュー・カスバートの無口《むくち》と内気《うちき》は、父親《ちちおや》ゆずりだった。マシューの父親《ちちおや》がその土地《とち》を選《えら》んだのは、森《もり》のなかに完全《かんぜん》にひきこもる一歩手前《いっぽてまえ》で、できるだけ人々《ひとびと》とかかわらずに暮《く》らせると考《かんが》えてのことだった。そんなわけで、敷地《しきち》の一番奥《いちばんおく》に建《た》てられたグリーン・ゲイブルズは、ほかの家《いえ》とちがって、街道《かいどう》から、ほとんどまったく見《み》ることができなかった。

そんな暮《く》らしは生活《せいかつ》とはいえない、とミセス・リンドは思《おも》っていた。

「あれは、ただの滞在《たいざい》ね」

草《くさ》が生《お》いしげり、野《の》バラが咲《さ》き乱《みだ》れるわだちのできた小道《こみち》を歩《ある》きながら、ミセス・リンドはつぶやいた。

「こんなふうにひきこもって、マシューもマリラもそうとうな変《か》わり者《もの》だわ。いくらたくさん木《き》があっても、話《はな》し相手《あいて》になるわけじゃなし。話《はな》し相手《あいて》といえば、人間《にんげん》でしょうが。まあ、あのふたりはそれでかまわないみたいだけど、たぶん、慣《な》れたってことね。体《からだ》はどんなことにも慣《な》れる。アイルランドじゃつるされることにも慣《な》れるといいますからね」

やがてミセス・リンドはグリーン・ゲイブルズの裏庭《うらにわ》にやってきた。片側《かたがわ》に父親《ちちおや》のように堂々《どうどう》としたヤナギの大木《たいぼく》がそびえ、片側《かたがわ》につんとすましたポプラが整列《せいれつ》する緑《みどり》あざやかな裏庭《うらにわ》は、掃除《そうじ》が行《ゆ》き届《とど》き、棒切《ぼうき》れ一本《いっぽん》、石《いし》ころひとつ落《お》ちていなかった。仮《かり》に落《お》ちていれば、それがミセス・リンドの目《め》にとまらないはずはなかった。おそらく、マリラ・カスバートは家《いえ》のなかと同《おな》じくらいしょっちゅうこの庭《にわ》を掃《は》ききよめているのだろうが、うっかり食《た》べ物《もの》を落《お》としても、どろをはらわずそのまま口《くち》に入《い》れられそうだった。

ミセス・リンドは気《き》みじかに台所《だいどころ》のとびらをたたき、返事《へんじ》を待《ま》ってなかにはいった。グリーン・ゲイブルズの台所《だいどころ》は、ふだんは使《つか》うことのない応接間《おうせつま》のように片《かた》づきすぎていることをのぞけば、居心地《いごこち》のいい空間《くうかん》だった。東《ひがし》と西《にし》に窓《まど》が切《き》られ、裏庭《うらにわ》に面《めん》した西《にし》の窓《まど》から、六月《ろくがつ》のやさしい陽光《ようこう》が明《あか》るくさしこんでいた。しかし、左《ひだり》の果樹園《かじゅえん》で白《しろ》い花《はな》を咲《さ》かせているサクラや、小川《おがわ》のそばの窪地《くぼち》でおじぎをしている細《ほそ》いカバノキが見《み》えるはずの東《ひがし》の窓《まど》は、緑《みどり》のツル草《くさ》におおわれていた。日《ひ》ざしというものを信《しん》じないことにしているマリラ・カスバートが座《すわ》るのは、きまって東《ひがし》の窓辺《まどべ》だった。何事《なにごと》もきちんとしているのがあたりまえのマリラにとって、日《ひ》ざしはゆらゆらしたあてにならないものでしかないし、このときも東《ひがし》の窓辺《まどべ》に座《すわ》って編《あ》み物《もの》をしていた。そして、奥《おく》のテーブルには夕食《ゆうしょく》が並《なら》んでいた。ドアを閉《し》めたとき、ミセス・リンドはすでにテーブルのようすをすっかり記憶《きおく》にとどめていた。皿《さら》が三枚《さんまい》ということは、マシューがだれかを連《つ》れて夕食《ゆうしょく》に戻《もど》るということだが、皿《さら》はふだん使《つか》っているものだし、食事《しょくじ》もリンゴの砂糖煮《さとうに》とケーキが一種類《いっしゅるい》あるばかりだった。特別《とくべつ》な客《きゃく》というわけではないのだろう。となると、マシューの白《しろ》いカラーや栗毛《くりげ》の馬《うま》は？　なぞとは無縁《むえん》の平和《へいわ》なグリーン・ゲイブルズにまつわるこのまさかのミステリーに、ミセス・リンドは首《くび》をかしげるばかりだった。

「こんばんは、レイチェル。とても気持《きも》ちのいい夕方《ゆうがた》ね。ここへかけたら？　みなさん、お変《か》わりない？」

マリラはきびきびとたずねた。

マリラ・カスバートとレイチェル・リンドのあいだには、相通《あいつう》ずるところがひとつもないにもかかわらず、昔《むかし》から友人《ゆうじん》さながらのつきあいがつづいていた。いや、むしろひとつもないからこそのつきあいなのかもしれない。

マリラはやせて背《せ》が高《たか》く、丸《まる》みのないぎすぎすした体《からだ》つきをしていた。白髪《しらが》まじりの黒《くろ》髪《かみ》を頭《あたま》のうしろにひっつめて、針金《はりがね》のヘアピン二本《にほん》でまとめている。そして、その見《み》てくれがにおわせるとおり、人生経験《じんせいけいけん》のとぼしいまじめいっぽうの女《おんな》だが、口《くち》もとにだけは、ふとした拍子《ひょうし》にユーモアのセンスがのぞくことがあった。

「みな、元気《げんき》にしているわ」

ミセス・リンドは答《こた》えた。

「でも、あなたの具合《ぐあい》が悪《わる》いんじゃないかと心配《しんぱい》になってね。さっき、マシューが出《で》かけるのが見《み》えたものだから、もしや医者《いしゃ》を呼《よ》びにいったんじゃないかって」

マリラは、そうでしょうとも、とばかりにくちびるの両端《りょうたん》を引《ひ》きあげた。あんなふうに突然出《とつぜんで》かけていくマシューを見《み》て、ミセス・リンドがわけを知《し》りたがらないわけはないと考《かんが》えていたのだ。

「あら、わたしはぴんぴんしてるわ。きのうは頭《あたま》が痛《いた》かったけど」とマリラは言《い》った。

「マシューはブライト・リヴァーへ行《い》ったの。ノヴァ・スコシアの孤児院《こじいん》(児童養護施設《じどうようごしせつ》)から男《おとこ》の子《こ》をもらうことになって、その子《こ》が今夜《こんや》の汽車《きしゃ》でやってくるものだから」

仮《かり》にマシューがブライト・リヴァーへ迎《むか》えにいったのがオーストラリアのカンガルーだったとしても、ここまではおどろかなかっただろう。じっさい、ミセス・リンドは五秒《ごびょう》ばかりぽかんとしていた。マリラが人《ひと》をからかうなどありえないことだが、からかわれているとしか思《おも》えなかった。

「本気《ほんき》なの、マリラ?」

ようやく口《くち》がきけるようになったところでミセス・リンドは確《たし》かめた。

「ええ、もちろん」

マリラは、まるでノヴァ・スコシアの孤児院《こじいん》から男《おとこ》の子《こ》を引《ひ》き取《と》るのはアヴォンリーのまっとうな農場《のうじょう》の春《はる》のならわしのひとつで、おどろくほどのことではないと言《い》わんばかりに答《こた》えた。

気《き》がつくと、ミセス・リンドはすっかり動揺《どうよう》して、頭《あたま》のなかでわめきちらしていた。男《おとこ》の子《こ》?　あのマリラとマシューが男《おとこ》の子《こ》を引《ひ》き取《と》る?　孤児院《こじいん》から?　世界《せかい》がひっくり返《かえ》ったの?　これ以上《いじょう》のおどろきがどこにあるというの?　何《なに》もありはしないわ!

「なんだってまた、そんなことを?」

ミセス・リンドはおもしろくなさそうにたずねた。自分《じぶん》になんの相談《そうだん》もなく決《き》めたことを、認《みと》めるわけにはいかない性分《しょうぶん》なのだ。

「しばらくまえから――というか、冬《ふゆ》のあいだずっと考《かんが》えていたことなの」

マリラは答《こた》えた。

「クリスマスのまえに、アレグザンダー・スペンサーの奥《おく》さんがみえて、春《はる》になったらホープタウンの施設《しせつ》から女《おんな》の子《こ》を引《ひ》き取《と》るつもりだっておっしゃってね。なんでも、ホープタウンにいとこがいて、その手《て》のことにくわしいらしいの。

それ以来《いらい》、マシューとおりにふれて話《はな》し合《あ》って、うちも男《おとこ》の子《こ》をもらうことにしたんです。マシューも、もう六十《ろくじゅう》ですから、昔《むかし》のように無理《むり》はできません。心臓《しんぞう》にひどい病気《びょうき》があるし、人《ひと》を雇《やと》うのはいろいろたいへんですからね。雇《やと》えるのは、フランスから来《き》たおつむの弱《よわ》い半人前《はんにんまえ》のチビ助《すけ》ばかり。せっかく仕事《しごと》を教《おし》えても、たちまちロブスターのかんづめ工場《こうじょう》やアメリカに行《い》ってしまうんですから。最初《さいしょ》、マシューはイギリスの子《こ》がいいと言《い》ったんだけど、いやだってきっぱり断《ことわ》りました。イギリスの子《こ》がみんな悪《わる》いとは言《い》わないけど、ロンドンの浮浪児《ふろうじ》に来《こ》られたらかなわないでしょ。だから、少《すく》なくともカナダ生《う》まれの子《こ》がいいって言《い》ったんです。だれをもらうにしても不安《ふあん》はあるけど、こっちで生《う》まれた子《こ》ならなんとなく気心《きごころ》が通《つう》じそうだし、夜《よる》もぐっすり眠《ねむ》れるはずだって。それで、スペンサーの奥《おく》さんが女《おんな》の子《こ》をもらいにいくついでに、うちに来《く》る子《こ》も選《えら》んでもらうことにしたんです。

で、先週《せんしゅう》、いよいよ出《で》かけると聞《き》いたから、カーモディでスペンサー家《け》の人《ひと》に奥《おく》さんへのことづてをたのんだの。十《とお》か十一《じゅういち》くらいの感《かん》じのいい利発《りはつ》な男《おとこ》の子《こ》をみつくろってきてほしいって。ええ、年《とし》のころはそれくらいがいいってことになってね。すぐに家《いえ》の仕事《しごと》を手伝《てつだ》えて、しかも、まだきちんとしつけができる年《とし》ごろですから。もちろん、ちゃんと家《か》族《ぞく》の一員《いちいん》として接《せっ》して、学校《がっこう》にも通《かよ》わせるつもりですよ。さっき、郵便配達《ゆうびんはいたつ》の人《ひと》がきょうの五時半《ごじはん》の汽車《きしゃ》で着《つ》くというスペンサーさんからの電報《でんぽう》を届《とど》けてくれてね。それで、マシューがブライト・リヴァーまで迎《むか》えにいったんです。スペンサーさんはそこでうちの子《こ》だけおろして、そのままホワイト・サンズまで乗《の》っていくんでしょうね」

ミセス・リンドは思《おも》ったことはなんでも口《くち》にすることをほこりにしており、このおどろくべきニュースにゆさぶられた気持《きも》ちをたてなおすと、いよいよそれをぶちまけることにした。

「ねえ、マリラ、はっきり言《い》わせてもらうけど、わたしには、とんでもなくおろかなこと――とんでもなく危《あぶ》ないことにしか思《おも》えないわ。あなたは自分《じぶん》が何《なに》をしているか、ちっともわかっていない気《き》がします。どこの馬《うま》の骨《ほね》とも知《し》れない子《こ》を家《いえ》に入《い》れるのよ。その子《こ》のことは何《なに》ひとつ知《し》らないのよ。どんな気性《きしょう》かも、どんな親《おや》から生《う》まれたのかも、どんな子《こ》に育《そだ》ちそうなのかも。つい先週《せんしゅう》も新聞《しんぶん》に書《か》いてあったわ。島《しま》の西《にし》のほうに住《す》んでいる夫婦《ふうふ》が孤児院《こじいん》から引《ひ》き取《と》った男《おとこ》の子《こ》が、夜《よる》、家《いえ》に火《ひ》をつけて――それも、わざとですよ、マリラ――夫婦《ふうふ》はあやうく寝床《ねどこ》でカリカリに焼《や》かれるところだったって。べつの夫婦《ふうふ》がもらった男《おとこ》の子《こ》にはずるがしこいところがあって、それは直《なお》らずじまいだったって話《はなし》も聞《き》いたわ。ひとことわたしに相談《そうだん》してくれたら、たのむからその話《はなし》はなかったことにしてくれって言《い》ってあげられたのに」

ミセス・リンドからありがた迷惑《めいわく》な話《はなし》を聞《き》かされても、マリラが腹《はら》を立《た》てたり、不安《ふあん》にかられたりすることはなかった。それに、編《あ》み物《もの》の手《て》を止《と》めることもなかった。

「そう言《い》いたくなる気持《きも》ちもわかるわ、レイチェル。わたしにもそれなりの不安《ふあん》はありましたからね。でも、マシューがすごく乗《の》り気《き》だし、わたしも折《お》れることにしたんです。彼《かれ》が本気《ほんき》で何《なに》かをしたがるなんてそうそうあることじゃないし、そのときはしたがうのがわたしの務《つと》めですからね。危《あぶ》ない危《あぶ》ないと言《い》うけど、いまの世《よ》の中《なか》、危《あぶ》なくないことなんてひとつもないわ。自分《じぶん》の子《こ》どもを育《そだ》てるのだって同《おな》じようなものです。まともに育《そだ》つとはかぎらないんですから。それに、ノヴァ・スコシアは目《め》と鼻《はな》の先《さき》です。イギリスやアメリカから連《つ》れてくるわけじゃないんだもの、わたしたちとたいしたちがいはありません」

「まあ、うまくいくことを祈《いの》ってるわ」

ミセス・リンドはとげのある口《くち》ぶりで言《い》った。

「その子《こ》がグリーン・ゲイブルズに火《ひ》をつけたり、井戸《いど》に毒《どく》を入《い》れたりしても、わたしが注意《ちゅうい》しなかったからとは言《い》わせないわよ。井戸《いど》の一件《いっけん》は、ニュー・ブランズウィックでじっさいにあったことで、孤児院《こじいん》から引《ひ》き取《と》った子《こ》が投《な》げ入《い》れた毒《どく》のせいで、一家全員《いっかぜんいん》、ひどく苦《くる》しみながら死《し》んだって話《はなし》よ。まあ、その子《こ》は女《おんな》の子《こ》だったけれど」

「ええ、わたしも女《おんな》の子《こ》はまっぴらごめんです」

マリラは、まるで井戸《いど》に毒《どく》を入《い》れるのはかならず女《おんな》の子《こ》で、男《おとこ》の子《こ》にはその心配《しんぱい》がないかのように言《い》った。

「想像《そうぞう》もできないわ、女《おんな》の子《こ》をしつけるなんて。スペンサーさんはどうしてそんなことをするのかしら。まあ、こうと決《き》めたら孤児院《こじいん》ひとつ、まるごと引《ひ》き取《と》りかねない人《ひと》ですけどね」

ミセス・リンドとしては、マシューとその孤児《こじ》の帰宅《きたく》を待《ま》ちたかったが、少《すく》なくともあと二時間《にじかん》はかかるし、街道《かいどう》の先《さき》のロバート・ベルの店《みせ》に、このニュースを話《はな》しにいくことにした。まちがいなく大《おお》さわぎになるが、ミセス・リンドはさわぎを引《ひ》き起《お》こすのが大好《だいす》きだった。

ミセス・リンドがいなくなると、マリラはほっとした。というのも、よからぬ話《はなし》をさんざん聞《き》かされて、不安《ふあん》がぶり返《かえ》しそうになっていたのだ。

「まさかこんなことになっていたとは！」

裏庭《うらにわ》から小道《こみち》に出《で》ると、ミセス・リンドは思《おも》わず独《ひと》り言《ごと》を言《い》った。

「悪《わる》い夢《ゆめ》を見《み》ているとしか思《おも》えないわ。もらわれる子《こ》にしたって気《き》の毒《どく》な話《はなし》よ。マシューもマリラも、子《こ》どものことは何《なに》も知《し》らないんだから。きっと、その子《こ》のおじいちゃんより物静《ものしず》かなかしこい子《こ》が来《く》るとでも思《おも》ってるのよ。まあ、その子《こ》におじいちゃんなんてものがいればってことだけど、それだってあやしいものだわ。そもそも、グリーン・ゲイブルズに子《こ》どもというのが、おかしな組《く》み合《あ》わせなのよ。だって、あそこには子《こ》どもがいたことが一度《いちど》もないんだもの。建《た》ったときにはマシューもマリラももう大人《おとな》になっていたし、あのふたりに子《こ》どもだったことがあった気《き》もしないし。とにかく、その子《こ》にだけはなりたくないわ。まったく、なんてかわいそうな子《こ》なのかしら」

野《の》バラのしげみに向《む》かって思《おも》いのたけをぶちまけるミセス・リンドが、ブライト・リヴァーの駅《えき》でしんぼう強《づよ》く迎《むか》えを待《ま》っているその子《こ》の姿《すがた》を見《み》たら、同情《どうじょう》はさらに深《ふか》く、大《おお》きなものになっていただろう。

マシュー・カスバート、おどろく

マシュー・カスバートと栗毛《くりげ》の馬《うま》は、ブライト・リヴァーまで八《はち》マイル（約十三《やくじゅうさん》キロ）の道《みち》のりを、のんびり進《すす》んでいた。

美《うつく》しい道《みち》の両側《りょうがわ》には、手入《てい》れの行《ゆ》き届《とど》いた畑《はたけ》に混《ま》じって、バルサムモミの小《ちい》さな木立《こだち》や、野生《やせい》のスモモがかすみのように白《しろ》い花《はな》を咲《さ》かせる窪地《くぼち》があった。また、甘《あま》い香《かお》りをただよわせるリンゴ畑《ばたけ》や牧草地《ぼくそうち》が、紫《むらさき》がかった真珠色《しんじゅいろ》の地平線《ちへいせん》のかなたまでつづいていた。そんななか、小鳥《ことり》たちは年《ねん》に一日《いちにち》しかない夏《なつ》の日《ひ》がきたかのように思《おも》いきりさえずっていた。

マシューはこの馬車《ばしゃ》の旅《たび》を彼《かれ》なりに楽《たの》しんでいたが、ゆくてに女性《じょせい》が現《あらわ》れると、それどころではなくなった。プリンス・エドワード島《とう》では、道《みち》でだれかに会《あ》えば、たとえ知《し》り合《あ》いでなくてもあいさつをするのがならわしになっているのだ。

マシューは、マリラとレイチェル・リンドをべつとして、女性《じょせい》という女性《じょせい》がおそろしくてたまらなかった。なぜか陰《かげ》で笑《わら》われている気《き》がするのだが、それは思《おも》いすごしというわけでもなかった。不格好《ぶかっこう》な体《からだ》つきといい、肩《かた》に届《とど》くほど長《なが》くのばした白髪《しらが》まじりの鉄色《てついろ》の髪《かみ》といい、ふわふわの茶色《ちゃいろ》いあごひげといい、マシューはちょっと変《か》わった風《ふう》ぼうの持《も》ち主《ぬし》なのだ。そしてその風《ふう》ぼうは、白髪《しらが》が増《ふ》えたことをべつにすれば、二十歳《はたち》のころからあまり変《か》わっていなかった。

ブライト・リヴァーの駅《えき》に着《つ》いたとき、列車《れっしゃ》は影《かげ》もかたちもなかった。早《はや》すぎたのだろうと思《おも》いながら、マシューは駅前《えきまえ》にある小《ちい》さな宿屋《やどや》の庭《にわ》に馬《うま》をつなぎ、駅《えき》に向《む》かった。長《なが》いプラットホームはがらんとしていて、ホームの端《はし》に積《つ》まれた屋根板《やねいた》の上《うえ》にちょこんとこしかけている女《おんな》の子《こ》以外《いがい》、どんな生《い》き物《もの》も見《み》あたらなかった。それが女《おんな》の子《こ》とわかると、マシューはその子《こ》には目《め》もくれず、足早《あしばや》に通《とお》りすぎた。もしも見《み》ていたら、期待《きたい》と緊張《きんちょう》ではちきれそうな表情《ひょうじょう》に気《き》づいていただろう。彼女《かのじょ》はそこに座《すわ》って何《なに》かを、あるいはだれかを待《ま》っていた。さしあたりほかに何《なに》ができるわけでもないので、一生懸命《いっしょうけんめい》、座《すわ》って待《ま》っていた。

夕食《ゆうしょく》で家《いえ》に帰《かえ》る駅長《えきちょう》が切符《きっぷ》売《う》り場《ば》を閉《し》めていたので、マシューは、五時半《ごじはん》の汽車《きしゃ》はいつごろ着《つ》くのか、たずねてみた。

「五時半《ごじはん》の汽車《きしゃ》なら三十分《さんじっぷん》ばかりまえに出発《しゅっぱつ》したよ」駅長《えきちょう》は陽気《ようき》に答《こた》えた。

「あんたが迎《むか》えにくるからって、子《こ》どもがひとり——あの女《おんな》の子《こ》がおろされた。屋根板《やねいた》の上《うえ》に座《すわ》ってるだろう？　婦人用《ふじんよう》の待合室《まちあいしつ》をすすめたんだが、外《そと》にいるほうがいいって、大《おお》まじめで言《い》うんだよ。『外《そと》のほうが広々《ひろびろ》して想像《そうぞう》を広《ひろ》げるゆとりがあるから』って。あれは変《か》わった子《こ》だぞ、きっと」

「女《おんな》の子《こ》じゃない」とマシューは困惑気味《こんわくぎみ》に言《い》った。

「わたしが迎《むか》えにきたのは男《おとこ》の子《こ》だ。スペンサーの奥《おく》さんがノヴァ・スコシアから連《つ》れてきた子《こ》で、ここで待《ま》っているはずなんだが」

駅長《えきちょう》は口笛《くちぶえ》を吹《ふ》いた。

「どうやらいきちがいがあったようだな。スペンサーさんがここでおろして、おれに引《ひ》き渡《わた》したのはあの子《こ》だけだ。あんたたち兄妹《きょうだい》が孤児院《こじいん》から引《ひ》き取《と》ることになっていて、じき迎《むか》えにくるからって。おれにわかるのはそこまで。どこかにほかの子《こ》をかくしたりはしていないよ」

「どういうことだろう……」

マシューは途方《とほう》に暮《く》れてそう言《い》いながら、マリラがいてくれたら、と思《おも》った。

「まあ、本人《ほんにん》に聞《き》いてみることだな」駅長《えきちょう》はのんきそうに言《い》った。

「こう言《い》っちゃなんだが、あの子《こ》ならちゃんと説明《せつめい》できるぞ。いっぱしの口《くち》をきくんだ。おたくがたのんだ男《おとこ》の子《こ》は、ちょうど品切《しなぎ》れだったんじゃないか」

おなかがすいてきたのか、駅長《えきちょう》はそそくさと帰《かえ》ってしまい、マシューとしては、大《だい》の苦《にが》手《て》の女《おんな》の子《こ》、しかも、孤児院《こじいん》から来《き》た見《み》ず知《し》らずの女《おんな》の子《こ》のところへ行《い》って、男《おとこ》の子《こ》がやってこない理由《りゆう》をたずねるばかりとなった。ねぐらにいるライオンのひげをつかむほうがまだましに思《おも》えた。マシューはため息《いき》とともにまわれ右《みぎ》をすると、重《おも》い足《あし》どりでプラットホームを歩《ある》きだした。

女《おんな》の子《こ》のほうは、先《さき》ほどからずっとマシューを見《み》ていたし、いまもしっかりと見《み》すえていた。マシューはその子《こ》をろくに見《み》ていなかったし、見《み》たところで、見《み》たことにはならなかっただろう。

年《とし》のころは十一歳《じゅういっさい》くらい。黄《き》ばんだグレーのウィンシー織《おり》の見苦《みぐる》しいワンピース――つ

んつるてんでぴちぴちのワンピースを着《き》ている。色《いろ》の褪《あ》せた茶色《ちゃいろ》い麦《むぎ》わら帽子《ぼうし》をかぶり、その下《した》から太《ふと》いおさげを二本《にほん》、背中《せなか》に垂《た》らしている。髪《かみ》の色《いろ》は見《み》まがいようのない赤《あか》で、血色《けっしょく》の悪《わる》い、ほっそりした顔《かお》には、そばかすがたくさんある。大《おお》きな口《くち》をしている。目《め》も大《おお》きい。目《め》の色《いろ》は光《ひかり》のかげんや気分《きぶん》によって緑色《みどりいろ》にも、灰色《はいいろ》にも見《み》える。

そこまではごくふつうの目《め》でもわかることだが、するどい観察眼《かんさつがん》の持《も》ち主《ぬし》なら、あごが頑固《がんこ》そうにとがっていることや、大《おお》きな目《め》がいきいきとかがやいていること、やさしそうなくちびるが豊《ゆた》かな表情《ひょうじょう》をたたえていること、額《ひたい》が広《ひろ》くひいでていることにも気《き》づくのだろう。人並《ひとな》みはずれてすぐれた観察眼《かんさつがん》があれば、この行《ゆ》き場《ば》を失《うしな》った少女《しょうじょ》の体《からだ》に、ただならぬ力《ちから》が宿《やど》っていることも、見抜《みぬ》けるのかもしれない。

しかし、内気《うちき》なマシュー・カスバートはこっけいなまでにおびえるばかりだった。それでも、自分《じぶん》のほうから声《こえ》をかけるという試練《しれん》は味《あじ》わわずにすんだ。マシューがやってくるのを見《み》ると、少女《しょうじょ》はやせた浅黒《あさぐろ》い手《て》でじゅうたん地《じ》の古《ふる》くさいかばんの持《も》ち手《て》をつかんで立《た》ちあがり、もう片方《かたほう》の手《て》をマシューに差《さ》しだしながら、澄《す》んだ声音《こわね》でやさしくこう言《い》ってきた。

「グリーン・ゲイブルズのマシュー・カスバートさんでしょ？　お会《あ》いできて何《なに》よりです。なかなか来《こ》ないからだんだん心配《しんぱい》になってきて、来《こ》られない理由《りゆう》をいろいろ想像《そうぞう》してしまったわ。もし今夜《こんや》来《き》てくれなかったら、線路《せんろ》を歩《ある》いていって、カーブのそばの大《おお》きなサクラの木《き》の上《うえ》で夜《よ》を明《あ》かすつもりだったの。ちっともこわくないわ。月《つき》の光《ひかり》に照《て》らされた真《ま》っ白《しろ》な花《はな》のなかで眠《ねむ》るなんて、すてきよね？　大理石《だいりせき》の広間《ひろま》にいるみたいじゃない？　それに、今夜《こんや》来《き》てくれなくても、あすの朝《あさ》にはきっと来《き》てくれるって信《しん》じていたし」

マシューはおそるおそる、少女《しょうじょ》のやせこけた小《ちい》さな手《て》をにぎって、心《こころ》を決《き》めた。こうして目《め》をかがやかせている子《こ》にいきちがいがあったとは言《い》いにくいし、家《いえ》に連《つ》れ帰《かえ》ってマリラに話《はなし》をさせよう。何《なに》があったにしろ、ここに置《お》いて帰《かえ》るわけにはいかないし、質問《しつもん》や説《せつ》明《めい》は、グリーン・ゲイブルズに帰《かえ》ってからすればいいことなのだから。

「すまなかったな、遅《おそ》くなってしまって」

マシューは恥《は》ずかしそうにあやまった。

「おいで。あっちに馬《うま》をつないである。かばんをよこしなさい」

「だいじょうぶ、自分《じぶん》で運《はこ》べます」

少女《しょうじょ》は、はきはきと答《こた》えた。

「ぜんぜん重《おも》くないんです。全財産《ぜんざいさん》がつまっているのに。それに、ちょっと変《か》わった持《も》ち方《かた》をしないと持《も》ち手《て》が取《と》れてしまうし……とにかく、コツがわかっているわたしが持《も》ったほうがいいの。ものすごく古《ふる》いかばんなのよ。ああ、来《き》てくれてほんとによかった。サクラの木《き》で寝《ね》るのも悪《わる》くなさそうだけど。家《いえ》まではずいぶんあるんでしょう？　スペンサーさんは八《はち》マイル（約十三《やくじゅうさん》キロ）って言《い》っていたわ。うれしいな。馬車《ばしゃ》に乗《の》るのが、大好《だいす》きなんです。ああ、本当《ほんとう》にすばらしいわ、おじさんと暮《く》らせる——おじさんのところの子《こ》になれるなんて。わたし、家族《かぞく》をもったことが一度《いちど》もないの。ほんものの家族《かぞく》は一度《いちど》も。でも、最悪《さいあく》だったのは、あの孤児院《こじいん》よ。たった四《よん》か月《げつ》しかいなかったけど、もうたくさん。孤児《こじ》院《いん》にはいったことがないおじさんには、どんなところか、わからないわよね。想像《そうぞう》もできないくらい、ひどいところなの。悪口《わるくち》を言《い》うのはいけないことだってスペンサーさんに怒《おこ》られたけど、そうじゃないの。悪気《わるぎ》がなくても悪口《わるくち》を言《い》ってしまうことってよくあるでしょ？　いい人《ひと》なのよ、孤児院《こじいん》の人《ひと》たちはみんな。でも、孤児院《こじいん》には想像《そうぞう》を広《ひろ》げるゆとりがない。想像《そうぞう》できるのは、ほかの子《こ》のことくらいなんだもの。ほかの子《こ》のことを想像《そうぞう》するのは楽《たの》しかったわ。となりの女《おんな》の子《こ》のことは、本当《ほんとう》は伯爵家《はくしゃくけ》のお嬢《じょう》さまなのに、赤《あか》ちゃんのときに鬼《おに》のような乳母《うば》に連《つ》れ去《さ》られて、その乳母《うば》が真実《しんじつ》をかくしたまま死《し》んでしまったってことにしたの。昼間《ひるま》は時間《じかん》がなかったから、夜《よる》、ベッドのなかで、眠《ねむ》らずにそういう想像《そう》をすることがよくあったわ。それでこんなにやせているのかしら。ほら、がりがりでしょ？　骨《ほね》と皮《かわ》ばかり。わたし、ひじのところにくぼみができるくらい品《ひん》よくぽっちゃり太《ふと》った自分《じぶん》の姿《すがた》を想像《そうぞう》するのが大好《だいす》きなのよね」

少女《しょうじょ》はそこでいったん口《くち》をつぐんだ。息《いき》が切《き》れたせいもあるが、馬車《ばしゃ》のところにやってきたからでもあった。そして、馬車《ばしゃ》が村《むら》を出《で》て、小《ちい》さな丘《おか》の急《きゅう》な坂道《さかみち》をかけおりるまで、ひとことも口《くち》をきかなかった。道《みち》はところどころやわらかい土《つち》のなかに潜《もぐ》りこむように通《とお》されていて、両側《りょうがわ》にある高《たか》さ数《すう》フィート（一《いち》フィートは約三十《やくさんじっ》センチ）の土手《どて》には、満開《まんかい》のサクラや細《ほそ》いシラカバが植《う》わっていた。

少女《しょうじょ》は手《て》をのばして馬車《ばしゃ》の側面《そくめん》をこするスモモの枝《えだ》を折《お》った。

「この木《き》、とってもきれいね。白《しろ》いレースみたいな花《はな》をいっぱいつけたこの木《き》を見《み》て思《おも》いだすものといったら？」と少女《しょうじょ》はたずねた。

「うーむ、なんだろうねえ」とマシューは言《い》った。

「あらやだ、花嫁《はなよめ》さんにきまってるじゃない。薄《うす》くて愛《あい》らしいベールをかぶった花嫁《はなよめ》さん。まだ見《み》たことはないけど、どんな感《かん》じか想像《そうぞう》できるわ。でも、わたしは花嫁《はなよめ》さんにはなれないわね。この器量《きりょう》じゃだれも結婚《けっこん》したがらないもの。まあ、外国《がいこく》に布教《ふきょう》にいく宣教師《せんきょうし》さんはべつね。宣教師《せんきょうし》さんならそんなにえり好《ごの》みはしないんじゃないかしら。でも、白《しろ》いドレスはいつかきっと着《き》てみたいな。それがわたしの一番《いちばん》の夢《ゆめ》よ。とにかくきれいな服《ふく》が大《だい》好《す》きなの。きれいな服《ふく》なんて一度《いちど》も着《き》たことないけど、だからこその楽《たの》しみよね？　華《はな》やかに着飾《きかざ》った自分《じぶん》の姿《すがた》は、とりあえず想像《そうぞう》すればいいんだもの。けさはこのみすぼらしいウィンシー織《おり》のワンピースで出《で》かけるのが、とても恥《は》ずかしかったわ。孤児院《こじいん》の子《こ》はみんなこれを着《き》るよりないの。去年《きょねん》の冬《ふゆ》、ホープタウンで商売《しょうばい》をしている人《ひと》がこの生地《きじ》を三百《さんびゃく》ヤード（約二百七十《やくにひゃくななじゅう》メートル）寄付《きふ》してくれてね。ただの売《う》れ残《のこ》りだと言《い》う人《ひと》もいたけど、わたしは親切心《しんせつしん》からの贈《おく》り物《もの》だと思《おも》いたいわ。そうでしょう？

列車《れっしゃ》に乗《の》るとき、まわりの人《ひと》たちから同情《どうじょう》されてるってわかったの。だから、想像《そうぞう》で、このうえなく美《うつく》しい水色《みずいろ》の絹《きぬ》のドレスを着《き》ていることにしたわ。どうせ想像《そうぞう》するなら、すばらしいもののほうがいいでしょ。お花《はな》やゆらゆら動《うご》く羽飾《はねかざ》りがたくさんあしらわれた大《おお》きな帽子《ぼうし》、金時計《きんどけい》、子《こ》ヤギの革《かわ》の手袋《てぶくろ》とブーツもつけてることにしたのよ。たちどころに元気《げんき》になって、島《しま》までの旅《たび》を心《こころ》から楽《たの》しめたわ。船《ふね》にもぜんぜん酔《よ》わなかった。いつもは船酔《ふなよ》いをするスペンサーさんも酔《よ》わなかったのよ。わたしが海《うみ》に落《お》ちやしないかと心配《しんぱい》するのに忙《いそが》しくて、それどころじゃなかったんですって。あんたみたいにうろうろする子《こ》は見《み》たことがないって言《い》われちゃった。でも、船酔《ふなよ》いせずにすんだのは、わたしがうろうろしたおかげよね？　二度《にど》とないチャンスかもしれないし、船《ふね》の上《うえ》にあるものはぜんぶ見《み》ておきたかったの。

まあ、あそこにも満開《まんかい》のサクラがたくさんあるわ！　この島《しま》は花《はな》だらけね。はやくも気《き》に入《い》ったわ。ここで暮《く》らせるなんて、最高《さいこう》。プリンス・エドワード島《とう》は世界《せかい》で一番美《いちばんうつく》しいって言《い》われてるから、そこで暮《く》らすことを想像《そうぞう》したことはあるけど、まさか本当《ほんとう》に暮《く》らせるとは思《おも》っていなかったのよ。想像《そうぞう》が現実《げんじつ》になるって、すばらしいことね？　でも、この島《しま》は、道《みち》が赤《あか》くてすごくへんてこだわ。シャーロットタウンで汽車《きしゃ》に乗《の》ったら、窓《まど》の外《そと》をつぎつぎに赤《あか》い道《みち》が飛《と》びさっていくから、どうして道《みち》が赤《あか》くなるのか、スペンサーさんに聞《き》いてみたの。でも、『知《し》りません、たのむからもう何《なに》も聞《き》かないでちょうだい』って言《い》われちゃった。わたしがもう千回《せんかい》は質問《しつもん》してるっていうのよ。たしかにいろいろ質問《しつもん》したけど、質問《しつもん》をしないで、どうやって物《もの》を知《し》るの？　ねえ、どうして道《みち》が赤《あか》くなるの？」

「うーむ、どうしてかねえ」とマシューは言《い》った。

「それじゃ、それもいずれさぐりだすことのひとつにするわ。知《し》りたいことがたくさんあるってすてきよね？　生《い》きててよかったって気分《きぶん》になる──こんな興味深《きょうみぶか》い世界《せかい》に生《い》きててよかったって。すべてわかってしまったら、おもしろみは半分《はんぶん》になってしまうでしょ？　想像《そうぞう》を広《ひろ》げるゆとりがなくなってしまうでしょ？　でも、わたし、しゃべりすぎてる？　いつもしゃべりすぎだって言《い》われるの。だまっていたほうがいい？　言《い》ってくれたらやめるわ。やめようと思《おも》えばやめられるの、たいへんだけど」

おどろいたことに、マシューは少女《しょうじょ》のおしゃべりを楽《たの》しんでいた。無口《むくち》な人間《にんげん》にはよくあることだが、彼《かれ》もまた、あいづちを求《もと》めず好《す》き勝手《かって》に話《はな》しつづけるおしゃべりな人間《にんげん》がきらいではない。それでも、小《ちい》さな女《おんな》の子《こ》とのやりとりをゆかいに感《かん》じるとは夢《ゆめ》にも思《おも》っていなかった。マシューは女性《じょせい》、なかでも小《ちい》さな女《おんな》の子《こ》が大《だい》の苦手《にがて》だった。どうにか声《こえ》をかけても、少女《しょうじょ》たちはこそこそと彼《かれ》を盗《ぬす》み見《み》ながら逃《に》げるように通《とお》りすぎていった。とって食《く》われるとでも思《おも》っているのだろうか？　そういうことをするのは、たいていアヴォンリーの良家《りょうけ》の娘《むすめ》たちだったが、とにかく、マシューはそのようすがいやでたまらなかった。ところが、このそばかすだらけの不器量《ぶきりょう》な少女《しょうじょ》は、まるでちがっていた。少女《しょうじょ》の頭《あたま》の回転《かいてん》についていくのはひと苦労《くろう》だったが、それでも、この子《こ》のおしゃべりは悪《わる》くないように思《おも》えた。そこで、いつものようにひかえめに言《い》った。

「いや、好《す》きなようにしゃべればいいさ。わたしはかまわないよ」

「ああ、よかった。わたしたち、うまくやっていけそうね。ほっとするわ、しゃべりたいときにしゃべれるのって。それに、子《こ》どもは姿《すがた》だけ見《み》せて声《こえ》を出《だ》すなって言《い》われずにすむのも。ひとことしゃべっただけでそう言《い》われたことが百万回《ひゃくまんかい》あるわ。それに、言《い》うことが大《おお》げさすぎるって笑《わら》われるの。でも、大《おお》きなことは、大《おお》きなことばで語《かた》ったほうがいいと思《おも》わない？」

「うーむ、たしかにそうだな」とマシューは言《い》った。

「スペンサーさんに、わたしの舌《した》は宙《ちゅう》ぶらりんになってるにちがいないって言《い》われたの。

でも、そんなことない。ちゃんとくっついてるわ。スペンサーさんが、おじさんの家《いえ》がグリーン・ゲイブルズって呼《よ》ばれているっていうから、どんな家《いえ》かすっかり話《はな》してってお願《ねが》いしたの。そうしたら、まわりじゅう木《き》に囲《かこ》まれてるって教《おし》えてくれたんだけど、こんなにうれしいことってないわ。わたし、木《き》が大好《だいす》きなの。とにかく好《す》きなのよ。孤児院《こじいん》のあたりにはなんにもなくて、玄関《げんかん》の外《そと》の白《しろ》いペンキがぬられた小《ちい》さな目《め》かくしのところに、気《き》の毒《どく》なくらいちっぽけな植木《うえき》がいくらかあるだけ。その子《こ》たちもなんだかみなしごみたいだったわ。見《み》ていると泣《な》きたくなってきて、こう話《はな》しかけずにはいられなくなるの。『かわいそうなおちびさん！　大《おお》きな森《もり》のなかにいたら、根《ね》っこのあたりをコケやリンネソウにおおわれていたら、すぐそばに小川《おがわ》が流《なが》れていたら、枝《えだ》の上《うえ》で小鳥《ことり》たちがさえずっていたら、もっと大《おお》きくなれたのに、ここじゃ無理《むり》ね。あなたたちの気持《きも》ちが手《て》にとるようにわかるわ』。けさ、あの子《こ》たちを置《お》いてくるのがつらかったわ。そういうものに愛着《あいちゃく》を感《かん》じることってあるでしょ？　グリーン・ゲイブルズの近《ちか》くに小川《おがわ》はあるのかしら？　スペンサーさんに聞《き》きそびれてしまったわ」

「うーむ、そうだな、小川《おがわ》なら家《いえ》のすぐ下《した》を流《なが》れているぞ」

「すてき。わたし、小川《おがわ》のそばに住《す》むのが夢《ゆめ》だったの。まさか実現《じつげん》するとは思《おも》っていなかったけどね。夢《ゆめ》ってふつうは実現《じつげん》しないものでしょ？　実現《じつげん》したらたまらないでしょうね？　でも、いまのわたしはほぼ完璧《かんぺき》に幸《しあわ》せよ。完璧《かんぺき》に幸《しあわ》せって言《い》えないのはどうしてかというと……ねえ、これって何色《なにいろ》に見《み》える？」

少女《しょうじょ》はやせた背中《せなか》に垂《た》らしたつややかな長《なが》いおさげを一本《いっぽん》とって、マシューのまえに持《も》ちあげて見《み》せた。女性《じょせい》の髪《かみ》の色合《いろあ》いなど考《かんが》えたこともないマシューも、これにはためらいようがなかった。

「赤《あか》だろう？」とマシューは言《い》った。

少女《しょうじょ》はため息《いき》をつきながらおさげを背中《せなか》に戻《もど》した。それは長年《ながねん》の悲《かな》しみがすべて足《あし》の先《さき》からはいあがってきたかのようなため息《いき》だった。

「そう、赤《あか》なの」

少女《しょうじょ》はあきらめたように言《い》った。

「どうしてわたしが完璧《かんぺき》に幸《しあわ》せじゃないか、もうわかったでしょ。赤毛《あかげ》の人《ひと》はみんなそう。わたしもほかのことはそんなに気《き》にならないの。そばかすも、緑色《みどりいろ》の目《め》も、やせていることも、想像《そうぞう》でなかったことにできるの。想像《そうぞう》でバラの花《はな》びらみたいに美《うつく》しい肌《はだ》、星《ほし》のようにかがやくスミレ色《いろ》の目《め》の持《も》ち主《ぬし》になれるの。でも、赤毛《あかげ》だけはだめ。試《ため》してはいるのよ。『さあ、わたしの髪《かみ》の色《いろ》は見事《みごと》な黒《くろ》、カラスの羽《はね》みたいに真《ま》っ黒《くろ》よ』って自分《じぶん》に言《い》いきかせて。でも、赤《あか》だってことがどうしても頭《あたま》からはなれなくて、胸《むね》が張《は》りさけそうになるの。わたし、このことを死《し》ぬまで悲《かな》しみつづける気《き》がするわ。死《し》ぬまで悲《かな》しみつづける女《おんな》の子《こ》の物語《ものがたり》を読《よ》んだけど、その子《こ》が悲《かな》しんでいるのは赤毛《あかげ》のことじゃなかった。髪《かみ》はピカピカの金色《きんいろ》で、アラバスター（彫刻《ちょうこく》などに使《つか》われる白色《はくしょく》の鉱物《こうぶつ》）みたいな額《ひたい》から波《なみ》を打《う》つように流《なが》れてるのよ。〝アラバスターみたいな額《ひたい》〟ってどんな額《ひたい》なのかしら？　いまもわからないままなの。知《し》ってる？」

「うーむ、残念《ざんねん》ながら」

マシューは頭《あたま》がくらくらしていた。まだ軽《かる》はずみな若者《わかもの》だったころ、ピクニックでほかの子《こ》にそそのかされて回転木馬《かいてんもくば》に乗《の》ったときのようだった。

「まあ、なんであれ、すてきなものにちがいないわ。だって、神々《こうごう》しいまでに美《うつく》しい人《ひと》なんだもの。神々《こうごう》しいまでに美《うつく》しいとどんな気分《きぶん》になるか、想像《そうぞう》したことある？」

「うーむ、ないな」

マシューは正直《しょうじき》に打《う》ち明《あ》けた。

「わたしはしょっちゅう想像《そうぞう》してるわ。神々《こうごう》しいまでに美《うつく》しい人《ひと》、まばゆいばかりにかしこい人《ひと》、天使《てんし》のように善良《ぜんりょう》な人《ひと》——選《えら》べるとしたらだれになりたい？」

「うーむ、わからないなあ、はっきりとは」

「わたしもよ。どうしても決《き》められないの。でも、どれにもなれそうにないし、どれを選《えら》んだところでたいしたちがいはないんじゃないかしら。まちがいなく言《い》えるのは、天使《てんし》のように善良《ぜんりょう》な人《ひと》にはなれないってことね。スペンサーさんが言《い》うには——ちょっと、カスバートさん！　カスバートさん!!　カスバートさん!!!」

ミセス・スペンサーがそう言《い》ったわけではない。少女《しょうじょ》が馬車《ばしゃ》からころがり落《お》ちたわけでも、マシューが何《なに》かびっくりするようなことをしたわけでもない。馬車《ばしゃ》がカーブを曲《ま》がって並木道《なみきみち》にさしかかったのだ。

ニューブリッジの住人《じゅうにん》が「並木道《なみきみち》」と呼《よ》ぶその道《みち》には、その昔《むかし》、変《か》わり者《もの》の老人《ろうじん》が植《う》えたリンゴの木《き》が両側《りょうがわ》からひさしのように枝《えだ》をのばしていて、雪《ゆき》のように白《しろ》い花《はな》が、四《し》、五《ご》

百《ひゃく》ヤード（約《やく》四百《よんひゃく》メートル）にわたってトンネルをかたちづくっていた。

空気《くうき》はたそがれの紫《むらさき》に染《そ》まり、はるかかなたに広《ひろ》がる絵《え》のような夕映《ゆうば》えの空《そら》は、大聖堂《だいせいどう》の通路《つうろ》のつきあたりにある大《おお》きなバラ窓《まど》さながらにかがやいていた。

あまりの美《うつく》しさに、少女《しょうじょ》はことばを失《うしな》っていた。馬車《ばしゃ》の背《せ》もたれに身《み》を預《あず》け、細《ほそ》い指《ゆび》を胸《むね》のまえで組《く》み合《あ》わせて、光《ひか》りかがやく白《しろ》い花《はな》をただただ見《み》あげていた。並木道《なみきみち》を抜《ぬ》けてニューブリッジの長《なが》い坂道《さかみち》をかけおりるころになっても、身《み》じろぎひとつせずだまりこんでいた。うっとりとした表情《ひょうじょう》で日暮《ひぐ》れの西《にし》の空《そら》をながめていたが、そのとき見《み》ていたのは、あかね色《いろ》に染《そ》まった空《そら》をつぎつぎ通《とお》りすぎていく美《うつく》しいまぼろしだった。ニューブリッジは小《ちい》さいながらもにぎやかな村《むら》で、犬《いぬ》に吠《ほ》えられたり、幼《おさな》い男《おとこ》の子《こ》にはやしたてられたり、家《いえ》の窓《まど》からものめずらしそうにのぞかれたりしたが、ふたりは何《なに》も言《い》わずに通《とお》りすぎていった。さらに三《さん》マイル（約《やく》五《ご》キロ）走《はし》っても、少女《しょうじょ》は口《くち》を開《ひら》かなかった。どうやら、しゃべるのと同《おな》じ力強《ちからづよ》さでだまりこむこともできるらしい。

「だいぶくたびれて、腹《はら》がへったようだな」

マシューは、ただひとつ思《おも》いついた少女《しょうじょ》の長《なが》い沈黙《ちんもく》の理由《りゆう》を思《おも》いきって口《くち》にしてみた。

「でも、あとすこし――たったの一《いち》マイル（約《やく》一《いち》・六《ろく》キロ）で到着《とうちゃく》だ」

少女《しょうじょ》は深《ふか》いため息《いき》をひとつついて空想《くうそう》の世界《せかい》から戻《もど》ってくると、星《ほし》に導《みちび》かれて遠《とお》いところをさまよってきた者《もの》のように、うっとりとマシューを見《み》た。

「ああ、カスバートさん」少女《しょうじょ》はささやくように言《い》った。

「さっき通《とお》ったところ……あの白《しろ》いところ……あれはなんだったの？」

「うーむ、ひょっとして並木道《なみきみち》のことかね？」

マシューはしばしじっくり考《かんが》えてから答《こた》えた。

「たしかになかなかきれいなところではあるな」

「きれい？　いいえ、あれを言《い》いあらわすことばは〝きれい〟じゃない。〝美《うつく》しい〟でもない。どっちもぜんぜん足《た》りないわ。そう、〝すばらしい〟よ。想像《そうぞう》の力《ちから》で補《おぎな》わなくていいものを見《み》たのは生《う》まれてはじめて。ここがいっぱいになったわ」

少女《しょうじょ》はそう言《い》って、片方《かたほう》の手《て》を自分《じぶん》の胸《むね》にあてがった。

「なんともいえない不思議《ふしぎ》な痛《いた》みにおそわれたんだけど、いやな痛《いた》みじゃないの。そういう痛《いた》み、感《かん》じたことある、カスバートさん？」

「うーむ、どうだったかなあ」

「わたしはしょっちゅう感《かん》じるわ。美《うつく》しいものを見《み》るといつも感《かん》じるの。でも、あれを並《なみ》木《き》道《みち》なんて呼《よ》んじゃだめよ。そんな名前《なまえ》じゃ意味《いみ》がないもの。あそこは、そうねえ……〈よろこびの白《しろ》い道《みち》〉って呼《よ》ばなくちゃ。想像《そうぞう》しがいのある、いい名前《なまえ》じゃない？　わたし、場所《ばしょ》でも人《ひと》でも、もともとの名前《なまえ》が気《き》に入《い》らないときは、新《あたら》しい名前《なまえ》を考《かんが》えて、ひそかにそう呼《よ》ぶことにしてるの。孤児院《こじいん》にいたヘプジバ・ジェンキンズっていう女《おんな》の子《こ》のことは、こっそりロザリア・ドゥ・ヴィアって呼《よ》んでいたのよ。ほかの人《ひと》は並木道《なみきみち》と呼《よ》ぶかもしれないけど、わたしは〈よろこびの白《しろ》い道《みち》〉と呼《よ》ぶわ。家《いえ》まで、本当《ほんとう》にあと一《いち》マイルしかないの？　うれしいけど悲《かな》しい。だってこの馬車《ばしゃ》の旅《たび》がすごく楽《たの》しいんだもの。楽《たの》しいことが終《お》わるときはいつも悲《かな》しくなるのよね。もっと楽《たの》しいことが待《ま》っているかもしれないけど、そんな保証《ほしょう》はどこにもないもの。じっさい、楽《たの》しいことなんてほとんどなかった。なぜだか、わたしの場合《ばあい》はね。でも、家《いえ》に着《つ》くのはうれしいわ。だって、物心《ものごころ》ついてから、ほんものの家《いえ》をもったことが一度《いちど》もないんだもの。まさしくほんものの家《いえ》に帰《かえ》るなんて、考《かんが》えただけで、またさっきの心地《ここち》いい痛《いた》みがおそってくるわ。わあ、きれい！」

馬車《ばしゃ》は峠《とうげ》を越《こ》えたところだった。眼下《がんか》に見《み》える湖《みずうみ》は、細《ほそ》く、長《なが》く、曲《ま》がりくねっていて、ほとんど川《かわ》のように見《み》えた。湖《みずうみ》のなかほどに橋《はし》が渡《わた》されていた。橋《はし》の海側《うみがわ》には、琥珀色《こはくいろ》の帯《おび》のように砂丘《さきゅう》が横《よこ》たわり、入《い》り江《え》から紺碧《こんぺき》の海水《かいすい》がはいりこむのを防《ふせ》いでいた。湖《みずうみ》の水《みず》はさまざまに色合《いろあ》いを変《か》えながらかがやいていた。クロッカス色《いろ》、バラ色《いろ》、透《す》きとおるような緑色《みどりいろ》、さらには名前《なまえ》をつけられたことが一度《いちど》もない繊細《せんさい》な色合《いろあ》いが、このうえなく清《きよ》らかにうつろっていた。橋《はし》の山側《やまがわ》では、暗《くら》く澄《す》んだ水《みず》が岸辺《きしべ》をふちどるモミやカエデの木《こ》立《だち》を映《うつ》してゆらめいていた。土手《どて》のあちらこちらから枝《えだ》をのばすスモモの木《き》は、つま先立《さきだ》ちになって水面《みなも》に映《うつ》る自分《じぶん》の姿《すがた》をのぞきこむ、白《しろ》い服《ふく》の少女《しょうじょ》のようだった。湖《みずうみ》の先《さき》の湿地《しっち》からは、甘《あま》くせつないカエルの合唱《がっしょう》がはっきりと聞《き》こえていた。湖《みずうみ》を見《み》おろす斜面《しゃめん》には、花《はな》で真《ま》っ白《しろ》になったリンゴ畑《ばたけ》があり、それを見《み》わたす位置《いち》に小《ちい》さな灰色《はいいろ》の家《いえ》があった。日《ひ》暮《ぐ》れまでまだすこしあるが、その家《いえ》の窓《まど》には明《あ》かりが灯《とも》っていた。

「バリー家《け》の湖《みずうみ》だ」とマシューは言《い》った。

「あら、その名前《なまえ》も気《き》に入《い》らないわ。わたしは、そうねえ……〈かがやきの湖《みずうみ》〉って呼《よ》ぶことにするわ。それこそがこの湖《みずうみ》にふさわしい名前《なまえ》よ。わかるの、ゾクゾクしたから。ぴったりの名前《なまえ》を思《おも》いつくと、いつもゾクゾクするの。ゾクゾクすることってある？」

マシューは真剣《しんけん》に考《かんが》えてみた。

「うーむ、それならあるぞ。キュウリの苗床《なえどこ》を耕《たがや》していると白《しろ》い地虫《じむし》が出《で》てくるんだが、あれを見《み》るといつもゾクゾクするんだ。あの気味《きみ》の悪《わる》い見《み》た目《め》がだめでね」

「あら、それは同《おな》じゾクゾクとは言《い》えないわ。同《おな》じだと思《おも》う？　地虫《じむし》と〈かがやきの湖《みずうみ》〉に通《つう》じるところがあるとは思《おも》えないもの。でも、どうしてバリー家《け》の湖《みずうみ》って呼《よ》ばれているの？」

「あの家《いえ》にバリーさんが住《す》んでるからさ。オーチャード・スロープというのが彼《かれ》の土地《とち》の名前《なまえ》だ。その先《さき》の大《おお》きな森《もり》がなければ、ここからグリーン・ゲイブルズが見《み》えるんだが、橋《はし》を渡《わた》って街道《かいどう》へまわらなければならないから、まだ半《はん》マイル（約八百《やくはっぴゃく》メートル）近《ちか》くある」

「バリーさんのところに女《おんな》の子《こ》はいる？　といっても、そんなに小《ちい》さくなくて……わたしと同《おな》じくらいの」

「十一歳《じゅういっさい》になる子《こ》がひとりいる。ダイアナって子《こ》だ」

「まあ！」少女《しょうじょ》はそこで大《おお》きく息《いき》を吸《す》いこんだ。

「完璧《かんぺき》にすてきな名前《なまえ》だわ！」

「うーむ、どうだろう。なんとなくクリスチャンらしからぬ名前《なまえ》という気《き》がするよ。ジェーンとかメアリーとかそういうつつしみ深《ぶか》い名前《なまえ》のほうがわたしは好《す》きだ。ただ、その子《こ》が生《う》まれたとき、バリー家《け》に下宿《げしゅく》していた教師《きょうし》にたのんでつけてもらった名《な》でね」

「わたしが生《う》まれたときにも、その先生《せんせい》がいてくれたらよかったのに。あら、橋《はし》だわ。しっかり目《め》をつぶらないと。橋《はし》を渡《わた》るのがこわくてしょうがないの。つい想像《そうぞう》してしまうのよ、真《ま》ん中《なか》まで行《い》ったところでジャックナイフみたいに折《お》れてはさまるんじゃないかって。それで目《め》を閉《と》じるんだけど、そろそろ真《ま》ん中《なか》かなって思《おも》うと、きまって開《あ》けてしまうのね。だって、もしも折《お》れるなら、折《お》れるところ、見《み》てみたいじゃない？　ああ、すごくいい音《おと》！　橋《はし》を渡《わた》るときのこのガタゴトいう音《おと》がたまらないわ。世《よ》の中《なか》に好《す》きなものがたくさんあるって、すばらしいことよね？　渡《わた》ったわ。じゃあ、ふりかえるわね。おやすみなさい、〈かがやきの湖《みずうみ》〉さん。わたし、好《す》きなものには、人間《にんげん》に言《い》うのと同《おな》じように、おやすみなさいを言《い》うことにしているのよ。たぶんよろこんでくれているわ。〈かがやきの湖《みずうみ》〉もにっこり笑《わら》いかけてくれたみたい」

橋《はし》の先《さき》の丘《おか》をのぼって角《かど》を曲《ま》がったところで、マシューが言《い》った。

「家《いえ》はもうすぐだ。あれがグリーン・ゲイブルズ……」

「待《ま》って、教《おし》えないで」

少女《しょうじょ》はそう言《い》うと、あがりかけたマシューの腕《うで》をおさえて、その身《み》ぶりを見《み》ないように目《め》を閉《と》じた。

「わたしにあてさせて。ぜったいにあてるから」

少女《しょうじょ》は目《め》を開《あ》けてあたりを見《み》まわした。馬車《ばしゃ》は丘《おか》の頂上《ちょうじょう》にやってきていた。いつのまにか日《ひ》は沈《しず》んでいたが、やわらかな夕映《ゆうば》えのなか、景色《けしき》はまだはっきり望《のぞ》むことができた。西《にし》のほうを見《み》ると、マリーゴールド色《いろ》の空《そら》に教会《きょうかい》の尖塔《せんとう》が黒《くろ》くそびえていた。下《した》を見《み》ると小《ち》さな谷《たに》があり、その先《さき》をゆるやかにのぼっていく長《なが》い斜面《しゃめん》に、よく手入《てい》れされた農場《のうじょう》がちらばっていた。好奇心《こうきしん》いっぱいの少女《しょうじょ》の目《め》が、それぞれの農場《のうじょう》を熱心《ねっしん》にとらえていった。左《ひだり》へ左《ひだり》へと向《む》かった視線《しせん》は、やがて街道《かいどう》からだいぶ奥《おく》まったたたそがれの森《もり》のなかにぽつんとたたずむ一軒《いっけん》の家《いえ》をとらえた。その先《さき》に広《ひろ》がるしみひとつない南西《なんせい》の空《そら》には、水晶《すいしょう》を思《おも》わせる白《しろ》い大《おお》きな星《ほし》が、進《すす》むべき約束《やくそく》の道《みち》を照《て》らすランプのようにかがやいていた。

「あれね？」

少女《しょうじょ》がそう言《い》って指《ゆび》さすと、マシューはうれしそうに手綱《たづな》で馬《うま》の背《せ》をたたいた。

「うーむ、よくわかったな！　まあ、スペンサーさんからどんな家《いえ》か聞《き》いていたからだろうが」

「いいえ、聞《き》いてない――本当《ほんとう》に聞《き》いてないわ。スペンサーさんはたいていの家《いえ》にあてはまることしか言《い》わなかった。どんなところか、さっぱり思《おも》いえがけなかった。でも、あの家《いえ》を見《み》たとたん、あれだって感《かん》じたの。ああ、なんだか夢《ゆめ》のなかにいるみたい。ねえ、わたしの腕《うで》はあざだらけになっているはずよ。朝《あさ》から何度《なんど》つねったかわからないんだもの。もしかして夢《ゆめ》なのかもって気持《きも》ちが悪《わる》くなるほど不安《ふあん》になって、そのたびに、つねって確《たし》かめずにはいられなかった。でも、ふと気《き》づいたの。もしもただの夢《ゆめ》ならできるだけ長《なが》く見《み》つづけなくちゃって。でも、これは現実《げんじつ》ね。もうじき家《いえ》に着《つ》くのね」

少女《しょうじょ》はうっとりため息《いき》をつくと、こんどは口《くち》を閉《と》ざした。マシューは落《お》ち着《つ》かないようすで体《からだ》を動《うご》かした。こんなに〝家庭《かてい》〟を夢見《ゆめみ》ている身寄《みよ》りのない娘《むすめ》に、ここはおまえの家《いえ》じゃないと告《つ》げるのが、自分《じぶん》ではなくマリラだということに、感謝《かんしゃ》せずにはいられなかった。馬車《ばしゃ》はリンド家《け》の窪地《くぼち》にさしかかった。すでにずいぶん暗《くら》くなっていたが、窓辺《まどべ》の特《とく》等席《とうせき》からふたりの姿《すがた》が見《み》えないほどではなかった。さらに坂《さか》をのぼり、グリーン・ゲイブルズの長《なが》い小道《こみち》にはいった。マシューは近《ちか》づきつつある告白《こくはく》のときを思《おも》って、すっかり縮《ちぢ》みあがっていた。この少女《しょうじょ》をがっかりさせることが、おそろしくてたまらなかった。少女《しょうじょ》の目《め》からこの楽《たの》しげな光《ひかり》が消《き》えることを思《おも》うと、ヤギやヒツジといったなんの罪《つみ》もない小《ちい》さな生《い》き物《もの》を殺《ころ》そうとしているかのように、気《き》づまりでならなかった。

庭《にわ》にはいったときにはだいぶ暗《くら》くなっていて、周囲《しゅうい》を取《と》り囲《かこ》むポプラの葉《は》がやさしい音《おと》をたてていた。

マシューが馬車《ばしゃ》からおろしてやると、少女《しょうじょ》は声《こえ》をひそめて言《い》った。

「ほら、木《き》が寝言《ねごと》を言《い》っているわ。どんなすてきな夢《ゆめ》を見《み》ているのかしら！」

そして、〝全財産《ぜんざいさん》〟がはいったじゅうたん地《じ》のかばんをしっかり持《も》って、マシューのあとから家《いえ》にはいっていった。

マリラ・カスバート、おどろく

マシューがドアを開《あ》けると、マリラがいそいそとやってきた。ところが、ごわごわの見《み》苦《ぐる》しい服《ふく》を着《き》て、長《なが》い赤毛《あかげ》をおさげにした少女《しょうじょ》が目《め》をかがやかせているのを見《み》るなり、ぎょっとしてたちどまった。

「マシュー・カスバート、この子《こ》はだれ？　男《おとこ》の子《こ》はどこにいるの？」

「男《おとこ》の子《こ》はいなかった。駅《えき》にいたのはこの子《こ》だけだ」

マシューはおそるおそるそう答《こた》えて、少女《しょうじょ》をあごで示《しめ》した。そのときはじめて、まだ名《な》前《まえ》を聞《き》いていなかったことを思《おも》いだした。

「男《おとこ》の子《こ》はいなかった？　いたはずよ。男《おとこ》の子《こ》を連《つ》れてきてほしいと伝《つた》えてもらったんですから」

「いや、男《おとこ》の子《こ》は連《つ》れてこなかったようだ。スペンサーさんが連《つ》れてきたのはこの子《こ》だけ。

駅長《えきちょう》にも聞《き》いてみた。で、置《お》いてくるわけにいかなくなった。どこでいきちがいがあった
にしろ、駅《えき》に置《お》いてくるわけにはいかないからな」
「いきちがいもいいところだわ！」
ふたりの顔《かお》をかわるがわる見《み》ながら話《はなし》を聞《き》いていた少女《しょうじょ》の顔《かお》から、みるみるかがやきが
消《き》えていった。事《こと》のしだいが飲《の》みこめたところで、少女《しょうじょ》は、大事《だいじ》なじゅうたん地《じ》のかばん
を床《ゆか》に落《お》として両手《りょうて》を組《く》み、一歩《いっぽ》まえに出《で》た。
「わたしはいらないのね！　男《おとこ》の子《こ》じゃないから、いらないのね！　どうしてわからなか
ったのかしら。人《ひと》から欲《ほ》しがられたことなんか、一度《いちど》もないのに。すばらしいことは長《なが》つ
づきしないってことも、わたしを欲《ほ》しがる人《ひと》はいないってことも、ちゃんとわかっていた
のに。ああ、どうしよう。泣《な》きだしてしまいそうだわ！」
言《い》ったとおり、少女《しょうじょ》は泣《な》きだした。いすにへたりこみ、テーブルにつっぷして激《はげ》しく泣《な》
きじゃくった。マリラとマシューは料理用《りょうりよう》のストーブをはさんで、責任《せきにん》をなすりつけあう
ように顔《かお》を見合《みあ》わせた。何《なに》を言《い》えばいいのか、何《なに》をすればいいのか、さっぱりわからなか
った。やがて、マリラが力《ちから》なく口《くち》を開《ひら》いた。

「ほらほら、そんなに泣《な》かなくてもいいでしょう？」

「よくないわ！　どうすれば泣《な》かずにいられるというの！」

少女《しょうじょ》はひょいと顔《かお》をあげた。涙《なみだ》でほおをぬらし、くちびるをふるわせていた。

「あなただって泣《な》くわよ。もしあなたがみなしごで、そこの子《こ》になれると思《おも》った家《いえ》にやってきて、男《おとこ》の子《こ》じゃないからいらないって言《い》われたら。ああ、これはわが人生最悪《じんせいさいあく》の悲劇《ひげき》だわ！」

長《なが》いこと使《つか》っていなかったのでかなり錆《さ》びついていたが、はからずもマリラの顔《かお》に笑《え》みが浮《う》かんで、表情《ひょうじょう》がやわらいだ。

「とにかく、もう泣《な》くのはやめなさい。今夜《こんや》、追《お》い出《だ》すつもりはないわ。事情《じじょう》がわかるまでは、ここにいてもらうしかないんだから。名前《なまえ》はなんていうの？」

少女《しょうじょ》は一瞬《いっしゅん》ためらってから、真剣《しんけん》な面持《おもも》ちで言《い》った。

「コーデリアと呼《よ》んでいただけます？」

「コーデリアと呼《よ》んでいただけます？　それは本当《ほんとう》の名前《なまえ》なの？」

「いいえ、ちがうわ。でも、ぜひともコーデリアと呼《よ》ばれたいの。完璧《かんぺき》にエレガントな名《な》前《まえ》でしょ」

「何《なに》を言《い》ってるのか、さっぱりわからないわ。コーデリアじゃないなら、いったいなんなの？」

「アン・シャーリー」その名《な》の持《も》ち主《ぬし》はしぶしぶ答《こた》えた。

「でも、そう、どうかコーデリアと呼《よ》んで。しばらくいるだけだし、わたしをどう呼《よ》ぶかなんて、どうでもいいことでしょ？　アンなんて、ぜんぜんロマンティックじゃないんだもの」

「なんなの、その『ロマンティックじゃない』ってのは！」マリラはにべもなく言《い》った。

「わかりやすくて、まじめそうな、いい名前《なまえ》じゃありませんか。恥《は》じるところはぜんぜんありません」

「あら、べつに恥《は》じているわけじゃないわ。コーデリアのほうが好《す》きってだけのことよ。わたし、自分《じぶん》の名前《なまえ》はコーデリアだと思《おも》うことにしているの。少《すく》なくともここ何年《なんねん》かずっとそうしてるわ。もっと小《ちい》さいときは、ジェラルディンだったけど、いまはコーデリアのほうが好《す》き。でも、もしアンと呼《よ》ぶなら、そのときはつづりの最後《さいご》にe《イー》がつくアン

(Anne《アン》)でお願《ねが》いします」

「最後《さいご》のe《イー》のあるなしに、どんなちがいがあるというの？」

ティーポットを持《も》ちあげたマリラの顔《かお》に、またぎこちない笑《え》みが浮《う》かんでいた。

「あら、たいへんなちがいがあるわ。ずっとすてきに見《み》えるじゃない。名前《なまえ》が呼《よ》ばれるのを聞《き》くと、印刷《いんさつ》されたみたいに、そのつづりが浮《う》かんでこない？　わたしの頭《あたま》には浮《う》かんでくるわ。Ann《エイエヌエヌ》はさえないけど、Anne《エイエヌエヌイー》はかなりエレガントよ。最後《さいご》にe《イー》をつけてアンと呼《よ》んでくれるなら、とりあえず、コーデリアはあきらめることにするわ」

「なるほど、それじゃ、e《イー》つきのアン、どんないきちがいがあったか、話《はな》してもらえるかしら？　スペンサーさんには、男《おとこ》の子《こ》を連《つ》れてきてって、伝《つた》えてもらったはずなの。孤児《こじ》院《いん》には男《おとこ》の子《こ》がいなかったの？」

「まさか。男《おとこ》の子《こ》もたくさんいたわ。でも、スペンサーさんははっきり言《い》ったのよ。あなたたちが十一歳《じゅういっさい》くらいの女《おんな》の子《こ》をさがしてるって。だから寮母《りょうぼ》さんはわたしを選《えら》んだのよ。どんなにうれしかったか、わからないでしょうね。あんまりうれしくて、ゆうべは一睡《いっすい》もできなかったわ」

アンはそこでマシューのほうに向《む》き直《なお》り、うらみがましくつけくわえた。

「ねえ、どうして駅《えき》でおまえはいらないって、置《お》いていってくれなかったの？〈よろこびの白《しろ》い道《みち》〉や〈かがやきの湖《みずうみ》〉を見《み》ていなければ、こんなにつらい思《おも》いをしなくてすんだのに」

「いったいぜんたい、この子《こ》はなんの話《はなし》をしてるの？」

マリラはマシューを見《み》てたずねた。

「こ……この子《こ》は、ここに来《く》る道《みち》すがら話《はな》したことを言《い》ってるだけだ」

マシューはあわてて答《こた》えた。

「馬《うま》を小屋《こや》に入《い》れてくる。戻《もど》ったら食事《しょくじ》にしよう」

「スペンサーさんはあなたと一緒《いっしょ》にだれかを連《つ》れてこなかったの？」

マシューが出《で》ていくと、マリラは質問《しつもん》をつづけた。

「リリー・ジョーンズを自分《じぶん》のところに連《つ》れていったわ。リリーはまだ五歳《ごさい》。とてもかわいい子《こ》で、髪《かみ》は栗色《くりいろ》なの。もし、わたしが栗色《くりいろ》の髪《かみ》のかわいらしい女《おんな》の子《こ》だったら、ここに置《お》いてくれる？」

「いいえ。うちに必要《ひつよう》なのはマシューの畑仕事《はたけしごと》の手伝《てつだ》いができる男《おとこ》の子《こ》ですからね。女《おんな》の子《こ》じゃ使《つか》いものになりません。帽子《ぼうし》をとりなさい。かばんと一緒《いっしょ》に廊下《ろうか》のテーブルの上《うえ》に置《お》いておくから」

アンは言《い》われるままに帽子《ぼうし》を脱《ぬ》いだ。

マシューが戻《もど》ってくると、三人《さんにん》は食卓《しょくたく》についた。しかし、アンは食《た》べる気《き》になれなかった。バターをぬったパンをちびちびかじり、ホタテ貝《がい》のかたちをしたガラスの小皿《こざら》にとりわけられたリンゴの砂糖煮《さとうに》をつまらなそうにつつくばかりで、食《た》べ物《もの》はいっこうに減《へ》らなかった。

「ちっとも食《た》べないじゃないの」

マリラはそれがとんでもない欠点《けってん》であるかのように言《い》った。

アンはため息《いき》をついた。

「食《た》べられないわ。だって、失意《しつい》のどん底《ぞこ》にいるんだもの。失意《しつい》のどん底《ぞこ》にいるとき、おばさんはものが食《た》べられる？」

「失意《しつい》のどん底《ぞこ》なんて行《い》ったことがないし、答《こた》えようがありません」

「一度《いちど》も？　それじゃ、失意《しつい》のどん底《ぞこ》にいることを想像《そうぞう》したことは？」

「ありません」

「それじゃあ、どんな感《かん》じかわからないわね。本当《ほんとう》にいやなものよ。何《なに》か食《た》べようとしても喉《のど》がつまっていて飲《の》みこめないの。たとえそれがチョコレート・キャラメルでもね。チョコレート・キャラメルは二年《にねん》まえに一度《いちど》食《た》べたことがあるんだけど、ただただおいしかったわ。その後《ご》、チョコレート・キャラメルがどっさり出《で》てくる夢《ゆめ》を何度《なんど》も見《み》たけど、かならず、いままさに口《くち》に入《い》れるってときに目《め》が覚《さ》めちゃうの。わたしが食《た》べないこと、悪《わる》く思《おも》わないで。どれも本当《ほんとう》においしいんだけど、どうしても食《た》べられないんです」

「くたびれているのさ」

馬小屋《うまごや》から戻《もど》ってから、まだひとことも口《くち》をきいていなかったマシューが言《い》った。

「寝《ね》かしてやりなさい、マリラ」

実《じつ》を言《い》うと、マリラは先《さき》ほどからこの子《こ》をどこに寝《ね》かせるべきかで悩《なや》んでいた。台所《だいどころ》の脇《わき》の小部屋《こべや》に用意《ようい》してある寝《ね》いすは、あくまでも男《おとこ》の子用《こよう》で、きれいにしてあるとはいえ、女《おんな》の子《こ》を寝《ね》かすわけにはいかない気《き》がしたのだ。とはいえ、浮浪児同然《ふろうじどうぜん》の子《こ》に客用《きゃくよう》の寝室《しんしつ》を使《つか》わせるつもりはなかったので、東《ひがし》の切妻部屋《きりづまべや》（切妻屋根《きりづまやね》の下《した》の部屋《へや》）しかなかった。マリラはろうそくに火《ひ》を灯《とも》して、アンについてくるように言《い》った。アンはしょんぼりしたようすであとにつづいた。途中《とちゅう》、廊下《ろうか》のテーブルから帽子《ぼうし》とじゅうたん地《じ》のかばんを回収《かいしゅう》した。廊下《ろうか》はおそろしいまでにきれいに片《かた》づいていたが、案内《あんない》された小《ちい》さな切妻部屋《きりづまべや》はさらにきちんと掃除《そうじ》されていた。

マリラは三本脚《さんぼんあし》の三角形《さんかくけい》のテーブルにろうそくを置《お》き、ふとんをめくった。

「ねまきは持《も》ってきているわね？」とマリラがたずねた。

アンはうなずいた。

「ふたつ持《も》ってきたわ。孤児院《こじいん》の寮母《りょうぼ》さんが作《つく》ってくれたの。布《ぬの》が足《た》りなくてひどくつんつるてんだけど。孤児院《こじいん》は足《た》りないものだらけで、なんでもこの調子《ちょうし》なの——少《すく》なくともわたしがいたみたいな貧《まず》しい孤児院《こじいん》では。つんつるてんのねまきって大《だい》きらい。だけど、つんつるてんのねまきを着《き》ている人《ひと》も、すそが床《ゆか》まであって、えりにフリルがあしらわれた優美《ゆうび》なネグリジェを着《き》ている人《ひと》と同《おな》じ夢《ゆめ》が見《み》られる。それがせめてもの救《すく》いね」

「ほら、さっさと着替《きが》えてベッドにはいりなさい。すこししたらろうそくをとりにきます。

あなたに自分《じぶん》で消《け》させるつもりはありません。火事《かじ》を出《だ》されたら、かないませんからね」

マリラが出《で》ていくと、アンはせつない気持《きも》ちであたりを見《み》まわした。白《しろ》いしっくいの壁《かべ》は悲《かな》しいまでに飾《かざ》り気《け》がなく、目《め》がちかちかするほどだった。壁《かべ》も自分《じぶん》たちの寒々《さむざむ》しい姿《すがた》に胸《むね》を痛《いた》めているにちがいない、とアンは思《おも》った。床《ゆか》もむきだしで、真《ま》ん中《なか》にだけ、これまで一度《いちど》も見《み》たことがない種類《しゅるい》の、布《ぬの》を三《み》つ編《あ》みにして作《つく》った円形《えんけい》のマットが敷《し》いてあった。片《かた》すみには、飾《かざ》り彫《ぼ》りがほどこされた低《ひく》い支柱《しちゅう》が四本《よんほん》ある昔《むかし》ながらの高《たか》いベッドがあった。べつのすみには、マリラがろうそくを置《お》いていった三角形《さんかくけい》のテーブルがあり、パンパンに太《ふと》った赤《あか》いベルベットの針刺《はりさ》しが飾《かざ》ってあった。針刺《はりさ》しは一番丈夫《いちばんじょうぶ》な針《はり》も折《お》れそうなくらいカチカチだった。その上《うえ》の壁《かべ》に、小《ちい》さな鏡《かがみ》がかかっていた。テーブルとベッドのあいだには窓《まど》があり、白《しろ》いモスリンのカーテンが引《ひ》いてあった。そして、その向《む》かい側《がわ》には洗面台《せんめんだい》があった。

その部屋《へや》にはアンを骨《ほね》の髄《ずい》までふるえあがらせる、なんとも言《い》えないかたくるしさがあった。

アンは泣《な》きじゃくりながらそそくさと服《ふく》を脱《ぬ》ぎ、つんつるてんのねまきに着替《きが》えてベッドに飛《と》び込《こ》むと、枕《まくら》に顔《かお》をうずめて、ふとんを頭《あたま》の上《うえ》まで引《ひ》きあげた。

マリラがろうそくをとりに戻《もど》ったとき、床《ゆか》にさまざまな服《ふく》がでたらめに脱《ぬ》ぎ捨《す》てられていることと、ベッドが嵐《あらし》のように乱《みだ》れていることをのぞけば、アンがいる気配《けはい》はまったく感《かん》じられなかった。

マリラはアンの服《ふく》を丁寧《ていねい》に拾《ひろ》って、黄色《きいろ》いかっちりしたいすの上《うえ》にきちんと置《お》いてから、ろうそくを持《も》って、ベッドに近《ちか》づいた。

「グッド・ナイト《おやすみ》」

マリラは言《い》った。ちょっとぎこちなくはあるが、やさしさが感《かん》じられなくもないおやすみだった。

突然《とつぜん》、ふとんの下《した》から、アンの青白《あおじろ》い顔《かお》と大《おお》きな目《め》が現《あらわ》れて、マリラをぎょっとさせた。

「わたしにとって人生最悪《じんせいさいあく》の夜《よる》だとわかっているのに、どうして『グッド・ナイト《よいよるを》』なんて言《い》えるの？」

アンはなじるようにそう言《い》って、また、ふとんをかぶった。

マリラはゆっくり台所《だいどころ》におりていって、夕食《ゆうしょく》の皿《さら》を洗《あら》いはじめた。

マシューはパイプで煙草《たばこ》を吸《す》っていた。それは心《こころ》がゆれ動《うご》いている証拠《しょうこ》だった。マリラが不潔《ふけつ》だと言《い》わんばかりに顔《かお》をしかめるので、マシューはめったに煙草《たばこ》を吸《す》わない。それでも、どうしても吸《す》いたくなることがあった。そんなときは、人間何《にんげんなに》かしら感情《かんじょう》のはけ口《ぐち》が必要《ひつよう》と考《かんが》えて、マリラも見《み》て見《み》ぬふりをした。

「まったく、困《こま》ったものだわ」

マリラは腹立《はらだ》たしげに言《い》った。

「不精《ぶしょう》をしてことづてをたのんだりしちゃいけなかったのよ。そんなことをしなけりゃ、スペンサーさんの家族《かぞく》が伝言《でんごん》をまちがえることもなかったんですから。あした、馬車《ばしゃ》でスペンサーさんのところへ行《い》って、あの子《こ》を孤児院《こじいん》に送《おく》り返《かえ》してもらわなければ」

「まあ、たぶんそういうことになるんだろうな」

マシューは気乗《きの》りがしないようすで言《い》った。

「何《なに》が、たぶん、ですか！　そうするよりほかないのがわからないんですか？」

「うーむ、なかなかかわいい子《こ》じゃないか、マリラ。あんなにここにいたがっているのに送《おく》り返《かえ》すのはふびんというものだよ」

「マシュー・カスバート、まさかあの子《こ》をうちで引《ひ》き取《と》るつもりじゃないでしょうね！」

仮《かり》にマシューが逆立《さかだ》ちをしたいと言《い》いだしたとしても、マリラはここまでおどろかなかっただろう。

「うーむ、そういうわけじゃない……そういうわけじゃないんだが……」

問《と》いつめられて困《こま》ったマシューは、気《き》まずそうに口《くち》ごもった。

「たぶん……ここに置《お》いてやるのはそう簡単《かんたん》なことじゃないんだろうな」

「だめにきまってます。あの子《こ》をうちに置《お》いて、なんの役《やく》に立《た》つというんです？」

「わたしらがあの子《こ》の役《やく》に立《た》てるかもしれないぞ」

マシューは唐突《とうとつ》に思《おも》いがけないことを口《くち》にした。

「マシュー・カスバート、あの子《こ》に魔法《まほう》をかけられたのね！　あきらかにあの子《こ》をうちに置《お》きたがってるじゃないの！」

「うーむ、なかなかどうして、おもしろい子《こ》なんだ」

マシューはひきさがらなかった。

「駅《えき》から戻《もど》るときのあの子《こ》のおしゃべりを、おまえにも聞《き》かせてやりたかった」

「たしかに、よくしゃべる子《こ》だわ。それはすぐにわかりました。でも、それはあの子《こ》のとりえとはいえません。わたしはおしゃべりな子《こ》が好《す》きじゃないし、女《おんな》の子《こ》はいやなんです。万一《まんいち》、女《おんな》の子《こ》を引《ひ》き取《と》るにしても、あの子《こ》みたいな子《こ》じゃありません。あの子《こ》には、なんだかよくわからないところがある。いけません、すぐに送《おく》り返《かえ》さないと」

「わたしの手伝《てつだ》いはフランスから来《き》た男《おとこ》の子《こ》を雇《やと》えばいい。あの子《こ》はおまえのいい話《はな》し相《あい》手《て》になるぞ」マシューは言《い》った。

「話《はな》し相手《あいて》には困《こま》っていません」マリラはにべもなく断《ことわ》った。

「とにかく、あの子《こ》をここに置《お》くつもりはありませんから」

「うーむ、たしかにおまえの言《い》うとおりだ、マリラ」

マシューはそう言《い》うと、立《た》ちあがってパイプを片《かた》づけた。

「寝《ね》るとしよう」

マシューは寝室《しんしつ》に引《ひ》きあげた。マリラも、皿《さら》を片《かた》づけてから、このうえなく難《むずか》しい顔《かお》をして寝室《しんしつ》に向《む》かった。そして、東《ひがし》の切妻部屋《きりづまべや》では、愛《あい》にうえた独《ひと》りぼっちの少女《しょうじょ》が、泣《な》き疲《つか》れて眠《ねむ》りに落《お》ちていった。

グリーン・ゲイブルズの朝《あさ》

アンが目《め》を覚《さ》まし、ベッドから身《み》を起《お》こしたときには、もうずいぶん日《ひ》が高《たか》くなっていた。ぼんやりした頭《あたま》で明《あか》るい光《ひかり》がさしこむ窓《まど》を見《み》やると、すぐ外《そと》で何《なに》かふわふわした白《しろ》いものがゆれていて、そのすきまに青《あお》い空《そら》が見《み》えかくれしていた。

一瞬《いっしゅん》、アンは自分《じぶん》がどこにいるか思《おも》いだせなかった。まずはうれしくなってゾクゾクしたが、すぐにいやなことを思《おも》いだした。ここはグリーン・ゲイブルズ、カスバート家《け》の人《ひと》たちがほしいのは男《おとこ》の子《こ》で、自分《じぶん》は求《もと》められていない、ということを。

それでも、いまは朝《あさ》、窓《まど》の外《そと》ではサクラの木《き》が思《おも》いきり花《はな》を咲《さ》かせていた。アンはベッドから飛《と》びだすと、窓辺《まどべ》へ急《いそ》ぎ、窓《まど》を押《お》しあげた。窓《まど》は長《なが》らく閉《し》めっぱなしになっていたのか、ギィーと音《おと》がして、支《ささ》えがなくても開《ひら》いたままになった。

アンは窓辺《まどべ》にひざまずき、よろこびに目《め》をかがやかせながら六月《ろくがつ》の朝《あさ》の景色《けしき》をながめた。

ああ、なんてきれいなところなの？　なんてすてきなところなの？　でも、ここにはいられないのね！

アンは晴《は》れてここで暮《く》らすことになった自分《じぶん》を想像《そうぞう》してみた。ここには想像《そうぞう》を広《ひろ》げるゆとりがあった。

外《そと》にはサクラの大木《たいぼく》があった。家《いえ》の壁《かべ》にふれるほど大《おお》きく広《ひろ》げた枝《えだ》に、葉《は》が見《み》えなくなるほどたくさんの花《はな》をつけていた。家《いえ》の両側《りょうがわ》には大《おお》きな果樹園《かじゅえん》があり、片方《かたほう》にはリンゴが、片方《かたほう》にはサクラが植《う》わっていた。どちらも花《はな》でいっぱいだった。地面《じめん》にはタンポポが咲《さ》き乱《みだ》れていた。窓《まど》の下《した》の庭《にわ》にはライラックがあり、その紫色《むらさきいろ》の花《はな》から、クラクラするような甘《あま》い香《かお》りが、朝《あさ》の風《かぜ》に乗《の》って窓辺《まどべ》にただよってきていた。

庭《にわ》の先《さき》を見《み》ると、シロツメクサの野原《のはら》が、窪地《くぼち》に向《む》かってゆるやかにくだっていた。窪《くぼ》地《ち》には小川《おがわ》が流《なが》れ、たくさんのシラカバが軽《かろ》やかにそびえていた。その下《した》の地面《じめん》は、シダやコケといった、森《もり》ならではの植物《しょくぶつ》にやさしくおおわれているのだろう。窪地《くぼち》のむこうには、トウヒとモミがしげる青《あお》い丘《おか》があり、木立《こだち》のすきまから、きのう、〈かがやきの湖《みずうみ》〉の対岸《たいがん》から見《み》た小《ちい》さな家《いえ》の、灰色《はいいろ》の切妻屋根《きりづまやね》がのぞいていた。

そして、左手《ひだりて》に並《なら》ぶ大《おお》きな納屋《なや》の奥《おく》からなだらかにくだっていく草原《そうげん》の先《さき》に、きらめく青《あお》い海《うみ》がほんのすこし見《み》えていた。

美《うつく》しいものが大好《だいす》きなアンは、そのすべてに魅了《みりょう》され、むさぼるように目《め》を走《はし》らせた。およそ美《うつく》しいとはいえないものに囲《かこ》まれて育《そだ》った不幸《ふこう》な少女《しょうじょ》にとって、それはまさに夢《ゆめ》に見《み》た世界《せかい》だった。

窓辺《まどべ》にひざまずいて、うっとり外《そと》をながめていたアンは、ふいに肩《かた》をたたかれ、飛《と》びあがるほどおどろいた。景色《けしき》に夢中《むちゅう》で、マリラがはいってきた音《おと》に気《き》づかなかったのだ。

「そろそろ着替《きが》えなさい」

マリラの物言《ものい》いがついそっけなくなってしまうのは、子《こ》どもに慣《な》れていないせいもあるのだろう。

アンは立《た》ちあがって深々《ふかぶか》と息《いき》を吸《す》いこむと、ひらひらと手《て》を動《うご》かして窓《まど》の外《そと》を示《しめ》した。

「なんてすばらしいの！」

「ずいぶん大《おお》きくなって、見事《みごと》な花《はな》を咲《さ》かせるけど、たいした実《み》はならないのよ。なるのは、虫食《むしく》いだらけの小《ちい》さな実《み》ばかり」

「あら、わたしが言《い》ってるのはこの木《き》のことだけじゃないわ。もちろん、このサクラもすばらしい――かがやくばかりにすばらしいけど、すばらしいのは何《なに》もかもよ。庭《にわ》、果樹園《かじゅえん》、小川《おがわ》、森《もり》、この愛《あい》すべき世界《せかい》のすべてよ。こういう朝《あさ》って、世界《せかい》を愛《あい》さずにいられなくなるわね？　小川《おがわ》の笑《わら》い声《ごえ》がここまで聞《き》こえてくるわ。知《し》ってる？　小川《おがわ》って陽気《ようき》なのよ。いつも笑《わら》ってるの。冬《ふゆ》のさなかに、氷《こおり》の下《した》で笑《わら》っているのを聞《き》いたことがあるわ。グリーン・ゲイブルズの近《ちか》くに小川《おがわ》が流《なが》れていて、本当《ほんとう》によかったわ。ここで暮《く》らすわけじゃないんだから、どっちでもいいだろうって思《おも》うかもしれないけど、そんなことない。たとえ二度《にど》と見《み》ることがなくても、わたしはこの先《さき》ずっと、グリーン・ゲイブルズに小川《おがわ》が流《なが》れていたことを忘《わす》れないわ。もし流《なが》れていなかったら、あそこには小川《おがわ》が流《なが》れていたほうがいいのにって、ずっともやもやしていなくちゃならないもの。けさの気分《きぶん》は失意《しつい》のどん底《ぞこ》じゃないわ。朝《あさ》はそういう気分《きぶん》になれないの。朝《あさ》があるってすばらしいことね？　それでも、すごく悲《かな》しい。いまちょうど、やっぱりわたしを引《ひ》き取《と》ることにしたって言《い》われて、いつまでもここにいられるようになったところを想像《そうぞう》していたの。そのあいだは、天《てん》にも昇《のぼ》る心持《こころも》ちだったわ。想像《そうぞう》の何《なに》がいやといってそれは、いつかやめなければならないときが来《く》るってこと、それがつらいってことね」

「想像《そうぞう》とやらはいいかげんにして、着替《きが》えておりてきなさい」

マリラは口《くち》をはさむすきを見《み》つけると、すかさず言《い》った。

「朝食《ちょうしょく》の支度《したく》ができているから、顔《かお》を洗《あら》って髪《かみ》をとかすのよ。窓《まど》は開《あ》けたままにして、ふとんを折《お》り返《かえ》しておきなさい。できるだけ手際《てぎわ》よくね」

十分後《じっぷんご》、アンは言《い》われたとおり、きちんと服《ふく》を着《き》て、ブラシをかけた髪《かみ》をおさげにして、顔《かお》を洗《あら》い、台所《だいどころ》へおりていった。のろまというわけではなさそうだが、実《じつ》を言《い》うと、ふとんを折《お》り返《かえ》すのは忘《わす》れていた。

「けさはおなかがぺこぺこだわ」

アンはそう言《い》いながら、マリラが用意《ようい》したいすに座《すわ》った。

「ゆうべみたいに、世界《せかい》が荒《あ》れ野《の》に見《み》えるようなこともないし。いいものね、よく晴《は》れた朝《あさ》って。でも、雨《あめ》の朝《あさ》も好《す》きよ。朝《あさ》ってわくわくしない？　その日《ひ》、何《なに》があるかまだわからないし、想像《そうぞう》を広《ひろ》げるゆとりが山《やま》ほどあるんだもの。でも、きょうだけは雨《あめ》が降《ふ》らなくてよかったわ。つらいことに明《あか》るくたえるときは、晴《は》れているほうが楽《らく》なの。きょうはたえなくちゃならないことがたくさんありそう。悲劇《ひげき》のヒロインになりきって、悲《かな》しみにたえるところを想像《そうぞう》するのは楽《たの》しいけど、じっさいに悲《かな》しい目《め》にあうのは、ちっともいいものじゃないものね？」

「たのむから、すこしだまっていてくれない？　子《こ》どものくせにしゃべりすぎです」

マリラがそう言《い》うと、アンはすぐに口《くち》を閉《と》ざした。しかし、あまりにも素直《すなお》に、あまりにもぴたりとだまりこんだために、かえってマリラのいらだちをつのらせることになった。マシューもいつものようにだまっていたので、食卓《しょくたく》はいやに静《しず》かになった。

アンは空想《くうそう》をはじめた。機械《きかい》のように食事《しょくじ》を口《くち》に運《はこ》びながら、大《おお》きな目《め》を窓《まど》の外《そと》の空《そら》に向《む》け、ぼうっと何《なに》かを見《み》つめていた。そのようすは、マリラをさらにいらだたせ、落《お》ち着《つ》かない気持《きも》ちにさせた。

この子《こ》は体《からだ》をここに残《のこ》したまま、想像《そうぞう》とやらで、広々《ひろびろ》とした雲《くも》の上《うえ》を飛《と》びまわっている。こんなへんてこな子《こ》を家《いえ》に置《お》くなんて、まっぴらごめんだわ。

ところが、マシューはなぜかアンを引《ひ》き取《と》りたがっていた。その気持《きも》ちは一夜《いちや》明《あ》けたいまも変《か》わっていないし、これからも変《か》わらない。マシューはいったんこうと決《き》めたら、あきれるほど静《しず》かにその意志《いし》をつらぬく。マリラにはわかっていた。そうやってだまっていられると、うるさく言《い》ってくる以上《いじょう》に、したがわざるを得《え》なくなるということが。

食事《しょくじ》がすむと、アンは空想《くうそう》から抜《ぬ》けだして皿《さら》を洗《あら》うと申《もう》し出《で》た。

「ちゃんと洗《あら》えるのかしら？」

マリラは疑《うたが》わしそうにたずねた。

「なかなかの腕前《うでまえ》なのよ。でも、本当《ほんとう》にうまいのは子守《こも》り。たくさんの子《こ》を見《み》てきたの。ここに世話《せわ》をする子《こ》がいないのがおしいくらいだわ」

「世話《せわ》をしなくちゃいけない子《こ》どもはもうたくさん。はっきり言《い》って、あなたには大弱《おおよわ》りなのよ。いったいどうしたものやら。まったく、マシューときたら、とんでもない変《か》わり者《もの》なんだから」

「あら、おじさんはすてきな人《ひと》だわ」

アンはとがめるように言《い》った。

「とてもやさしいし。わたしがいくらしゃべってもいやがらない……というか、楽《たの》しんでくれているみたいだったわ。会《あ》ってすぐにわかったの、〈同《おな》じたましいの持《も》ち主《ぬし》〉だって」

「〈同《おな》じたましいの持《も》ち主《ぬし》〉に思《おも》えるのは、ふたりそろって、とんでもない変《か》わり者《もの》だからです」

マリラはそう言《い》って、フンと鼻《はな》を鳴《な》らした。

「では、お皿《さら》を洗《あら》ってもらいましょう。熱《あつ》いお湯《ゆ》をたっぷり使《つか》って、しっかりかわかすのよ。朝《あさ》のうちに片《かた》づけなきゃならないことが山《やま》ほどあるわ。午後《ごご》には馬車《ばしゃ》でホワイト・サンズへ出《で》かけて、スペンサーさんに会《あ》わなきゃいけませんからね。あなたも一緒《いっしょ》に行《い》って、どうするか決《き》めるのよ。皿洗《さらあら》いがすんだら上《うえ》に行《い》って、使《つか》ったベッドを整《ととの》えなさい」

マリラの厳《きび》しい監視《かんし》のもと、アンは手際《てぎわ》よく皿《さら》を洗《あら》った。ベッドメイキングは皿洗《さらあら》いほどうまくいかなかった。羽毛《うもう》ふとんのあつかいを習《なら》ったことが一度《いちど》もなかったのだ。それでもどうにか平《たい》らにできたところで、マリラから昼食《ちゅうしょく》まで外《そと》で遊《あそ》んできていいと言《い》われた。マリラの目的《もくてき》はじゃま者《もの》を追《お》いはらうことにあった。

アンはうれしそうに目《め》をかがやかせ、戸口《とぐち》へ走《はし》っていった。ところが、とびらのすぐ手《て》前《まえ》でぴたりと足《あし》を止《と》め、きびすを返《かえ》してテーブルのところに戻《もど》り、そのまま腰《こし》をおろした。楽《たの》しげな表情《ひょうじょう》も目《め》のかがやきも、だれかがろうそく消《け》しをかぶせたみたいに消《き》えてなくなっていた。

「こんどはなんなの？」とマリラがたずねた。

「出《で》かける勇気《ゆうき》がないわ」

アンはこの世《よ》のよろこびをすっかりあきらめたかのように言《い》った。

「ここに置《お》いてもらえないなら、グリーン・ゲイブルズを好《す》きになってもしょうがないし、うっかり出《で》かけて木《き》や花《はな》や果樹園《かじゅえん》や小川《おがわ》と出会《であ》ってしまったら、好《す》きにならずにいられないもの。いまだってじゅうぶんつらいけど、これ以上《いじょう》、つらい思《おも》いはしたくないわ。外《そと》にはすごく行《い》ってみたい。みんながわたしを呼《よ》んでいる気《き》がする。『アン、アン、こっちへおいで、アン、遊《あそ》ぼうよ』って。でも、行《い》かないほうがいいと思《おも》うの。引《ひ》き離《はな》されることが決《き》まっているのに、好《す》きになってもしょうがないでしょ？　それに、好《す》きにならずにいられると思《おも》う？　だからこそ、ここで暮《く》らすことを想像《そうぞう》したとき、天《てん》にも昇《のぼ》る心持《こころも》ちになったのよ。ここには好《す》きになれそうなものがたくさんあって、好《す》きなだけ好《す》きになれるって。でも、はかない夢《ゆめ》は終《お》わったし、あきらめて運命《うんめい》に身《み》をまかせることにしたの。外《そと》へ行《い》くのを考《かんが》え直《なお》したのはそういうわけよ。またあきらめがつかなくなったら、たいへんだもの。あの窓《まど》のところにあるゼラニウムは、なんて名前《なまえ》なの？」

「あれはアップル・ゼラニウムよ」

「そういう名前《なまえ》じゃなくて、自分《じぶん》でつけてあげた名前《なまえ》のこと。名前《なまえ》をつけていないの？　わたしがつけてもいい？　そうねえ……〈ボニー〉がいいわ。ここにいるあいだ〈ボニー〉って呼《よ》んでいい？　ぜひそうさせて！」

「なんとでもご自由《じゆう》に。だいたい、ゼラニウムなんかに名前《なまえ》をつけて、どうしようっていうの？」

「あら、たとえゼラニウムでも、呼《よ》び名《な》があったほうが親《した》しみがわくわ。人《ひと》みたいに思《おも》えるもの。ゼラニウムとしか呼《よ》ばないでいると、ゼラニウムが気《き》を悪《わる》くするかもしれないでしょ？　おばさんだって、『おい、そこの女《おんな》』としか呼《よ》ばれなかったらいやでしょ？　だから〈ボニー〉って呼《よ》ぶわ。けさ、切妻部屋《きりづまべや》の窓《まど》の外《そと》にあるサクラの木《き》にも名前《なまえ》をつけたのよ。真《ま》っ白《しろ》だから〈雪《ゆき》の女王《じょおう》〉にしたわ。もちろん、いつも花《はな》が咲《さ》いてるわけじゃないけど、花《はな》が咲《さ》いてるところが思《おも》い浮《う》かぶでしょ？」

「あんな子《こ》は見《み》たことも聞《き》いたこともないわ」

ジャガイモをとりに食料貯蔵室《しょくりょうちょぞうしつ》へ逃《に》げこむと、マリラはだれにともなく言《い》った。

「マシューが言《い》うとおり、おもしろい子《こ》ではある。こんどは何《なに》を言《い》いだすのか、だんだん楽《たの》しみになってきてもいる。わたしにまで魔法《まほう》をかける気《き》かしら。マシューはもうかけられてる。ゆうべぼそっとほのめかしたことが、畑《はたけ》に出《で》かけるときの顔《かお》に、もういっぺんすっかり書《か》いてあったわ。よその連中《れんちゅう》みたいに口《くち》で言《い》ってくれたら、それに合《あ》わせて説得《せっとく》すればいい。でも、顔《かお》でしかものを言《い》わない人間《にんげん》に、いったい何《なに》を言《い》えというの？」

マリラが食料貯蔵室《しょくりょうちょぞうしつ》から戻《もど》ると、アンは両手《りょうて》でほおづえをつき、視線《しせん》を空《そら》に向《む》けてまた空想《くうそう》にふけっていた。マリラは早《はや》めの昼食《ちゅうしょく》をテーブルに並《なら》べるまで、アンを放《ほう》っておくことにした。

「きょうの午後《ごご》はわたしが馬車《ばしゃ》を使《つか》っていいのね、マシュー？」とマリラがたずねた。

マシューはうなずき、悲《かな》しそうにアンを見《み》やったが、マリラはその視線《しせん》をさえぎるように、ぴしゃりと言《い》った。

「ホワイト・サンズへ行《い》って片《かた》をつけてきます。アンを連《つ》れていけば、おそらく、スペンサーさんがすぐにノヴァ・スコシアへ送《おく》り返《かえ》す手《て》はずを整《ととの》えてくれるでしょう。兄《にい》さんの夕食《ゆうしょく》は用意《ようい》しておきます。乳《ちち》しぼりの時間《じかん》までには戻《もど》りますから」

それでもマシューはだまっていたので、マリラはことばと息《いき》のむだづかいをした気《き》がした。マリラにとって、返事《へんじ》をしない男《おとこ》よりしゃくにさわるものはなかった。まあ、返事《へんじ》をしない女《おんな》よりはいくらかましだが。

マリラとアンが出《で》かける時間《じかん》になると、マシューは車《くるま》に馬《うま》をつけた。そして、庭《にわ》の木戸《きど》を開《あ》けて、馬車《ばしゃ》がゆっくり通《とお》りぬけるのを見守《みまも》りながら、独《ひと》り言《ごと》のようにつぶやいた。

「けさ、リトル・ジェリー・ブートが来《き》たから、この夏《なつ》の手伝《てつだ》いをたのんでおいたぞ」

マリラは何《なに》も言《い》わずに不運《ふうん》な馬《うま》に思《おも》いきり鞭《むち》を入《い》れた。その手《て》のあつかいに慣《な》れていない太《ふと》った馬《うま》は、すっかりいきりたってとんでもない勢《いきお》いで小道《こみち》を走《はし》りだした。激《はげ》しくゆれる馬車《ばしゃ》から一度《いちど》だけふりかえると、しゃくにさわるマシューが木戸《きど》にもたれてさみしそうにふたりを見送《みおく》っていた。

アンの身《み》の上《うえ》

「わたし、この馬車《ばしゃ》の旅《たび》を楽《たの》しむことにしたわ」

アンはきっぱりと言《い》った。

「これまでの経験《けいけん》から、固《かた》く心《こころ》に決《き》めればたいていのことは楽《たの》しめるってわかったの。もちろん、決意《けつい》は固《かた》くないとだめよ。馬車《ばしゃ》に乗《の》っているあいだは孤児院《こじいん》に帰《かえ》ることは考《かんが》えないようにするわ。考《かんが》えるのは馬車《ばしゃ》の旅《たび》のことだけ。ああ、見《み》て、もう小《ちい》さな野《の》バラが咲《さ》いてる！　きれいね？　バラに生《う》まれてよろこんでいるとしか思《おも》えないわね？　バラが話《はな》せたらすてきでしょうね？　きっと、すてきなことを話《はな》してくれるわ。それに、ピンクって世界一《せかいいち》うっとりさせてくれる色《いろ》よね？　大好《だいす》き。でも、ピンクの服《ふく》は着《き》られない。赤毛《あかげ》の人間《にんげん》はピンクが着《き》られないのよ——たとえ想像《そうぞう》のなかでも。子《こ》どものころは赤毛《あかげ》だったけど、大人《おとな》になったらべつの色《いろ》になったって人《ひと》を、だれか知《し》らない？」

「そんな人《ひと》はひとりも知《し》りません」

マリラはすげなく言《い》った。

「それに、あなたの髪《かみ》にもそんなことはけっして起《お》きませんから」

アンはため息《いき》をついた。

「ああ、またひとつ希望《きぼう》が消《き》えたわ。『わが人生《じんせい》はまさに希望《きぼう》の墓場《はかば》だ』。まえに読《よ》んだ本《ほん》に書《か》いてあったことばなんだけど、何《なに》かにがっかりするたびに、それをつぶやいてなぐさめにしてるのよ」

「どこになぐさめがあるのか、さっぱりわからないわ」

「あら、とてもやさしくてロマンティックな響《ひび》きがあるところよ。自分《じぶん》が物語《ものがたり》のヒロインになった気《き》がしてくるわ。わたし、ロマンティックなことが大好《だいす》きなの。希望《きぼう》がたくさんうまっている墓場《はかば》だなんて、最高《さいこう》にロマンティックじゃない？　そういう墓場《はかば》があって、何《なに》よりだわ。きょうは〈かがやきの湖《みずうみ》〉を渡《わた》るの？」

「もし、バリー家《け》の湖《みずうみ》のことを言《い》ってるなら、渡《わた》りません。きょうは海沿《うみぞ》いの道《みち》を行《い》きます」

「『海沿《うみぞ》いの道《みち》』って、いい響《ひび》きだわ」アンはうっとりと言《い》った。「響《ひび》きと同《おな》じくらいすてきな道《みち》なんでしょ？　あなたが『海沿《うみぞ》いの道《みち》』って言《い》ったとき、頭《あたま》のなかにその道《みち》の絵《え》が浮《う》かんだの。ぱあっと！　それにホワイト・サンズもいい名前《なまえ》ね。でも、アヴォンリーほど好《す》きじゃない。アヴォンリーってすてきな名前《なまえ》だわ。まるで音楽《おんがく》みたい。ホワイト・サンズまではどれくらいあるの？」

「五《ご》マイル（約八《やくはち》キロ）よ。どうやら何《なに》がなんでもしゃべりつづける覚悟《かくご》みたいだけど、それならいっそ自分《じぶん》のことを話《はな》したらどうなの？」

「あら、自分《じぶん》のことなんて、話《はな》すほどのことはないわ」アンはむきになって言《い》った。「想像《そうぞう》した自分《じぶん》のことでよければ、おもしろい話《はなし》ができるんだけど」

「だめよ。あなたの空想話《くうそうばなし》はもうたくさん。ありのままの事実《じじつ》だけを話《はな》しなさい。はじめから順《じゅん》に。どこで生《う》まれたの？　いまいくつなの？」

「三月《さんがつ》に十一歳《じゅういっさい》になったわ」

アンは小《ちい》さなため息《いき》をついて、しかたなく、ありのままの事実《じじつ》を話《はな》すことにした。

「生《う》まれたのはノヴァ・スコシアのボーリングブローク。父《とう》さんの名《な》はウォルター・シャーリー。ボーリングブローク高校《こうこう》で先生《せんせい》をしていた人《ひと》よ。母《かあ》さんの名《な》はバーサ・シャーリー。ウォルターとバーサってすてきな名前《なまえ》でしょ？　両親《りょうしん》がいい名前《なまえ》の持《も》ち主《ぬし》でよかったわ。父《とう》さんの名《な》が、たとえば……そうねえ……ジェデダイアだったら、ひどく気《き》まずいでしょ？」

「きちんとした人《ひと》なら、名前《なまえ》なんかなんだっていいじゃありませんか」

マリラは言《い》った。ためになることを言《い》ってやりたい気《き》がしたのだ。

「うーん、それはどうかなあ……」

アンはそう言《い》って考《かんが》えこんだ。

「まえに読《よ》んだ本《ほん》に、どんな名前《なまえ》で呼《よ》ばれてもバラは甘《あま》く香《かお》るって書《か》いてあったけど、わたしにはそうは思《おも》えないの。もしもバラがアザミやザゼンソウと呼《よ》ばれていたら、いまほどすてきには思《おも》えないいんじゃないかしら。たとえジェデダイアでも、父《とう》さんはいい人《ひと》だったかもしれない。でも、それが重荷《おもに》になっていたはずよ。

母《かあ》さんも高校《こうこう》の先生《せんせい》だったけど、父《とう》さんと結婚《けっこん》して辞《や》めたわ。父《とう》さんの世話《せわ》だけで手《て》いっぱいだから。トマスさんの話《はなし》では、ふたりともまだ赤《あか》ん坊《ぼう》みたいに若《わか》くて、教会《きょうかい》のネズミみたいに貧《まず》しかったんですって。ふたりが引《ひ》っ越《こ》してきたのは、ボーリングブロークのすごく小《ちい》さな黄色《きいろ》い家《いえ》で、見《み》たことはないけど、何度《なんど》も想像《そうぞう》してみたわ。応接間《おうせつま》の窓《まど》がスイカズラにおおわれていて、前庭《まえにわ》にはライラックが、木戸《きど》のすぐ内側《うちがわ》にはスズランが植《う》わっているの。窓《まど》という窓《まど》にモスリンのカーテンがさがっているわ。モスリンのカーテンって家《いえ》にふんいきをあたえるでしょ。わたしはその家《いえ》で生《う》まれたの。見《み》たことがないほどみっともない赤《あか》ん坊《ぼう》だったって、トマスさんが言《い》っていたわ。ガリガリにやせているし、目《め》のほかはぜんぶ小《ちい》さいし。でも、母《かあ》さんはとてもきれいだと思《おも》ったみたい。ここはお掃除《そうじ》に来《き》ていた貧乏《びんぼう》なおばさんより、母親《ははおや》の見立《みた》てを信《しん》じるべきよね？　とにかく、母《かあ》さんによろこんでもらえてよかったわ。がっかりさせたと思《おも》うと、悲《かな》しくなるもの。だって、その後《ご》、そんなには生《い》きられなかったわけだし。母《かあ》さんはわたしがまだ三《さん》か月《げつ》のときに熱病《ねつびょう》にかかって死《し》んでしまったの。せめて『母《かあ》さん』って呼《よ》んだことを覚《おぼ》えていられるまで、生《い》きていてほしかったな。『母《かあ》さん』って呼《よ》びかけるのって、いいものだと思《おも》わない？その四日後《よっかご》、父《とう》さんも熱病《ねつびょう》で死《し》んだの。トマスさんの話《はなし》では、みなしごになったわたしをどうしたものかと、みんな、困《こま》り果《は》ててしまったんですって。そう、だれもわたしを引《ひ》き取《と》りたがらなかった。どうやらわたしはそういう星《ほし》のもとに生《う》まれたのね。父《とう》さんも母《かあ》さんも遠《とお》くから来《き》た人《ひと》だから、親類《しんるい》はひとりもいなかった。みんなそれを知《し》っていたの。それでしかたなく、トマスさんが引《ひ》き取《と》ることにしたんですって。貧乏《びんぼう》で、しかも飲《の》んだくれのだんなさんがいるのに。トマスさんは〝手塩《てしお》にかけて〟わたしを育《そだ》ててくれたわ。手《て》塩《しお》にかけて育《そだ》てられた人《ひと》は、そうじゃない人《ひと》と何《なに》がちがうのかしら？　だってわたしがいたずらをするたびに、トマスさんが言《い》うんだもの、『手塩《てしお》にかけて育《そだ》ててやったのに、なんでそんなことをするんだい？』って。まるで怒《おこ》っているみたいにね。

トマス夫妻《ふさい》がボーリングブロークからメリーズヴィルに引《ひ》っ越《こ》したときもついていって、八歳《はっさい》になるまで一緒《いっしょ》に暮《く》らしたわ。トマス家《け》の子《こ》どもたちの世話《せわ》を手伝《てつだ》ったの。わたしより小《ちい》さい子《こ》が四人《よにん》いて、すごく手《て》のかかる子《こ》どもたちだったわ。その後《ご》、だんなさんが列《れっ》車《しゃ》にひかれて亡《な》くなって、だんなさんのお母《かあ》さんがトマスさんと子《こ》どもたちを引《ひ》き取《と》ることになったんだけど、わたしはいらないって言《い》われてしまったの。トマスさんは、わたしをだれに託《たく》せばいいかわからなくて、途方《とほう》に暮《く》れていたわ。

そこへ川上《かわかみ》からハモンドさんがやってきて、わたしを引《ひ》き取《と》ると言《い》ってくれたの。子守《こも》りがうまいってわかったから。それで川上《かわかみ》にある切《き》り株《かぶ》だらけの小《ちい》さな開拓地《かいたくち》で暮《く》らすことになったんだけど、とてもさみしいところで、想像力《そうぞうりょく》がなければ暮《く》らせたものじゃなかったわ。ハモンドさんのだんなさんはそこで製材所《せいざいしょ》をやっていて、ハモンド家《け》には子《こ》どもが八人《はちにん》もいたのよ。しかも、双子《ふたご》が三組《さんくみ》。赤《あか》ちゃんはきらいじゃないけど、たてつづけに三組《さんくみ》の双子《ふたご》はきつかったわ。最後《さいご》のひと組《くみ》が生《う》まれたとき、ハモンドさんにはっきりそう言《い》ってしまったの。赤《あか》ちゃんたちをだっこして歩《ある》くのには、もううんざりですって。

川上《かわかみ》のハモンド家《け》での暮《く》らしが丸二年《まるにねん》になったころ、だんなさんが亡《な》くなって、ハモンドさんは家《いえ》を捨《す》ててしまったの。子《こ》どもたちを親類《しんるい》にばらまいてアメリカへ行《い》ってしまったのよ。だれも引《ひ》き取《と》り手《て》がいないわたしはホープタウンの孤児院《こじいん》にはいるしかなかったんだけど、孤児院《こじいん》も引《ひ》き取《と》りたがらなかった。満員《まんいん》だと言《い》っていたけど、本当《ほんとう》にそのとおりだったわ。それでも、引《ひ》き取《と》らないわけにはいかないものね。それで、スペンサーさんが来《く》るまで、四《よん》か月間《げつかん》、そこにいたの」

話《はな》し終《お》えたアンは、またため息《いき》をついた。それは安堵《あんど》のため息《いき》だった。じゃま者《もの》あつかいされてきたことを話《はな》すのが、つらかったのだろう。

「学校《がっこう》には行《い》っていたの？」

マリラは馬《うま》の鼻《はな》を海沿《うみぞ》いの道《みち》へ向《む》けながらたずねた。

「あまり行《い》けなかったわ。トマスさんのところにいた最後《さいご》の年《とし》にちょっと行《い》っただけ。川《かわ》上《かみ》の家《いえ》へ行《い》ってからは、学校《がっこう》から遠《とお》すぎて、春《はる》と秋《あき》にしか行《い》けなかったの。冬《ふゆ》は歩《ある》けないし夏《なつ》は学校《がっこう》がお休《やす》みだから。でも、孤児院《こじいん》にいるあいだは行《い》っていたわ。読《よ》むのはけっこう得意《とくい》だし、暗誦《あんしょう》できる詩《し》がたくさんあるのよ。『ホーエンリンデンの戦《たたか》い』とか、『フロッデン後《ご》のエジンバラ』とか、『ライン河畔《かはん》のビンゲン』とか。『湖上《こじょう》の麗人《れいじん》』の大半《たいはん》と、ジェームズ・トムソンの『四季《しき》』も、だいたい覚《おぼ》えたわ。背筋《せすじ》がゾクゾクする詩《し》っていいわよね？　教科書《きょうかしょ》の五巻目《ごかんめ》に『ポーランドの陥落《かんらく》』っていう詩《し》があるんだけど、それがもう、スリル満点《まんてん》でね。そう、わたしは四巻目《よんかんめ》をやっていて、五巻目《ごかんめ》はまだ習《なら》っていなかったんだけど、お姉《ねえ》さんたちに借《か》りて読《よ》ませてもらったの」

「その奥《おく》さんたち――トマスさんとハモンドさんには、よくしてもらえたの？」

マリラは横目《よこめ》でこっそりアンを見《み》ながらたずねた。

「え、ええ……」

アンは口《くち》ごもった。心《こころ》のうつろいを映《うつ》しやすい小《ちい》さな顔《かお》がにわかに赤《あか》く染《そ》まり、額《ひたい》に気《き》まずさが浮《う》かんだ。

「そのつもりはあったみたい……できるだけやさしくしようと努力《どりょく》してくれていたわ。それに、やさしくするつもりさえあれば、じっさいはそうじゃなくても、たいして気《き》にならないものでしょ。奥《おく》さんたちも厄介事《やっかいごと》をたくさんかかえていたんだもの。飲《の》んだくれのだんなさんと暮《く》らすのはたいへんな苦労《くろう》よ。双子《ふたご》をたてつづけに三回産《さんかいう》むのだって、しんどいにきまってる。そう思《おも》わない？　でも、やさしくするつもりはあったと思《おも》うわ」

マリラもそれ以上《いじょう》は聞《き》かなかった。アンは海沿《うみぞ》いの道《みち》を行《い》く感動《かんどう》に静《しず》かに身《み》をまかせていた。マリラはぼんやり馬《うま》を操《あやつ》りながら、深《ふか》い物思《ものおも》いに沈《しず》んでいった。アンに対《たい》するあわれみが、にわかに心《こころ》をゆさぶりはじめていた。この子《こ》はこれまで愛《あい》されることなく生《い》きてきたのだ。貧《まず》しさを背負《せお》わされ、だれからもかえりみられることを知《し》らずに生《い》きてきたのだ。ほんものの家《いえ》をもてると大《おお》よろこびするのも無理《むり》はない。そんな子《こ》を孤児院《こじいん》に送《おく》り返《かえ》すのは、あまりというものではないだろうか？　マシューの不可解《ふかかい》な気《き》まぐれにつきあってこの子《こ》を引《ひ》き取《と》ってみてはどうだろう？　マシューはその気《き》になっているし、この子《こ》は教《おし》えがいのあるいい子《こ》のようだし……

「たしかにおしゃべりではあるけれど」マリラは心《こころ》のなかでつぶやいた。「それはしつければ直《なお》るかもしれない。無礼《ぶれい》なことや下品《げひん》なことは口《くち》にしないし、どことなくレディを思《おも》わせるところさえある。両親《りょうしん》は立派《りっぱ》な人《ひと》だったにちがいない」

海沿《うみぞ》いの道《みち》は木々《きぎ》に囲《かこ》まれたさみしい道《みち》だった。右手《みぎて》には、湾《わん》から吹《ふ》きつける海風《うみかぜ》との長年《ながねん》の戦《たたか》いにもめげずに、モミの低木《ていぼく》がうっそうと生《お》いしげっていた。左手《ひだりて》には、赤い砂《さ》岩《がん》の崖《がけ》が道《みち》のきわまで迫《せま》っていた。車《くるま》を引《ひ》いているのがこれほどおとなしい馬《うま》でなければ、度胸《どきょう》だめしになっていたのだろう。崖《がけ》の下《した》では、波《なみ》にけずられた磯《いそ》と、宝石《ほうせき》のような小石《こいし》がちらばる砂浜《すなはま》が、小《ちい》さな入《い》り江《え》を作《つく》っていて、その先《さき》に横《よこ》たわるまばゆいばかりの青《あお》い海《うみ》の上《うえ》では、銀色《ぎんいろ》の翼《つばさ》を光《ひか》らせながらカモメが飛《と》びかっていた。

「海《うみ》ってすばらしいわね？」目《め》を丸《まる》くして海《うみ》に見入《みい》っていたアンが口《くち》を開《ひら》いた。「メリーズヴィルに住《す》んでいたころ、トマスさんのだんなさんが借《か》りた荷馬車《にばしゃ》に乗《の》って、みんなで十《じゅう》マイル（約十六《やくじゅうろく》キロ）はなれた海岸《かいがん》に出《で》かけたことがあるの。ずっと子《こ》どもたちの面倒《めんどう》を見《み》ていなくちゃいけなかったけど、それでも、あの日《ひ》は一日《いちにち》じゅう楽《たの》しくてしかたなかったわ。それから長《なが》いこと、あの日《ひ》のことを何度《なんど》も夢《ゆめ》に見《み》たものよ。でも、この海岸《かいがん》はメリーズヴィルの海岸《かいがん》よりすてきだわ。とくにあのカモメ。カモメになりたくない？　わたしはなりたいわ。もちろん、人間《にんげん》の女《おんな》の子《こ》になれなかったらの話《はなし》だけど。日《ひ》の出《で》とともに目覚《めざ》めて、水面《すいめん》に急降下《きゅうこうか》して、美《うつく》しい青色《あおいろ》の上《うえ》をどんどん飛《と》んでいって、夜《よる》になったらねぐらに戻《もど》る――すてきじゃない？　ああ、自分《じぶん》がそうしているところが目《め》に浮《う》かぶわ。あそこに見《み》える大《おお》きな家《いえ》は何《なに》？」

「ホワイト・サンズ・ホテルよ。カークさんって人《ひと》のホテルだけど、この時期《じき》はまだ営業《えいぎょう》していないわ。夏《なつ》になるとアメリカ人《じん》がたくさんやってくるの。あの人《ひと》たちにとっては、この海岸《かいがん》がなかなかのものみたいよ」

「もしやスペンサーさんの家《いえ》じゃないかとびくびくしていたの」

アンはさみしそうに言《い》った。

「ずっと着《つ》かなければいいのに。着《つ》けば、どうしたって、一巻《いっかん》の終《お》わりみたいな気持《きも》ちになるもの」

マリラ、心《こころ》を決《き》める

それでも、馬車《ばしゃ》はホワイト・サンズの入《い》り江《え》に建《た》つ、大《おお》きな黄色《きいろ》い家《いえ》に到着《とうちゃく》した。戸口《とぐち》に現《あらわ》れたミセス・スペンサーは、善良《ぜんりょう》そうな顔《かお》におどろきと歓迎《かんげい》の気持《きも》ちを同時《どうじ》に浮《う》かべていた。

「あらあら、どうしたことかしら」

ミセス・スペンサーは大声《おおごえ》をあげた。

「まさか、きょう、おみえになるとは思《おも》っていなかったけれど、お会《あ》いできて何《なに》よりよ。馬《うま》を小屋《こや》に入《い》れます？　元気《げんき》にしていますか、アン？」

「おかげさまで」

アンはにこりともせずに言《い》った。彼女《かのじょ》を照《て》らしていた光《ひかり》が雲《くも》にかくれたかのようだった。

「しばらく馬《うま》を休《やす》ませたら、すぐに帰《かえ》ります。マシューに早《はや》く帰《かえ》ると約束《やくそく》して出《で》てきたもので」とマリラが言《い》った。

「実《じつ》はね、スペンサーさん、どこかでおかしないきちがいがあって、それがどこで起《お》きたのか、はっきりさせにきたんです。わたしどもがお願《ねが》いしたのは男《おとこ》の子《こ》で、弟《おとうと》のロバートさんには、十歳《じっさい》か十一歳《じゅういっさい》の男《おとこ》の子《こ》をよろしく、と言《い》ったつもりなんですが」

「まあ、マリラ・カスバート、なんてことでしょう！」

ミセス・スペンサーはそう言《い》って、すぐに言《い》い訳《わけ》をはじめた。

「わたしのところには、ロバートの娘《むすめ》のナンシーが来《き》て、あなたが女《おんな》の子《こ》を欲《ほ》しがっているって言《い》ったの——そうでしょ、フローラ・ジェーン？」

ミセス・スペンサーが同意《どうい》を求《もと》めた相手《あいて》は、玄関《げんかん》から外《そと》の階段《かいだん》に出《で》てきた彼女《かのじょ》の娘《むすめ》だった。

「そのとおりよ、カスバートさん」

フローラ・ジェーンが力強《ちからづよ》くうけあうのを待《ま》って、ミセス・スペンサーはつづけた。

「本当《ほんとう》にごめんなさい。ひどい話《はなし》だわ。でも、けっしてわたしのせいじゃないのよ、カスバートさん。わたしなりに最善《さいぜん》をつくして、あなたに言《い》われたとおりの子《こ》を連《つ》れてきたんですから。ナンシーはひどくそそっかしい子《こ》でねえ。しかられてばかりなの」

「悪《わる》いのはわたしたちのほうです」マリラはあきらめて言《い》った。

「そんな大事《だいじ》なことを、不精《ぶしょう》をして、ことづてですませるなんて。とにかく、いきちがいはもう起《お》きてしまったことですし、あとはそれを正《ただ》すばかりです。この子《こ》を孤児院《こじいん》に送《おく》り返《かえ》すことはできますか？　また引《ひ》き取《と》ってもらえますよね？」

「たぶん」

ミセス・スペンサーはそう言《い》ってから、すこし考《かんが》えた。

「でも、送《おく》り返《かえ》す必要《ひつよう》はないと思《おも》うわ。きのう、ピーター・ブリュエットの奥《おく》さんがみえて、自分《じぶん》のところにも手伝《てつだ》いの女《おんな》の子《こ》を連《つ》れてきてもらえばよかったと、それはもう残念《ざんねん》がっていましたから。ピーターのところは大家族《だいかぞく》で、お手伝《てつだ》いを見《み》つけるのがたいへんなんです。アンならうってつけよ。まさしく神《かみ》のおぼしめしだわ」

マリラは、どこが神《かみ》のおぼしめしなものですか、という顔《かお》をした。そして、招《まね》かれざるみなしごを厄介《やっかい》ばらいできる機会《きかい》が思《おも》いがけないかたちでめぐってきたというのに、どうしてか、すこしもありがたいと思《おも》えなかった。

ミセス・ブリュエットについては、口《くち》うるさそうな顔立《かおだ》ちの、ぎすぎすした小柄《こがら》な女性《じょせい》という見《み》た目《め》しか知《し》らなかった。とはいえ、『おそろしくよく働《はたら》くが、人使《ひとづか》いも荒《あら》い』といううわさを聞《き》いたことがあった。ブリュエット家《け》をくびになった使用人《しようにん》たちが、奥《おく》さんは短気《たんき》でケチ、子《こ》どもたちは生意気《なまいき》でけんかばかり、といった悪口《わるくち》を言《い》いふらしていたのだ。そんな女《おんな》にアンをゆだねると思《おも》うと、マリラは気《き》がとがめた。

「では、おじゃましまして話《はなし》をさせていただきます」

「あらあら、まさしくそのブリュエットさんが小道《こみち》をこちらに歩《ある》いてくるわ！」

ミセス・スペンサーは大《おお》きな声《こえ》でそう言《い》うと、みなを廊下《ろうか》の先《さき》の応接間《おうせつま》へ案内《あんない》した。応《おう》接間《せつま》はひどい寒々《さむざむ》しさで、深緑色《ふかみどりいろ》の日《ひ》よけをあまりにも長《なが》く閉《し》めきっていたせいか、もともとはあったはずの温《ぬく》もりが、最後《さいご》のひとかけらまで消《き》えてしまったかのような息苦《いきぐる》しさがあった。

「幸運《こううん》としか言《い》えないわ、こんなに早《はや》くことがおさまるなんて。そのひじかけいすにどうぞ、カスバートさん。アン、あなたはその足置《あしお》きに座《すわ》って、じっとしていなさい。帽子《ぼうし》をこちらに。フローラ・ジェーン、あっちへ行《い》って、やかんに湯《ゆ》をわかしておいで。こんなにちは、ブリュエットさん。たまたまあなたが訪《たず》ねてくるなんて、すばらしく運《うん》がいいって言《い》っていたところなの。紹介《しょうかい》させてください。こちらはブリュエットさん、こちらはカスバートさん。ちょっと失礼《しつれい》しますよ。フローラ・ジェーンにオーブンからパンを出《だ》すように言《い》ってこなくちゃ」

ミセス・スペンサーは日《ひ》よけをあげて部屋《へや》を出《で》ていった。アンは両手《りょうて》をしっかりとひざに押《お》しつけて、だまって足置《あしお》きに座《すわ》り、とりつかれたようにミセス・ブリュエットを見《み》つめていた。このするどい目《め》つきのおそろしげな人《ひと》にもらわれることになるの？　喉《のど》がしめつけられ、目《め》がひりひりしてきた。もはや涙《なみだ》をこらえられそうにない、と思《おも》ったところで、ミセス・スペンサーが戻《もど》ってきた。赤《あか》くほてった顔《かお》に、体《からだ》の問題《もんだい》も心《こころ》の問題《もんだい》もたましいの問題《もんだい》もすべてたちどころに解決《かいけつ》いたします、と言《い》わんばかりの笑《え》みを浮《う》かべていた。

「この子《こ》のことでいきちがいがあったようなの、ブリュエットさん」とミセス・スペンサーは言《い》った。

「わたしとしては、カスバートさんは女《おんな》の子《こ》をお望《のぞ》みとばかり思《おも》っていたんですよ。ええ、たしかにそう言《い》われたものですから。ところが、お望《のぞ》みは男《おとこ》の子《こ》だった。そんなわけで、もし、おたくにまだその気《き》があるようなら、この子《こ》がちょうどいいんじゃないかと思《おも》いましてね」

ミセス・ブリュエットはアンのほうに向《む》き直《なお》ると、頭《あたま》のてっぺんからつま先《さき》へ、じっくり視線《しせん》をはわせていった。

「年《とし》はいくつ？　名前《なまえ》は？」

ミセス・ブリュエットは問《と》いただした。

「アン・シャーリー……十一歳《じゅういっさい》です」

追《お》いつめられた少女《しょうじょ》はおずおずと答《こた》えた。名前《なまえ》のつづりについてはあえて口《くち》にしなかった。

「フン！　なんだかぱっとしない子《こ》ね。でも、〝針金《はりがね》〟を思《おも》わせるわ。とどのつまり、針《はり》金《がね》みたいにやせて頑丈《がんじょう》な子《こ》が一番《いちばん》ですからね。まあ、もしうちに来《く》ることになったら、いい子《こ》に――おとなしくて、かしこくて、礼儀正《れいぎただ》しい子《こ》になってもらいます。そして、食《た》べたぶんはしっかり働《はたら》いてもらいますよ。なるほど、この子《こ》はわたしが引《ひ》き受《う》けたほうがよさそうです、カスバートさん。赤《あか》ん坊《ぼう》がひどくむずかるものだから、もうくたくたでね。

お望《のぞ》みなら、いますぐ連《つ》れて帰《かえ》りますけど」

マリラはアンを見《み》た。一度《いちど》は逃《のが》れた罠《わな》にもう一度《いちど》かかってしまった無力《むりょく》な小動物《しょうどうぶつ》を思《おも》わせる、もの言《い》わぬあわれをたたえて、真《ま》っ青《さお》な顔《かお》をしていた。心《こころ》がゆさぶられた。ここで救《すく》わなければ死《し》ぬまでくやむことになる気《き》がして、落《お》ち着《つ》かない気持《きも》ちになった。さらにいえば、ミセス・ブリュエットという人《ひと》が、どうにも気《き》に入《い》らなかった。こんな傷《きず》つきやすい子《こ》を、こんな女《おんな》の手《て》にゆだねるわけにはいかない！　このわたしにそんな無責任《むせきにん》なことができるはずはない！

「いえ、それはちょっと」

マリラはゆっくり口《くち》を開《ひら》いた。

「マシューもわたしもこの子《こ》を引《ひ》き取《と》らないと決《き》めたわけじゃないんです。実《じつ》のところ、マシューはこの子《こ》を家《いえ》に置《お》く気《き》になっていましてね。きょうのところは、どうしていきちがいが起《お》きたか、はっきりさせたかっただけですし、いったん連《つ》れて帰《かえ》ってマシューと話《はな》し合《あ》おうと思《おも》います。兄《あに》の意見《いけん》を聞《き》かずに決《き》めるわけにはいきませんから。もし、うちに置《お》かないことになったら、あすの晩《ばん》、わたしどもでこちらに連《つ》れてくるか、だれかに連《つ》れてこさせます。そうならなければ、うちに置《お》くことになったと思《おも》ってください。それでよろしいかしら、ブリュエットさん？」

「いやとは言《い》えないわね」

ミセス・ブリュエットは吐《は》きすてるように言《い》った。

マリラが話《はなし》をしているあいだに、アンの顔《かお》には夜明《よあ》けが訪《おとず》れていた。まずは絶望《ぜつぼう》が薄《うす》らぎ、その後《ご》、希望《きぼう》がうっすらとほおを赤《あか》く染《そ》めていくと、両目《りょうめ》に夜明《よあ》けの星々《ほしぼし》さながらの深《ふか》く明《あか》るい光《ひかり》が宿《やど》った。先《さき》ほどとは別人《べつじん》のようだった。しばらくしてミセス・ブリュエットがそもそも借《か》りにきた料理《りょうり》のレシピをさがすため、ミセス・スペンサーとともに部屋《へや》を出《で》ていくと、アンは勢《いきお》いよく立《た》ちあがり、マリラのもとへ飛《と》んでいった。

「ああ、カスバートさん、いま、わたしをグリーン・ゲイブルズに置《お》くかもしれないって言《い》った？」

アンは息《いき》を殺《ころ》し、ささやくようにたずねた。大声《おおごえ》を出《だ》すとそのすばらしい未来《みらい》が粉々《こなごな》になってしまうかのように。

「本当《ほんとう》に言《い》った？　それとも、わたしが想像《そうぞう》しただけ？」

「本当《ほんとう》のことと、そうじゃないことの区別《くべつ》がつけられないなら、その想像《そうぞう》とやらは、きっぱりやめることです、アン」

マリラはにこりともせずに言《い》った。

「ええ、たしかに言《い》いました。でも、それ以上《いじょう》のことは何《なに》も言《い》っていません。まだ決《き》まったわけじゃないし、結局《けっきょく》、ブリュエットさんのところに連《つ》れていくことになるかもしれませんよ。わたしよりあの人《ひと》のほうがあなたを必要《ひつよう》としているのはたしかなんですから」

「あの人《ひと》のところに行《い》くくらいなら孤児院《こじいん》に戻《もど》るほうがいいわ」

アンは必死《ひっし》でうったえた。

「あの人《ひと》ってなんだか……なんだか錐《きり》みたい！」

マリラは思《おも》わず笑《わら》いそうになるのをがまんした。ここはアンをたしなめておかなくては、という気《き》がしたのだ。マリラはぴしゃりと言《い》った。

「あなたみたいに小《ちい》さな女《おんな》の子《こ》が、初対面《しょたいめん》のご婦人《ふじん》をそんなふうに言《い》うのは恥《は》ずかしいことですよ。自分《じぶん》の席《せき》に戻《もど》って、おとなしく座《すわ》っていなさい。口《くち》を閉《と》じて、いい子《こ》にしているんですよ」

「わたしを置《お》いてくれるなら、カスバートさんに言《い》われたことはなんでもするし、カスバートさんが望《のぞ》む人間《にんげん》になるわ」

アンはそう言《い》って、素直《すなお》に足置《あしお》きに戻《もど》った。


夕方《ゆうがた》、ふたりがグリーン・ゲイブルズに戻《もど》ったとき、マシューは小道《こみち》にいた。マリラはマシューが小道《こみち》をうろうろしていることに、ずっとまえから気《き》づいていたし、その理由《りゆう》も察《さっ》していた。アンがいるとわかったときにほっとしたような顔《かお》をしたことも、マリラの予《よ》想《そう》どおりだった。とはいえ、アンの身《み》の上《うえ》とミセス・スペンサーとのやりとりをかいつまんで話《はな》したのは、その後《ご》、納屋《なや》の裏手《うらて》の庭《にわ》で、乳《ちち》しぼりをはじめてからのことだった。

「そのブリュエットって女《おんな》には、たとえ犬《いぬ》の子《こ》だってやりたくないね」

マシューはいつになく強《つよ》い口調《くちょう》で言《い》った。

「わたしもああいう人《ひと》は苦手《にがて》です」

マリラは認《みと》めた。

「でも、あそこへやるか、うちに置《お》くかなんですよ、マシュー。あなたはあの子《こ》をうちに置《お》きたがっているようだし、わたしもそうしてはどうかと……いえ、そうすべきだという気《き》がしているんです。ある種《しゅ》の務《つと》めなんじゃないかって。わたしは子《こ》どもを育《そだ》てたことがないし、まして女《おんな》の子《こ》だし、とんでもないへまをしでかすかもしれない。でも、最善《さいぜん》はつくそうと思《おも》っています。つまり、マシュー、わたしとしてはあの子《こ》を置《お》いてやってかまわないってことです」

内気《うちき》なマシューの顔《かお》がよろこびにかがやいた。

「うーむ、おまえにもきっとわかると思《おも》っていたよ、マリラ。なかなかおもしろい子《こ》だからね」

「役《やく》に立《た》つ子《こ》だと言《い》えたらもっとよかったんですけどね」

マリラは言《い》い返《かえ》した。

「まあ、そういう子《こ》になるよう、わたしが仕込《しこ》みましょう。それと、いいですか、マシュー、わたしのやり方《かた》に口《くち》をはさまないでくださいよ。年《とし》を食《く》った独《ひと》り身《み》の女《おんな》に子育《こそだ》ての知恵《ちえ》などありませんが、それでも、年《とし》を食《く》った独《ひと》り身《み》の男《おとこ》に比《くら》べればましですからね。だからあの子《こ》のしつけはわたしにまかせてもらいます。あなたが口《くち》を出《だ》すのは、わたしがしくじったときだけでたくさんです」

「わかった、わかった、マリラ、やりたいようにやってくれ」

マシューはなだめるように言《い》った。

「ただ、甘《あま》やかさない程度《ていど》にやさしく、親切《しんせつ》にしてやりなさい。おまえになつけば、それだけでおまえのいうことをきくようになる子《こ》なんだから」

マリラは、女性《じょせい》に関《かん》するマシューの意見《いけん》など聞《き》くだけむだ、とばかりにフンと鼻《はな》を鳴《な》らし、両手《りょうて》にバケツをさげてバターを作《つく》る部屋《へや》へはいっていった。

「今夜《こんや》はあの子《こ》には話《はな》さずにおきましょう」

マリラは牛乳《ぎゅうにゅう》をクリーム分離器《ぶんりき》に移《うつ》しながら考《かんが》えた。

「話《はな》せば、きっと興奮《こうふん》して眠《ねむ》れなくなりますからね。いやはや、すごいことになったわねえ、マリラ・カスバート。みなしごの女《おんな》の子《こ》を引《ひ》き取《と》る日《ひ》を、想像《そうぞう》したことがある？　それだけでもびっくりだけど、もっとびっくりなのは言《い》い出《だ》しっぺがマシューだってことよ。いつも小《ちい》さい女《おんな》の子《こ》を死《し》ぬほどこわがっているのに。まあ、やると決《き》めたらやるだけです。どう転《ころ》ぶかは、神《かみ》さまにしかわからないんですから」

アン、お祈《いの》りをする

その夜《よる》、マリラはアンをベッドに連《つ》れていくと、あらたまった口調《くちょう》で言《い》った。

「ところで、アン、ゆうべはあなたの服《ふく》が床《ゆか》のあちこちに脱《ぬ》ぎ捨《す》ててありました。あんなだらしのないことは、けっして許《ゆる》しません。服《ふく》は脱《ぬ》いだそばからきちんとたたんで、そのいすの上《うえ》に置《お》くこと。だらしのない女《おんな》の子《こ》に用《よう》はありませんからね」

「ゆうべはすっかり落《お》ちこんで、服《ふく》のことなど、考《かんが》えられなかったの」とアンは言《い》った。

「今夜《こんや》はちゃんとたたみます。孤児院《こじいん》ではいつもやらされていたわ。一刻《いっこく》も早《はや》くベッドにはいって静《しず》かに空想《くうそう》を楽《たの》しみたいときは、忘《わす》れちゃうこともあったけど」

「ここにいることになったら、忘《わす》れないようにしてもらわないとね」マリラは戒《いまし》めた。

「そう、それでいいわ。では、お祈《いの》りをして、ベッドにはいりなさい」

「お祈《いの》りはしないの」アンはためらうことなく言《い》った。

マリラはぎょっとした。

「どうして、アン？　どういうこと？　やり方《かた》を教《おそ》わっていないの？　神《かみ》さまはいつも子《こ》どもたちにお祈《いの》りをしてもらいたがってるわ。神《かみ》さまを知《し》らないの、アン？」

「神《かみ》とは無《む》限《げん》、永《えい》遠《えん》、不《ふ》変《へん》のたましい。知《ち》、力《ちから》、聖《せい》、正義《せいぎ》、善《ぜん》、真実《しんじつ》の存在《そんざい》である」

アンはすらすらと答《こた》えた。

マリラはいくらかほっとしたようすを見《み》せた。

「よかった！　つまり、まるっきり知《し》らないわけではないってことね。いまのはどこで習《なら》ったの？」

「孤児院《こじいん》の日曜学校《にちようがっこう》よ。教理問答《きょうりもんどう》（キリスト教《きょう》の教《おし》えについて書《か》かれたもの）を暗記《あんき》させられたわ。けっこう好《す》きだったの。すばらしいことばが使《つか》われているから。『無《む》限《げん》、永《えい》遠《えん》、不《ふ》変《へん》のたましい』だなんて、壮大《そうだい》じゃない？　パイプオルガンの演奏《えんそう》みたいに、すごく心《こころ》をゆさぶられるわ。詩《し》じゃないけど、詩《し》みたいよね？」

「いまは詩《し》ではなく、お祈《いの》りの話《はなし》をしているんです、アン。毎晩《まいばん》のお祈《いの》りをしないのがどんなに悪《わる》いことか、知《し》らないの？　残念《ざんねん》だけど、あなたはとても悪《わる》い子《こ》ですよ」

「おばさんだって赤毛《あかげ》に生《う》まれればきっとわかるわ、赤毛《あかげ》の子《こ》は悪《わる》い子《こ》になりやすいって」

アンは不服《ふふく》そうに言《い》った。

「赤毛《あかげ》の苦《くる》しみは、赤毛《あかげ》の人《ひと》にしかわからないのよ。わたしね、トマスさんに、この赤毛《あかげ》は神《かみ》さまがわざとそうしたものだって言《い》われてから、神《かみ》さまなんてどうでもよくなったの。どのみち、夜《よる》はいつもくたくたで、お祈《いの》りどころじゃなかったし。双子《ふたご》の世話《せわ》をしている人《ひと》はたぶんお祈《いの》りなんてしていないわ。してると思《おも》う？」

マリラはいますぐアンの宗教教育《しゅうきょうきょういく》をはじめなければと思《おも》った。

「わが家《や》にいるかぎりは、してもらいます」

「もちろんするわ、お望《のぞ》みなら」

アンは明《あか》るく同意《どうい》した。

「カスバートさんによろこんでもらえることはなんでもするつもりよ。でも、今回《こんかい》だけは、なんと言《い》えばいいか教《おし》えてね。この先《さき》いつも唱《とな》えるすてきなお祈《いの》りは、あとでベッドのなかで考《かんが》えるから。それってなかなか楽《たの》しそうだわ」

「ひざまずきなさい」

マリラが困《こま》ったようにそう言《い》うと、アンはその足《あし》もとにひざまずき、まじめな顔《かお》で見《み》あげた。

「どうしてひざまずかなければいけないの？　わたしが本気《ほんき》で祈《いの》りたいときはね、ひとりで広《ひろ》い草原《そうげん》か深《ふか》い森《もり》に出《で》かけて空《そら》を——高《たか》いところにある美《うつく》しい青空《あおぞら》を見《み》あげるの。その青《あお》さがどこまでもつづいて見《み》える空《そら》をね。あとは祈《いの》りのことばを感《かん》じるだけよ。さあ、準《じゅん》備《び》ができたわ。なんて言《い》えばいいの？」

マリラは先《さき》ほど以上《いじょう》に困《こま》り果《は》てていた。幼《おさな》い子《こ》どもが母親《ははおや》の足《あし》もとで唱《とな》える「主《しゅ》よ、わたくしはこれから眠《ねむ》りにつきます」という昔《むかし》ながらの祈《いの》りのことばを教《おし》えるつもりだったが、まえに書《か》いたように、マリラにはちょっとしたユーモアのセンスがある。それは、状《じょう》況《きょう》に応《おう》じて変更《へんこう》をくわえるやわらかさがあるということで、このそばかすだらけの少女《しょうじょ》に、そんな幼児《ようじ》向《む》けの祈《いの》りのことばはどうかという気《き》がしてきた。そもそも、神《かみ》の愛《あい》は人間《にんげん》の愛《あい》を通《とお》して学《まな》ぶもので、だれにも愛《あい》されずに育《そだ》てば、神《かみ》さまなんてどうでもいいという気《き》持《も》ちになるのも無理《むり》からぬ話《はなし》だった。

「もう大《おお》きいんだから自分《じぶん》で考《かんが》えられるはずよ、アン」やがてマリラは言《い》った。

「神《かみ》の恵《めぐ》みに感謝《かんしゃ》して、かなえてもらいたいことをひかえめにお願《ねが》いすればいいんですから」

「やってみるわ」

アンはそう言《い》って、マリラのひざに顔《かお》をうずめた。

「天《てん》にましますの恵《めぐ》み深《ぶか》き父《ちち》よ」

アンはそこでちらっと顔《かお》をあげて、「教会《きょうかい》で牧師《ぼくし》さんがそう言《い》っていたし、ひとりで祈《いの》るときに使《つか》ってかまわないわよね？」とたずねた。

「天《てん》にまします恵《めぐ》み深《ぶか》き父《ちち》よ、〈よろこびの白《しろ》い道《みち》〉と〈かがやきの湖《みずうみ》〉と〈ボニー〉と〈雪《ゆき》の女王《じょおう》〉をあたえしことを汝《なんじ》に感謝《かんしゃ》します。本当《ほんとう》にものすごく感謝《かんしゃ》します。そして、いま汝《なんじ》に感謝《かんしゃ》したいと思《おも》えることはそれだけです。かなえてもらいたいことはたくさんあって、ぜんぶ並《なら》べるとたいへんな時間《じかん》がかかってしまいます。だから、一番大事《いちばんだいじ》なことをふたつだけ申《もう》しあげます。グリーン・ゲイブルズにいられるようにしてください。そして、大人《おとな》になったら美人《びじん》にしてください。かしこ。アン・シャーリー」

アンは立《た》ちあがりながら、興味《きょうみ》しんしんでたずねた。

「こんなものでいいのかしら？　もうすこし考《かんが》える時間《じかん》があれば、もっと華《はな》やかにできるんだけど」

あわれ、マリラは気《き》を失《うしな》いそうになったが、なんとかふみとどまった。アンがとんでもない願《ねが》い事《ごと》をしたのは、単《たん》に何《なに》も知《し》らないからであって、神《かみ》をけがしたわけではないことを思《おも》いだしたからだ。そして、あすにも祈《いの》りのことばを教《おし》えてやらなければ、と心《こころ》に誓《ちか》いながら、アンをベッドに寝《ね》かしつけた。明《あ》かりを持《も》って部屋《へや》を出《で》ていこうとすると、アンが呼《よ》びとめた。

「いま思《おも》いだしたんだけど、『かしこ』じゃなくて『アーメン』だったわ、牧師《ぼくし》さんが言《い》うのは。いまのいままで忘《わす》れていたけど、何《なに》か結《むす》びのことばを言《い》ったはずだと思《おも》って、『かしこ』にしてしまったの。まずかったかしら？」

「まあ、まずいってこともないんじゃありませんか」とマリラは言《い》った。

「いい子《こ》にして眠《ねむ》りなさい。グッド・ナイト《おやすみ》」

「今夜《こんや》は一点《いってん》のくもりもない心《こころ》でグッド・ナイト《よい よるを》が言《い》えるわ」

アンはそう言《い》って、ゆったりと枕《まくら》に頭《あたま》を沈《しず》めた。

台所《だいどころ》に戻《もど》ってテーブルにろうそくを置《お》いたところで、マリラはにらみつけるようにマシューを見《み》た。

「マシュー・カスバート、あの子《こ》にはいろいろ教《おし》えてやらなければ。あれじゃ異教徒《いきょうと》とちっとも変《か》わりません。いままで一度《いちど》もお祈《いの》りをしたことがないなんて、信《しん》じられますか？　あしたは牧師館《ぼくしかん》に日曜学校《にちようがっこう》の教科書《きょうかしょ》を借《か》りにいかせましょう。ましな服《ふく》をこしらえたら、すぐに日曜学校《にちようがっこう》に通《かよ》わせないと。あの子《こ》のことで大忙《おおいそが》しになりそうだわ。まあ、生《い》きているかぎり、すこしは厄介事《やっかいごと》も引《ひ》き受《う》けないといけませんからね。いままでずいぶん楽《らく》をしてきたけれど、とうとうわたしの番《ばん》がまわってきたということでしょう。最善《さいぜん》をつくすしかありません」

アンのしつけ、はじまる

マリラはアンをグリーン・ゲイブルズに置《お》くと決《き》めたものの、本人《ほんにん》には翌日《よくじつ》の午後《ごご》までだまっていることにした。午前中《ごぜんちゅう》、さまざまな用事《ようじ》を言《い》いつけ、その仕事《しごと》ぶりをつぶさに観察《かんさつ》することにしたのだ。そして、昼《ひる》までには、アンがかしこく、素直《すなお》で、のみこみの早《はや》い働《はたら》き者《もの》であることを確信《かくしん》した。ただし、仕事《しごと》のさなかに空想《くうそう》をはじめると、怒《おこ》られるか、失敗《しっぱい》をするかでわれにかえるまで、心《こころ》が留守《るす》になるという欠点《けってん》もあった。

昼食《ちゅうしょく》の皿《さら》を洗《あら》い終《お》えると、アンは、突然《とつぜん》、マリラに向《む》き合《あ》った。ガリガリにやせた小《ちい》さな体《からだ》は、頭《あたま》のてっぺんからつま先《さき》までふるえていた。顔《かお》は赤《あか》く染《そ》まり、目《め》は瞳《ひとみ》がすっかり見《み》えるほど見開《みひら》かれていた。最悪《さいあく》の宣告《せんこく》を受《う》けるつもりになっていたのだ。アンは両手《りょうて》を固《かた》くにぎりしめて、すがるように言《い》った。

「カスバートさん、わたしを送《おく》り返《かえ》すかどうか、教《おし》えてもらえませんか？　午前中《ごぜんちゅう》ずっとしんぼうしてきたけど、もうこれ以上知《いじょうし》らされずにいるのは、本当《ほんとう》に無理《むり》な気《き》がします。ひどい気分《きぶん》なんです。どうか教《おし》えてください」

「ふきんに熱湯《ねっとう》をかけて殺菌《さっきん》するように言《い》ったのに、やってないじゃありませんか」

マリラはまゆひとつ動《うご》かさずに言《い》った。

「質問《しつもん》は、それをすませてからです」

アンは流《なが》しへ行《い》き、ふきんの殺菌《さっきん》をすませた。そして、マリラのところに戻《もど》って、熱心《ねっしん》にその顔《かお》を見《み》つめた。

もはや答《こた》えを先《さき》のばしにする理由《りゆう》はなくなっていた。

「そうね、そろそろ話《はな》したほうがいいのかもしれません。マシューとわたしはあなたを引《ひ》き取《と》ることにしました。ただし、それはあなたががんばっていい子《こ》になって、感謝《かんしゃ》の気持《きも》ちを忘《わす》れなければの話《はなし》です。あら、どうしたの？」

「泣《な》いてるの」アンは恥《は》ずかしそうに言《い》った。

「どうしてかしら。うれしくてたまらないのに。いいえ、うれしいのとはちょっとちがうわ。〈よろこびの白《しろ》い道《みち》〉やサクラの花《はな》を見《み》たときはうれしかったけど、それとはちがう！

そう、うれしい以上《いじょう》の何《なに》かよ。なんて幸《しあわ》せなの。がんばっていい子《こ》になるわ。たいへんなことだと思《おも》うけど。だって、トマスさんにしょっちゅう言《い》われていたんだもの、おまえは手《て》のほどこしようがないほど悪《わる》い子《こ》だって。だとしても、一生懸命《いっしょうけんめい》がんばるつもりよ。でも、わたし、なんで泣《な》いてるのかしら？」

「すっかり興奮《こうふん》して、おさえがきかなくなってるんですよ」

マリラはとがめるように言《い》った。

「そのいすに座《すわ》って、気《き》を静《しず》めなさい。あなたは簡単《かんたん》に泣《な》いたり笑《わら》ったりしすぎです。そう、あなたはここにいていいし、わたしたちもできるだけのことはします。学校《がっこう》にも行《い》かなくちゃいけないけど、二週間《にしゅうかん》もすると夏休《なつやす》みだから、それは九月《くがつ》の新学期《しんがっき》からです」

「おばさんのことはなんて呼《よ》べばいいの？　このまま、カスバートさんと？　マリラおばさんって呼《よ》んでもいい？」

「いけません。ただマリラと呼《よ》びなさい。カスバートさんと呼《よ》ばれるのには慣《な》れていないし、そんなふうに呼《よ》ばれると落《お》ち着《つ》かないから」

「呼《よ》び捨《す》てなんて、とんでもない礼儀知《れいぎし》らずみたいだわ」

「礼儀正《れいぎただ》しく話《はな》すように気《き》をつけていれば、礼儀知《れいぎし》らずにはなりません。アヴォンリーの人《ひと》は、お年寄《としよ》りも若《わか》い人《ひと》も、わたしのことはみんなマリラと呼《よ》んでいます。まあ、牧師《ぼくし》さんだけはカスバートさんと呼《よ》ぶわね。それも、万一《まんいち》、名前《なまえ》を呼《よ》ぶ気《き》になったときだけです」

「わたしはマリラおばさんと呼《よ》びたいな」

アンはうっとりと言《い》った。

「わたしにはおばさんも親戚《しんせき》もいない。おばあちゃんさえいない。マリラおばさんと呼《よ》べば、本当《ほんとう》にこの家《いえ》の子《こ》になった気《き》がすると思《おも》うの。マリラおばさんと呼《よ》んじゃだめ？」

「だめです。わたしはあなたのおばじゃない。にせものの名前《なまえ》で呼《よ》ぶことには賛成《さんせい》できません」

「でも、想像《そうぞう》でほんもののおばさんってことにできるわ」

「わたしにはできません」

マリラはひややかに言《い》った。

「じっさいにあるものを想像《そうぞう》でべつのものに変《か》えることはないの？」

アンは目《め》を丸《まる》くしてたずねた。

「ありません」

「そんな！」

アンは大《おお》きく息《いき》を吸《す》いこんだ。

「そんな、カスバー――じゃなくて、マリラ、なんてもったいないことを！」

「事実《じじつ》を想像《そうぞう》でべつのものに変《か》えるのは、いけないことです」とマリラは言《い》い返《かえ》した。

「神《かみ》さまはそんなことをさせるためにわたしたちをそれぞれの場所《ばしょ》につかわしたわけじゃないんですから。それで思《おも》いだしたけど、アン、居間《いま》へ行《い》って、暖炉《だんろ》の上《うえ》から絵《え》が描《か》かれたカードをとってきなさい。足《あし》がよごれていないかどうか確《たし》かめて、ハエを入《い》れないように気《き》をつけるのよ。そして、そのカードに書《か》いてある主《しゅ》の祈《いの》りを、昼間《ひるま》のうちにひまを見《み》つけて暗記《あんき》しておくように。ゆうべみたいなお祈《いの》りは二度《にど》としちゃだめですよ」

「あれはわれながらひどかったわ」

アンはすまなそうに言《い》った。

「でも、一度《いちど》もやったことがなかったんだもの。はじめからうまくできる人《ひと》がいると思《おも》う？　でも、約束《やくそく》どおり、ベッドにはいったあとですばらしいお祈《いの》りを考《かんが》えたのよ。牧師《ぼくし》さんのお祈《いの》りと同《おな》じくらい長《なが》くて、詩《し》みたいなやつを。ただ、信《しん》じてもらえないかもしれないけど、けさ目《め》を覚《さ》ましたときにはひとことも思《おも》いだせなかったの。残念《ざんねん》だけど、あれだけのお祈《いの》りはもう思《おも》いつきそうにないわ。二番目《にばんめ》に思《おも》いつくものって、どういうわけか、最初《さいしょ》に思《おも》いつくものにはかなわないのよね」

「あなたにしっかり覚《おぼ》えておいてもらいたいことがあります、アン。何《なに》か命《めい》じられたら、突《つ》っ立《た》ってしゃべってないで、すぐにとりかからなければいけないってことです。さあ、いますぐ、言《い》われたものをとってきなさい」

アンはすぐさま廊下《ろうか》の反対側《はんたいがわ》にある居間《いま》へ向《む》かったが、なかなか戻《もど》らなかった。十分待《じっぷんま》ったところで、マリラは編《あ》み物《もの》を置《お》き、こわい顔《かお》をしてあとを追《お》った。アンはふたつある窓《まど》のあいだの壁《かべ》にかけられた絵《え》のまえにたたずみ、うっとりとそれを見《み》つめていた。リンゴの枝《えだ》と生《お》いしげるツル草《くさ》を通《とお》してさしこんでくる緑《みどり》の光《ひかり》が、この世《よ》のものとは思《おも》えない美《うつく》しさで、夢見《ゆめみ》る少女《しょうじょ》を照《て》らしていた。

「アン、いったい何《なに》を考《かんが》えてるんです？」

マリラに問《と》われて、アンははっとわれにかえった。

「これのことよ」

アンはそう言《い》って、『幼《おさな》い子《こ》どもたちを祝福《しゅくふく》するキリスト』という、あざやかな色合《いろあ》いの版画《はんが》を指《ゆび》さした。

「自分《じぶん》があのなかのひとり――ほら、わたしみたいに、どこのうちの子《こ》でもないみたいに、すみのほうにぽつんと立《た》ってる青《あお》い服《ふく》の女《おんな》の子《こ》になったところを想像《そうぞう》していたの。さみしそうで悲《かな》しそうだと思《おも》わない？　お父《とう》さんもお母《かあ》さんもいないんじゃないかしら。でも、祝福《しゅくふく》してもらいたくて、ほかの子《こ》どもたちの輪《わ》の外《そと》におずおずと近《ちか》づいてきたの。イエスさま以外《いがい》のだれにも気《き》づかれないようにしながら。あの子《こ》の気持《きも》ち、手《て》にとるようにわかるわ。心臓《しんぞう》がどきどきして、手《て》が冷《つめ》たくなってるはずよ。ここに置《お》いてもらえるかどうかを聞《き》いたときのわたしの手《て》と同《おな》じ。心配《しんぱい》でしょうがないのよ、イエスさまに気《き》づいてもらえないんじゃないかって。でも、気《き》づいてくれそうだと思《おも》わない？　その場面《ばめん》を一生懸命《いっしょうけんめい》想像《そうぞう》していたの。ちょっとずつイエスさまのそばに近《ちか》づいていって、イエスさまが気《き》づいてくれて、頭《あたま》に手《て》をのせてもらって、よろこびがこみあげてきて、ふるえが体《からだ》じゅうをかけぬけていくところを！　でも、イエスさまの顔《かお》をあんなに悲《かな》しそうに描《か》くのはやめてほしいわ。絵《え》に描《か》かれたイエスさまって、どれも悲《かな》しそうだと思《おも》わない？　本当《ほんとう》にあんな悲《かな》しそうな顔《かお》をしていたのかしら？　子《こ》どもたちがこわがってしまうわ」

「アン」

マリラは、なぜもっと早《はや》く話《はなし》をやめさせなかったのか、自分《じぶん》でも不思議《ふしぎ》に思《おも》いながら呼《よ》びかけた。

「そんなふうに言《い》うものじゃありません。とても無礼《ぶれい》なこと――罰《ばち》あたりなことです」

アンは目《め》を丸《まる》くした。

「そんな……わたしは最高《さいこう》の敬意《けいい》をはらっているし、罰《ばち》あたりなことを言《い》ったつもりはないわ」

「たしかにそうかもしれません。だとしても、神《かみ》さまのことを、そんなふうになれなれしく話《はな》すのは、いかがなものかと思《おも》います。それともうひとつ。アン、何《なに》かとってこいと言《い》われたら、絵《え》のまえでぼーっと空想《くうそう》にふけっていないで、すぐにとってくること。よく覚《おぼ》えておくんですよ。ほら、カードを持《も》って、さっさと台所《だいどころ》に戻《もど》って。あのすみのいすに座《すわ》ってお祈《いの》りを覚《おぼ》えなさい」

アンは、リンゴの花《はな》をあふれんばかりにいけた水差《みずさ》しにカードを立《た》てかけた。リンゴの花《はな》は食卓《しょくたく》を飾《かざ》るためにアンがとってきたもので、マリラは横目《よこめ》でそれを見《み》ていたが、何《なに》も言《い》わなかった。アンはほおづえをつき、何分《なんぷん》か静《しず》かに暗記《あんき》をつづけていたが、ついに口《くち》を開《ひら》いた。

「このお祈《いの》り、好《す》きよ。とても美《うつく》しいわ。まえに聞《き》いたことが……孤児院《こじいん》の日曜学校《にちようがっこう》の校《こう》長先生《ちょうせんせい》が唱《とな》えるのを聞《き》いたことがあるの。でも、そのときは好《す》きになれなかった。声《こえ》がひどく割《わ》れていたし、悲《かな》しそうに唱《とな》えるんだもの。しかたなく唱《とな》えていたんじゃないかしら。これは詩《し》じゃないけど、詩《し》を読《よ》むのと同《おな》じ感《かん》じがするわ。『天《てん》にましますわれらが父《ちち》よ、御名《みな》をあがめさせたまえ』。音楽《おんがく》の一節《いっせつ》みたい。これを覚《おぼ》えさせることにしてくれてありがとう、カスバ――じゃなくて、マリラ」

「ほら、口《くち》を閉《と》じて、ちゃんと覚《おぼ》えなさい」マリラはそっけなく言《い》った。

アンはリンゴの花《はな》をいけた水差《みずさ》しを引《ひ》き寄《よ》せて、開《ひら》きかけたピンク色《いろ》のつぼみにやさしくキスをすると、先《さき》ほどよりもすこし長《なが》い時間《じかん》、暗記《あんき》にいそしんだ。

「ねえ、マリラ」ほどなくして、またアンがたずねた。

「わたし、アヴォンリーに腹心《ふくしん》の友《とも》ができるかしら？」

「なんの友《とも》ですって？」

「腹心《ふくしん》の友《とも》。親友《しんゆう》。心《こころ》から信頼《しんらい》できる、気心《きごころ》の知《し》れた友《とも》だちってことよ。そういう人《ひと》に出《で》会《あ》うことにずっとあこがれているの。ぜったいに無理《むり》だと思《おも》っていたけど、最高《さいこう》にすてきな夢《ゆめ》が一気《いっき》にかなったし、なんだかこれもかないそうな気《き》がしてきたわ。できると思《おも》う？」

「オーチャード・スロープに住《す》むダイアナ・バリーは、あなたと同《おな》じ年《とし》ごろよ。とてもいい子《こ》だし、帰《かえ》ってきたら一緒《いっしょ》に遊《あそ》んでくれるかもしれないわ。いまは、カーモディのおばさんのところに行《い》っているの。でも、行儀《ぎょうぎ》には注意《ちゅうい》しないといけませんよ。ダイアナのお母《かあ》さんはとても厳《きび》しい人《ひと》で、ちゃんとしたいい子《こ》としか遊《あそ》ばせないはずですから」

アンは好奇心《こうきしん》に目《め》をかがやかせながら、リンゴの花越《はなご》しにマリラを見《み》た。

「どんな子《こ》？　赤毛《あかげ》じゃないわよね？　ああ、ちがうといいな。自分《じぶん》が赤毛《あかげ》ってだけでもいやなのに、腹心《ふくしん》の友《とも》まで赤毛《あかげ》だなんて、ぜったいにたえられないわ」

「とてもきれいな子《こ》よ。目《め》と髪《かみ》の色《いろ》は黒《くろ》で、ほおはバラ色《いろ》。それに、やさしくてかしこいの。大事《だいじ》なのは、見《み》た目《め》よりそっちです」

マリラの教訓《きょうくん》好《ず》きは『不思議《ふしぎ》の国《くに》のアリス』の公爵夫人《こうしゃくふじん》顔負《かおま》けで、自分《じぶん》がしつけをまかされている子《こ》との会話《かいわ》は、かならず教訓《きょうくん》でしめくくるものと信《しん》じて疑《うたが》わなかった。

しかし、アンは教訓《きょうくん》などそっちのけで、楽《たの》しげな話《はなし》のほうに飛《と》びついた。

「ああ、きれいな子《こ》でよかった。そりゃ自分《じぶん》がきれいなのが一番《いちばん》だけど、わたしの場合《ばあい》、それは無理《むり》でしょ。二番目《にばんめ》にいいのは、美《うつく》しい腹心《ふくしん》の友《とも》をもつことだわ。

トマスさんの家《いえ》の居間《いま》に、とびらがガラスでできた本棚《ほんだな》があったの。本《ほん》は一冊《いっさつ》もなかったけど、一番《いちばん》いい食器《しょっき》がしまってあったわ。あと、たまに自家製《じかせい》のジャムも。片方《かたほう》のとびらのガラスが割《わ》れていたわ。だんなさんが、酔《よ》っぱらって割《わ》ってしまったの。でも、片方《かたほう》は無事《ぶじ》だったから、そこに自分《じぶん》を映《うつ》して、本棚《ほんだな》のなかに、もうひとりべつの女《おんな》の子《こ》が住《す》んでることにしたの。で、その子《こ》をケイティ・モーリスって呼《よ》んで、とても親《した》しくしていたのよ。とくに日曜日《にちようび》は何時間《なんじかん》もおしゃべりをして、なんでも打《う》ち明《あ》けたわ。ケイティはわたしの生《い》きる支《ささ》え、なぐさめだった。本棚《ほんだな》には魔法《まほう》がかけられていて、とびらを開《あ》けてケイティが住《す》む部屋《へや》に行《い》くには、呪文《じゅもん》を唱《とな》えなくちゃいけないの。本当《ほんとう》はジャムや食器《しょっき》がしまってあるだけなんだけどね。その部屋《へや》に行《い》くと、ケイティ・モーリスがわたしの手《て》をとって、花《はな》が咲《さ》き乱《みだ》れ、おひさまが降《ふ》りそそぐ美《うつく》しい世界《せかい》へ連《つ》れていってくれて、そこでいつまでも幸《しあわ》せに暮《く》らすことになるのよ。川上《かわかみ》のハモンドさんのところに行《い》くときには、ケイティ・モーリスとの別《わか》れが本当《ほんとう》につらかったわ。ケイティもすごく悲《かな》しそうだった。わかるのよ、とびら越《ご》しにキスしたとき、泣《な》いていたから。ハモンドさんの家《いえ》に本棚《ほんだな》はなかったけど、家《いえ》から川《かわ》をちょっとさかのぼったところに緑《みどり》におおわれた小《ちい》さな長《なが》い谷《たに》があって、すてきなこだまが住《す》んでいたの。そんなに大《おお》きな声《こえ》を出《だ》さなくても、わたしが言《い》ったことばをぜんぶ返《かえ》してきたわ。だから、ヴァイオレッタっていう小《ちい》さい女《おんな》の子《こ》が住《す》んでいることにしたの。大《だい》の仲《なか》よしになって、ケイティ・モーリスと同《おな》じくらい――まったく同《おな》じじゃなくて、ほとんど同《おな》じくらい愛《あい》したわ。孤児院《こじいん》に行《い》くまえの晩《ばん》、ヴァイオレッタにさよならを言《い》ったら、それはもう悲《かな》しい声《こえ》でさよならが返《かえ》ってきてね。彼女《かのじょ》のことが忘《わす》れられなくて、孤児院《こじいん》では腹心《ふくしん》の友《とも》を思《おも》いえがく気《き》になれなかったわ。仮《かり》に想像《そうぞう》を広《ひろ》げるゆとりがあったとしてもね」

「ゆとりがなくて何《なに》よりです」

マリラはひややかに言《い》った。

「わたしにはまったく理解《りかい》できません。どうも空想《くうそう》と現実《げんじつ》の区別《くべつ》がなくなりかけているようですが、そういうばかげた空想《くうそう》を頭《あたま》から追《お》い出《だ》すためにも、ほんものの友《とも》だちを作《つく》ったほうがいいのかもしれません。ただし、ダイアナのお母《かあ》さんにケイティ・モーリスやヴァイオレッタの話《はなし》はしないこと。作《つく》り話《ばなし》をしてると思《おも》われますよ」

「あら、しないわ。ふたりのことはだれにでも話《はな》せるわけじゃないの。とっても大切《たいせつ》な思《おも》い出《で》だもの、そんなこと、できるわけがないわ。でも、あなたにはふたりのことを知《し》っていてもらいたかったの。まあ、見《み》て、リンゴの花《はな》から大《おお》きなミツバチがころがり落《お》ちてきたわ。ずいぶんすてきなところに住《す》んでいるのね、リンゴの花《はな》のなかだなんて！　風《かぜ》にゆられながら眠《ねむ》りにつくところを想像《そうぞう》してみて。もし人間《にんげん》の女《おんな》の子《こ》じゃなかったら、ミツバチになって花《はな》に囲《かこ》まれて暮《く》らしたいわ」

「きのうはカモメになりたがっていたでしょうが」

マリラは鼻《はな》であしらった。

「ずいぶん移《うつ》り気《ぎ》なのね。ほら、おしゃべりをやめてお祈《いの》りを覚《おぼ》えろと言《い》ったでしょう。

どうも聞《き》かせる相手《あいて》がいると口《くち》を閉《と》じていられないようだし、自分《じぶん》の部屋《へや》で覚《おぼ》えてきなさい」

「あら、もうほとんど覚《おぼ》えたわ。残《のこ》るは最後《さいご》の一行《いちぎょう》だけよ」

「ほら、いいから、言《い》われたとおりにしなさい。部屋《へや》へ行《い》って、最後《さいご》までちゃんと覚《おぼ》えて、夕食《ゆうしょく》の支度《したく》のときに声《こえ》をかけるから、それまで上《うえ》にいるんですよ」

「リンゴの花《はな》を持《も》っていっていい？」

「いけません。部屋《へや》に花《はな》がちらかるでしょ。そもそも、枝《えだ》は木《き》に残《のこ》しておくべきものです」

「それはわたしもちょっと思《おも》ったわ。枝《えだ》を折《お》って、尊《とうと》い命《いのち》を縮《ちぢ》めちゃいけないかなって。わたしがリンゴの花《はな》なら、折《お》られたくなかったでしょうし。でも、誘惑《ゆうわく》にあらがえなかったの。あらがえない誘惑《ゆうわく》に出合《であ》ったとき、マリラはどうしてるの？」

「アン、自分《じぶん》の部屋《へや》に行《い》けと言《い》ったのが聞《き》こえなかったの？」

アンはため息《いき》をついて東《ひがし》の切妻部屋《きりづまべや》に戻《もど》ると、窓辺《まどべ》のいすに座《すわ》った。

「さてと……お祈《いの》りの勉強《べんきょう》はもう終《お》わりよ。最後《さいご》の一行《いちぎょう》は階段《かいだん》をのぼりながら覚《おぼ》えてしまったしね。いまからこの部屋《へや》にあったらいいと思《おも》うものを想像《そうぞう》してみるわ。そうすれば、いつでもここにあることにできるからね。床《ゆか》にはピンクのバラの模様《もよう》がある白《しろ》いベルベットのじゅうたんを敷《し》きつめて、窓《まど》にはピンクの絹《きぬ》のカーテンをつるして、壁《かべ》には金《きん》と銀《ぎん》の糸《いと》で織《お》りあげたタペストリー（絵《え》や図案《ずあん》を織《お》りこんだ厚手《あつで》の壁《かべ》かけ）を飾《かざ》ることにするわ。家具《かぐ》はマホガニー。マホガニーなんて見《み》たことないけど、すごく豪華《ごうか》そう。ここにソファを置《お》いて、ピンクとブルーと赤《あか》と金《きん》の見事《みごと》な絹《きぬ》のクッションをたくさん並《なら》べなくちゃ。そして、その上《うえ》にエレガントにもたれかかるの。壁《かべ》にかけられたすばらしく大《おお》きな鏡《かがみ》に、背《せ》が高《たか》くて、堂々《どうどう》としたわたしが映《うつ》っているわ。すそが床《ゆか》まである白《しろ》いレースのガウン。胸《むね》もとには真珠《しんじゅ》の十字架《じゅうじか》。頭《あたま》には真珠《しんじゅ》の髪飾《かみかざ》り。髪《かみ》は真夜中《まよなか》の闇《やみ》みたいな黒《くろ》。肌《はだ》は透《す》きとおるような象牙色《ぞうげいろ》。そして名前《なまえ》はレディ・コーデリア・フィッツジェラルド……だめ、だめ、ぜんぜん本当《ほんとう》らしく聞《き》こえないわ」

アンはおどるような足《あし》どりで小《ちい》さな鏡《かがみ》に近《ちか》づき、それをのぞきこんだ。そばかすだらけのとがった顔《かお》、きまじめそうな灰色《はいいろ》の目《め》が見返《みかえ》していた。

「あなたはただのグリーン・ゲイブルズのアンよ」

アンは真剣《しんけん》に言《い》った。

「いくらレディ・コーデリアになった自分《じぶん》を想像《そうぞう》しても、わたしには、たったいまこうして見《み》ているあなたしか見《み》えない。でも、どこにも属《ぞく》していないただのアンに比《くら》べれば、グリーン・ゲイブルズのアンは百万倍《ひゃくまんばい》すてきじゃない？」

アンは身《み》をのりだして、鏡《かがみ》に映《うつ》った自分《じぶん》に愛情《あいじょう》をこめてキスすると、開《あ》け放《はな》たれた窓辺《まどべ》に向《む》かった。

「〈雪《ゆき》の女王《じょおう》〉さん、こんにちは。窪地《くぼち》のシラカバさんたちも、こんにちは。丘《おか》の上《うえ》の灰《はい》色《いろ》のおうちさんも、こんにちは。ダイアナは腹心《ふくしん》の友《とも》になってくれるかしら。なってくれるといいな。わたしは彼女《かのじょ》のことを大好《だいす》きになるわ。でも、ケイティ・モーリスやヴァイオレッタのことを忘《わす》れるわけにはいかない。忘《わす》れたらあの子《こ》たちが傷《きず》つくし、わたしはだれかを傷《きず》つけたくない。たとえ本棚《ほんだな》の女《おんな》の子《こ》やこだまの女《おんな》の子《こ》だとしてもね。忘《わす》れないように、毎日《まいにち》キスを送《おく》らなくちゃ」

アンはサクラの花《はな》のむこうに何度《なんど》か投《な》げキスを送《おく》ると、ほおづえをつき、空想《くうそう》の海原《うなばら》をうっとりとただよいはじめた。

レイチェル・リンド、ぎょっとする

ミセス・レイチェル・リンドが訪《たず》ねてきたのは、アンがグリーン・ゲイブルズに来て二《に》週間《しゅうかん》が経《た》ったころのことだった。ずいぶんと間《ま》があいたが、それはべつにミセス・リンドのせいではなかった。季節《きせつ》はずれのひどいインフルエンザにかかって、家《いえ》から出《で》られずにいたのだ。ミセス・リンドはめったなことでは病気《びょうき》にならないし、病気《びょうき》になる人《ひと》をあからさまにばかにしているが、インフルエンザだけは天災《てんさい》のようなものとみなしていた。

マシューとマリラが引《ひ》き取《と》ったみなしごについては、すでにさまざまなうわさがアヴォンリーをかけめぐっていて、ミセス・リンドは好奇心《こうきしん》ではちきれそうになっていた。そして、医者《いしゃ》に外出《がいしゅつ》を許《ゆる》されると、すかさずグリーン・ゲイブルズに向《む》かった。

その二週間《にしゅうかん》、アンは目覚《めざ》めている時間《じかん》を一秒《いちびょう》たりともむだにしなかった。グリーン・ゲイブルズのまわりにある木々《きぎ》のそれぞれにあいさつをしてまわった。リンゴ園《えん》のふもとからはじまる小道《こみち》が森《もり》につづいていることに気《き》づくと、はるかかなたでそれがとぎれるあたりまで探検《たんけん》して、小川《おがわ》、橋《はし》、雑木林《ぞうきばやし》、ミザクラのトンネル、シダの深《ふか》いしげみ、カエデやナナカマドの林《はやし》をめぐる脇道《わきみち》といった、思《おも》いがけないものに出会《であ》った。窪地《くぼち》では泉《いずみ》と友《とも》だちになった。それは、澄《す》みきった、氷《こおり》のように冷《つめ》たい水《みず》を深々《ふかぶか》とたたえるすばらしい泉《いずみ》で、なめらかな赤《あか》い砂岩《さがん》に囲《かこ》まれ、ヤシに似《に》た大《おお》きな葉《は》をつける水生《すいせい》シダの群生《ぐんせい》にふちどられていた。そして、その先《さき》の小川《おがわ》には丸木橋《まるきばし》が渡《わた》されていた。

おどるような足《あし》どりで橋《はし》を渡《わた》ると、道《みち》は木立《こだち》におおわれた丘《おか》をのぼっていった。空《そら》に向《む》かってまっすぐにそびえるモミやトウヒが葉《は》をしげらせ、昼《ひる》なお薄暗《うすぐら》いそのあたりには花《はな》が少《すく》なかった。それでも、ツリガネソウがこのうえなくひかえめにかれんな花《はな》をつけ、スターフラワーが去年《きょねん》咲《さ》いた花《はな》の亡霊《ぼうれい》のような薄《うす》いブルーの花《はな》を咲《さ》かせていた。そして、木々《きぎ》のあいだに張《は》りめぐらされたクモの巣《す》が銀糸《ぎんし》のように光《ひか》りかがやき、モミの枝葉《えだは》が仲《なか》よく語《かた》らっていた。

アンは手伝《てつだ》いの合間《あいま》に、三十分《さんじっぷん》ほど遊《あそ》んできていいと言《い》われると、いつもこの幸《しあわ》せいっぱいの探検旅行《たんけんりょこう》に出《で》かけて、帰《かえ》ってくると自分《じぶん》の発見《はっけん》をうるさいほどしゃべりつづけた。

いていたし、マリラもついつい聞《き》き入《い》ってしまい、それに気《き》づいて、あわてて「いいかげんにしなさい」とやめさせることになるのだった。

とはいえ、マシューはいかにも楽《たの》しそうな笑《え》みを浮《う》かべて、何《なに》も言《い》わずに最後《さいご》まで聞《き》いていたし、マリラもついつい聞き入ってしまい、

ミセス・リンドがやってきたとき、アンは果樹園《かじゅえん》にいて、赤《あか》い夕日《ゆうひ》を浴《あ》びてそよそよとゆれる草《くさ》のあいだを気《き》ままにさまよっていた。そのあいだ、ミセス・リンドはマリラを相《あい》手《て》に、痛《いた》みや息切《いきぎ》れといったインフルエンザの症状《しょうじょう》を、楽《たの》しそうに話《はな》してきかせた。マリラがインフルエンザも捨《す》てたものじゃないと思《おも》うほどの熱弁《ねつべん》だった。すっかり話《はな》し終《お》えたところで、ミセス・リンドはこの訪問《ほうもん》の本来《ほんらい》の目的《もくてき》をきりだした。

「あなたたちのことを聞《き》いて、びっくりしているのよ」

「びっくりなのはわたしのほうよ。いまはそれもおさまりつつあるけど」

「まったく、とんだ災難《さいなん》だったわね、そんなうっかりしたことをされるなんて。送《おく》り返《かえ》すわけにはいかなかったの？」

ミセス・リンドはあわれむように言《い》った。

「おそらくは送《おく》り返《かえ》せたんでしょう。でも、あえてそうしなかったの。マシューがすっか

り気《き》に入《い》ってしまったのよ。それに、実《じつ》を言《い》うと、わたしもなの。もちろん欠点《けってん》はあるけど、ここはもうべつの家《いえ》みたいよ。とにかく、明《あか》るくて、いい子《こ》でね」

マリラは、ミセス・リンドの顔《かお》に非難《ひなん》が浮《う》かんでいるのを見《み》て、はからずもしゃべりすぎたことに気《き》づいた。

「たいへんな責任《せきにん》を背負《せお》いこんだものね」

レイチェル・リンドは暗《くら》い声《こえ》で言《い》った。

「あなたたちは子《こ》どもを育《そだ》てたことがないんだから、なおさらよ。生《う》まれも気立《きだ》てもはっきりしない子《こ》でしょ？　そういう子《こ》がどう育《そだ》つかなんて、わかったものじゃないんだから。いえ、べつにあなたのやる気《き》をくじこうとしているわけじゃないのよ、マリラ」

「くじかれたなんて思《おも》っちゃいないわ」

マリラはきっぱり答《こた》えた。

「一度《いちど》決《き》めたら、やり通《とお》すしかないんですから。アンに会《あ》いたいんでしょ？　呼《よ》んできますね」

ちょうどそのとき、果樹園《かじゅえん》をさまよい歩《ある》くよろこびにいきいきと顔《かお》をかがやかせながら、アンが走《はし》ってきた。が、台所《だいどころ》にはいったところで、困《こま》ったようにたちどまった。よその家《うち》の人《ひと》が来《き》ているとも知《し》らずにかけこんできて、きまりが悪《わる》かったのだろう。

孤児院《こじいん》から着《き》てきたつんつるてんでぴちぴちのワンピースといい、そのすそからひょろりとのびたガリガリの脚《あし》といい、さらにその数《かず》を増《ふ》やしたそばかすといい、帽子《ぼうし》をかぶっていなかったせいで、すっかりぼさぼさになった髪《かみ》──いままでにないほど赤《あか》く見《み》えた──といい、アンはミセス・リンドの目《め》にかなり変《か》わった子《こ》に映《うつ》った。

「なるほど、見《み》た目《め》で選《えら》んだわけじゃないのはたしかね」

レイチェル・リンドは自信《じしん》たっぷりに決《き》めつけた。思《おも》ったことをそのまま口《くち》にするのは彼女《かのじょ》のモットーであり、それをゆかいと思《おも》う者《もの》も少《すく》なくなかった。

「やせっぽちで、さえない顔立《かおだ》ちだわ。こっちへ来《き》てごらんなさい。あらまあ、かわいそうに。こんなそばかすだらけの顔《かお》は見《み》たこともありませんよ。それに、髪《かみ》はニンジンみたいに真《ま》っ赤《か》じゃないの。ほら、こっちへ来《こ》いと、言《い》ったでしょ？」

アンは〝こっち〟へ向《む》かったが、ミセス・リンドの望《のぞ》みどおりに、というわけではなかった。飛《と》ぶような勢《いきお》いで台所《だいどころ》を横切《よこぎ》ると、顔《かお》を真《ま》っ赤《か》にして、くちびるを引《ひ》きつらせ、細《ほそ》い体《からだ》を頭《あたま》のてっぺんからつま先《さき》までぶるぶるふるわせながら、ミセス・リンドのまえに立《た》ちつくした。

「あなたなんか、大《だい》きらいよ」

アンは声《こえ》をつまらせながらそう叫《さけ》び、地団駄《じだんだ》をふんだ。

「大《だい》きらい、大《だい》きらい、大《だい》きらい」

ドシンと足《あし》をふみ鳴《な》らす音《おと》は、アンが「大《だい》きらい」と言《い》うたびに大《おお》きくなっていった。

「やせっぽちだとか、さえない顔立《かおだ》ちだとか、よくも言《い》ったわね？　すごいそばかすだとか、髪《かみ》が真《ま》っ赤《か》だとか、よくも言《い》ったわね？　なんて下品《げひん》で無礼《ぶれい》で意地《いじ》の悪《わる》い人《ひと》なの！」

「アン！」

マリラがぎょっとして叫《さけ》んだ。

それでも、アンはひるむことなくミセス・リンドをにらみつづけた。顔《かお》をあげ、目《め》をぎらぎらさせ、両手《りょうて》をにぎりしめ、激《はげ》しい憤《いきどお》りを蒸気《じょうき》のようにまきちらしていた。

「わたしのことを、よくもそんなふうに言《い》ったわね？」

アンは熱《ねっ》っぽくくり返《かえ》した。

「自分《じぶん》がそんなことを言《い》われたら、どう思《おも》う？　デブで、不細工《ぶさいく》で、想像力《そうぞうりょく》のかけらももちあわせていないって言《い》われたら、どう思《おも》う？　あなたが傷《きず》ついたとしても、わたしは気《き》にしないわ！　傷《きず》つけばいいのよ、わたしを傷《きず》つけたんだもの。トマスさんのところで酔《よ》っぱらっただんなさんに傷《きず》つけられたことがあるけど、あれより悪《わる》いわ。このことはけっして許《ゆる》しません。けっして！　けっして！」

ドシン！　ドシン！

「こんなかんしゃくもちは見《み》たこともないわ！」

ミセス・リンドはあきれかえって大声《おおごえ》をあげた。

「アン、部屋《へや》に行《い》って、わたしが行《い》くまでそこにいなさい」

どうにか口《くち》を動《うご》かせるようになったところで、マリラが言《い》った。

アンはわっと泣《な》きだし、廊下《ろうか》へ飛《と》びだしていった。そして、表《おもて》のポーチのブリキの壁《かべ》が音《おと》をたてるほどの勢《いきお》いでドアを閉《し》めると、廊下《ろうか》と階段《かいだん》をつむじ風《かぜ》のようにかけぬけていった。二階《にかい》からいくらかひかえめに響《ひび》いてきたバタンという音《おと》で、東《ひがし》の切妻部屋《きりづまべや》のドアが台所《だいどころ》のドアと同《おな》じ勢《いきお》いで閉《し》められたのがわかった。

「まったく、あんな子《こ》を引《ひ》き取《と》るなんて、あなたもどうかしてるわ、マリラ」

ミセス・リンドはこのうえなく深刻《しんこく》そうに言《い》った。

マリラがあやまるべきか、言《い》い返《かえ》すべきか決《き》めかねたまま発《はっ》したひとことは、そのときはもちろん、あとで考《かんが》えても意外《いがい》なひとことだった。

「見《み》た目《め》のことであの子《こ》をからかうのはやめたほうがいいわ、レイチェル」

「マリラ・カスバート、あのすさまじいかんしゃくを見《み》たばかりだってのに、まさか、あの子《こ》の肩《かた》をもつつもりじゃないでしょうね？」

ミセス・リンドは怒《いか》りをあらわにしてつめよった。

「ちがうわ」

マリラは落《お》ち着《つ》きはらって答《こた》えた。

「あの子《こ》に味方《みかた》する気《き》はありません。あんなひどいことをしたんだから、よく言《い》ってきかせなければ。でも、ちょっとは大目《おおめ》に見《み》てやらないと。これまで、善《よ》きおこないについて教《おそ》わったことが一度《いちど》もないんですから。それに、あなたもちょっと言《い》いすぎですよ、レイチェル」

思《おも》わずつけくわえた最後《さいご》のひとことには、マリラ自身《じしん》もびっくりした。

ミセス・リンドは尊厳《そんげん》を傷《きず》つけられたように立《た》ちあがった。

「そうね、マリラ、これからはじゅうぶん気《き》をつけないと。何《なに》しろ、どこの馬《うま》の骨《ほね》とも知《し》れないみなしごのごきげんを一番《いちばん》に考《かんが》えなくちゃいけないんですから。いえ、わたしは怒《おこ》っちゃいませんから、お気《き》になさらず。これからあの子《こ》にたいへんな思《おも》いをさせられるのは、ほかならぬあなたなんですから。でも、もしもわたしの忠告《ちゅうこく》を聞《き》く気《き》があるなら――とてもあるようには見《み》えませんけど、わたしは十人《じゅうにん》の子《こ》を育《そだ》ててあげて、ふたりの子《こ》を失《うしな》った人間《にんげん》なんです――〝よく言《い》ってきかせる〟ときはそこそこ大《おお》きなシラカバの枝《えだ》を鞭《むち》にしてたたくといいわ。ああいう子《こ》にはそれが一番《いちばん》。あの髪《かみ》にしてあのかんしゃくありき、ですもの。さて、今夜《こんや》はおいとましますよ、マリラ。これまでどおり、たびたび顔《かお》を見《み》せてもらいたいけど、わたしのほうからここへ足《あし》を運《はこ》ぶことは、当分《とうぶん》ないと思《おも》ってくださいよ。さつきみたいにかみつかれて、ばかにされるのがおちですから」

いつもよたよた歩《ある》きのミセス・リンドが、それなりの急《いそ》ぎ足《あし》で去《さ》っていくと、マリラはひどく難《むずか》しい顔《かお》をして東《ひがし》の切妻部屋《きりづまべや》へ向《む》かった。

階段《かいだん》をのぼりながら、はてさてどうしたものかと落《お》ち着《つ》かない気持《きも》ちになった。つい先《さき》ほど目《め》にした光景《こうけい》には、マリラもすっかり動揺《どうよう》していた。よりによってレイチェル・リンドのまえでかんしゃくを起《お》こすとは、不運《ふうん》にもほどがある！　そこまで考《かんが》えたところで、マリラははたと気《き》づいた。この落《お》ち着《つ》かない気持《きも》ちの原因《げんいん》は、アンにかんしゃくもちというゆゆしい欠点《けってん》が見《み》つかったことより、むしろ、ミセス・リンドにばかにされたことにあるのだと。だとすると、アンにはどんな罰《ばつ》をあたえればいいのだろう？　ミセス・リンドが楽《たの》しそうにすすめていたシラカバの枝《えだ》での鞭打《むちう》ちは、リンド家《け》の子《こ》どもたちによってその効果《こうか》が証明《しょうめい》されているとはいえ、どうにも気《き》が進《すす》まなかった。子《こ》どもをたたくなど、とてもできそうにない。そう、何《なに》かべつの方法《ほうほう》を考《かんが》えて、あんなふうに人《ひと》にかみつくものじゃないということを、アンにわからせなければ。

マリラがはいっていくと、アンはどろだらけのブーツをはいたまま、きれいなふとんの上《うえ》につっぷして激《はげ》しく泣《な》きじゃくっていた。

「アン」

マリラはそこそこやさしく呼《よ》びかけたが、答《こた》えはなかった。

「アン」

今度《こんど》はずっと厳《きび》しい声《こえ》でくり返《かえ》した。

「すぐにベッドからおりて、話《はなし》を聞《き》きなさい」

アンは身《み》をよじってベッドからおりると、かたわらのいすにぎこちなく座《すわ》った。顔《かお》を涙《なみだ》にぬらしたまま、かたくなに床《ゆか》をにらみつづけていた。

「ずいぶん行儀《ぎょうぎ》がいいのね、アン！　恥《は》ずかしいと思《おも》わないの？」

「あの人《ひと》に、みっともないだの、ひどい赤毛《あかげ》だの、そんなことを言《い》う権利《けんり》はないわ」

アンは腹立《はらだ》たしそうに言《い》い返《かえ》した。

「あなたにだって、あんなふうにかんしゃくを起《お》こしてかみつく権利《けんり》はないでしょ。あなたにはがっかり——本当《ほんとう》にがっかりです。リンドさんにはきちんと接《せっ》してもらいたかったのに、逆《ぎゃく》に、わたしの顔《かお》にどろをぬるようなことをするなんて。ひどい赤毛《あかげ》でみっともないと言《い》われたくらいで、なぜあんなにかっとなるのか、さっぱりわからないわ。自分《じぶん》でもしょっちゅう言《い》ってるじゃないの」

「あら、自分《じぶん》で言《い》うのと人《ひと》に言《い》われるのとは、ぜんぜんちがうわ」

アンはしゃくりあげながら言《い》った。

「たとえ自分《じぶん》で思《おも》っていても、ほかの人《ひと》はそんなふうに思《おも》っていないって信《しん》じたいものじゃない。とんでもないかんしゃくもちに見《み》えたかもしれないけど、どうしようもなかったのよ。言《い》われたとたん、何《なに》かがこみあげて、息《いき》が苦《くる》しくなって、かみつかずにはいられなくなったんだもの」

「とにかく、あれは見《み》ものだったわ。リンドさんは大《おお》よろこびでしょうね、あっちこっちで言《い》いふらす話《はなし》ができて。そう、言《い》いふらさないわけがない。とにかく、あんなふうにかっとなるのは、いかがなものかと思《おも》いますよ、アン」

「だれかに面《めん》と向《む》かってやせっぽちでみっともないって言《い》われたらどんな気《き》がするか、想《そう》像《ぞう》してみて」

アンは涙《なみだ》ながらにうったえた。

突然《とつぜん》、マリラの脳裏《のうり》に古《ふる》い思《おも》い出《で》が浮《う》かびあがってきた。まだとても小《ちい》さかったころ、おばのひとりがべつのおばに「色《いろ》が黒《くろ》くて、みっともなくて、かわいそうな子《こ》だねえ」と言《い》っているのが聞《き》こえたときのことだ。そのときに感《かん》じた刺《さ》すような胸《むね》の痛《いた》みは、五十《ごじゅう》を過《す》ぎたいまも消《き》えずに残《のこ》っていた。

「リンドさんがすこしも悪《わる》くないとは言《い》わないわ、アン」

マリラは口調《くちょう》をやわらげて認《みと》めた。

「たしかに、あの人《ひと》はなんでもずけずけ言《い》いすぎます。でも、だからって、あんなことをしていいってことにはならない。彼女《かのじょ》はよその家《いえ》の人《ひと》だし、お年《とし》を召《め》しているし、わたしのお客《きゃく》さまだし……つまり、あなたが敬意《けいい》をはらわなくちゃいけない理由《りゆう》が三《みっ》つもある。それなのに、あんな無礼《ぶれい》で生意気《なまいき》な態度《たいど》をとったんですから――」

ここで、マリラの頭《あたま》に名案《めいあん》が浮《う》かんだ。

「リンドさんのところに行《い》って、かんしゃくを起《お》こしたことを心《こころ》からあやまって、許《ゆる》してもらうしかありません」

「そんなことぜったいにできないわ」

アンは真剣《しんけん》な面持《おもも》ちできっぱりと言《い》った。

「どんなお仕置《しお》きにもたえるわ、マリラ。ヘビやヒキガエルがいる暗《くら》くてじめじめした地《ち》下牢《かろう》に閉《と》じこめられて、水《みず》とパンしかもらえなくても文句《もんく》は言《い》わない。でも、リンドさんにあやまるのだけは、ぜったいにいや！」

「うちには暗《くら》くてじめじめした地下牢《ちかろう》に人《ひと》を閉《と》じこめる習慣《しゅうかん》はありません」

マリラは淡々《たんたん》と言《い》った。

「だいたい、アヴォンリーに地下牢《ちかろう》なんてものは、まずありませんからね。でも、リンドさんにはかならずあやまってもらうし、あなたがこの部屋《へや》を出《で》るのは、その気《き》になったことをわたしに話《はな》すときです」

「それじゃ、永遠《えいえん》にここにいなくちゃいけないわ」

アンは悲《かな》しそうに言《い》った。

「だって、『あんなことを言《い》ってごめんなさい』なんて言《い》えないもの。どうしたらそんなことができるの？　わたし、悪《わる》いなんて思《おも》っていないのよ。あなたを困《こま》らせたことは悪《わる》いと思《おも》ってるけど、あの人《ひと》にああ言《い》ったことは、よかったと思《おも》ってるの。満足《まんぞく》してるの。悪《わる》いと思《おも》ってないのにあやまるのは、うそつきでしょ？　想像《そうぞう》のなかでも言《い》えないわ、ごめんなさいなんて」

「朝《あさ》になれば、その想像《そうぞう》とやらが、もっとちゃんと働《はたら》くようになるでしょう」

マリラはそう言《い》って立《た》ちあがった。

「自分《じぶん》がやったことをひと晩《ばん》よく考《かんが》えて、心《こころ》がけをあらためなさい。グリーン・ゲイブルズにいられるなら、がんばっていい子《こ》になると言《い》ったはずよ。今夜《こんや》のあなたは、まるでそうは見《み》えません」

嵐《あらし》が吹《ふ》き荒《あ》れるアンの心《こころ》にとどめの一撃《いちげき》を放《はな》つと、マリラは困《こま》り果《は》てたようすで台所《だいどころ》へおりていった。アンに腹《はら》を立《た》てるのと同《おな》じくらい、自分《じぶん》にも腹《はら》を立《た》てていた。何《なに》しろ、ミセス・リンドのぎょっとした顔《かお》を思《おも》いだすと、いけないとわかっていても、笑《わら》いがこみあげて、くちびるがひくひくしてしまうのだから。

アンのおわび

その晩《ばん》、マリラは昼間《ひるま》の出来事《できごと》をマシューに話《はな》さなかった。ところが、翌朝《よくあさ》になってもアンは頑《がん》としてゆずらず、朝食《ちょうしょく》の席《せき》におりてこなかったので、マリラとしてもそのわけを説明《せつめい》せざるを得《え》なくなった。マリラはアンの態度《たいど》に問題《もんだい》があったことがマシューに伝《つた》わるよう苦労《くろう》しながら、一部始終《いちぶしじゅう》を話《はな》してきかせた。

「たいしたものじゃないか、あのおせっかいなおしゃべりばあさんに食《く》ってかかるとは」

マシューはそう言《い》ってマリラをなだめた。

「かんべんしてください、マシュー・カスバート。あんな失礼《しつれい》なことをしたのに、あの子《こ》の肩《かた》をもつなんて！　つぎはお仕置《しお》きの必要《ひつよう》はないと言《い》いだす気《き》じゃないでしょうね！」

「うーむ……べつに……そういうことじゃない」マシューは困惑《こんわく》して言《い》った。

「ちょっとしたお仕置《しお》きは必要《ひつよう》だが、あまりひどいことはしないでやってくれよ、マリラ。

善《よ》きおこないを教《おそ》わったことがないんだから。食事《しょくじ》はさせてるんだろうな？」

「善《よ》きおこないを教《おし》えるために、わたしがあの子《こ》にひもじい思《おも》いをさせるとでも思《おも》っているんですか？」マリラは腹立《はらだ》たしげに言《い》い返《かえ》した。

「三度《さんど》の食事《しょくじ》は、ちゃんと持《も》っていきます。だとしても、レイチェルにあやまる気《き》になるまで、部屋《へや》から出《だ》すつもりはありません。それはもう決《き》めたことです」

その日《ひ》の食卓《しょくたく》は、朝《あさ》も昼《ひる》も夜《よる》も、とても静《しず》かなものになった。アンは折《お》れなかった。マリラは自分《じぶん》たちの食事《しょくじ》がすむと、食《た》べ物《もの》がたっぷりのった盆《ぼん》を東《ひがし》の切妻部屋《きりづまべや》に運《はこ》び、しばらく待《ま》ってさげにいった。マシューはさげられた盆《ぼん》を心配《しんぱい》そうに見《み》やった。食事《しょくじ》はあまり減《へ》っているように見《み》えなかった。アンときたら、ろくに食《た》べていないじゃないか。

夕方《ゆうがた》、マリラが牛《うし》を小屋《こや》に入《い》れるために裏《うら》の放牧地《ほうぼくち》に出《で》ていくと、納屋《なや》のあたりでうろうろようすをうかがっていたマシューが、どろぼうのようにこそこそ家《いえ》にはいって、静《しず》かに階段《かいだん》をのぼっていった。マシューはふだん、台所《だいどころ》か廊下《ろうか》に面《めん》したせまい自分《じぶん》の寝室《しんしつ》にしか出入《でい》りしないし、たまに落《お》ち着《つ》かないようすで応接間《おうせつま》や居間《いま》にいるとすれば、それは夕《ゆう》食《しょく》に招《まね》いた牧師《ぼくし》が来《き》ているということだった。二階《にかい》にあがるのは、客用《きゃくよう》の寝室《しんしつ》の壁紙《かべがみ》を貼《は》り替《か》えた春《はる》以来《いらい》のことで、それから、すでに四年《よねん》の月日《つきひ》が流《なが》れていた。

マシューは抜《ぬ》き足《あし》で廊下《ろうか》を進《すす》み、東《ひがし》の切妻部屋《きりづまべや》のまえでたちどまった。そして、しばらくためらっていたが、勇気《ゆうき》をふりしぼって指《ゆび》でドアをたたき、なかをのぞきこんだ。

アンは窓辺《まどべ》の黄色《きいろ》いいすに座《すわ》って、悲《かな》しそうに庭《にわ》を見《み》つめていた。その小《ちい》ささとあわれっぽさに胸《むね》を痛《いた》めながら、マシューは静《しず》かにドアを閉《し》め、アンに近《ちか》づいた。

マシューはだれかに聞《き》かれるのをおそれているかのように、声《こえ》をひそめてたずねた。

「アン、どんな具合《ぐあい》かね？」

アンはかすかに笑《え》みを浮《う》かべた。

「まあまあよ。いろいろ想像《そうぞう》して、時間《じかん》をつぶしてるわ。もちろん、すごくさみしいけど、それには慣《な》れないとね」

アンは、目《め》のまえに横《よこ》たわる孤独《こどく》な歳月《さいげつ》にきぜんと立《た》ち向《む》かうために、もう一度《いちど》ほほ笑《え》んだ。

マシューはここへやってきた理由《りゆう》を思《おも》いだした。マリラが思《おも》いのほか早《はや》く戻《もど》るかもしれないし、ぐずぐずしてはいられなかった。

「うーむ、アン、そいつを片《かた》づけて、さっぱりしてしまってはどうだろう？」

マシューはささやくように言《い》った。

「マリラはこうと決《き》めたらてこでも動《うご》かない人間《にんげん》だからな。遅《おそ》かれ早《はや》かれ、そうするよりなくなるぞ、アン。さっさと片《かた》づけて、さっぱりしてしまいなさい」

「リンドさんにあやまるってこと？」

「そう、あやまる」マシューは熱心《ねっしん》につづけた。

「つまり、丸《まる》くおさめるってことだ。それが言《い》いたかったんだ」

「マシューのためならできそうな気《き》がするわ」

アンはじっくり考《かんが》えてからそう答《こた》えた。

「いまは悪《わる》かったと思《おも》っているから、悪《わる》かったたって言《い》ってもうそをつくことにはならないしね。ゆうべはちっとも悪《わる》いと思《おも》わなかったの。腹《はら》が立《た》って、腹《はら》が立《た》って、ひと晩《ばん》じゅうカンカンに怒《おこ》っていたわ。どうしてわかるかっていうと、夜中《よなか》に三度目《さんどめ》が覚《さ》めて、そのたびにはらわたが煮《に》えくり返《かえ》ってきたから。でも、けさ起《お》きたときにはおさまっていたわ。もうかんしゃくも起《お》きなかった。それに、とてもむなしかったわ。自分《じぶん》がひどく恥《は》ずかしかった。でも、リンドさんにあやまりにいく気《き》にはなれなかったの。ものすごい屈辱《くつじょく》だもの。そんなことをするくらいなら、永遠《えいえん》にここに閉《と》じこめられているほうがいいと思《おも》うほどの屈辱《くつじょく》よ。でも、マシューのためならできるかもしれないわ。もし、本当《ほんとう》にそうしてほしいというなら……」

「うーむ、もちろん、そうしてほしいさ。おまえがいないと、下《した》がさみしくていけない。ちょっと出《で》かけていって、丸《まる》くおさめておいで。それがいい子《こ》ってものだ」

「いいわ」アンはあきらめたように言《い》った。

「マリラが戻《もど》ったらすぐに、悔《く》いあらためたって言《い》うことにする」

「そう、それがいい、アン。ただし、わたしがここに来《き》たことは内緒《ないしょ》にしておいてくれ。口出《くちだ》しをしたと思《おも》われかねない。口出《くちだ》しはしない約束《やくそく》なんだ」

「たとえ暴《あば》れ馬《うま》でもわたしに秘密《ひみつ》を言《い》わせることはできないわ」

アンはおごそかに誓《ちか》った。

「でも、暴《あば》れ馬《うま》ってどうやって人《ひと》に秘密《ひみつ》を言《い》わせるのかしら？」

そのとき、マシューはすでに切妻部屋《きりづまべや》の外《そと》にいて、事《こと》のなりゆきにおどろいていた。そして、そこで何《なに》をしているのかとマリラに問《と》いただされることになるまえに、大急《おおいそ》ぎで馬《うま》の放牧地《ほうぼくち》のはずれへ逃《に》げていった。

家《いえ》に戻《もど》ったマリラの耳《みみ》に、二階《にかい》の手《て》すりの向《む》こうから「マリラ」と呼《よ》ぶかぼそい声《こえ》が届《とど》いた。それは、うれしいおどろきだった。

「どうしたの？」マリラは廊下《ろうか》を進《すす》みながらたずねた。

「かんしゃくを起《お》こして、無礼《ぶれい》なことを言《い》って、ごめんなさい。リンドさんのところへあやまりにいこうと思《おも》うの」

「よろしい」

マリラはいつものきびきびした口調《くちょう》で言《い》ったが、実《じつ》は、かなりほっとしていた。このままアンが折《お》れなかったらどうしようかと、おおいに気《き》をもんでいたのだ。

「乳《ちち》しぼりがすんだら、一緒《いっしょ》に行《い》きましょう」

乳《ちち》しぼりがすむと、ふたりはリンド家《け》をめざして小道《こみち》を歩《ある》きはじめた。マリラは勝《か》ちほこったように背筋《せすじ》をのばし、アンはしょんぼりうなだれていた。ところが、アンの意気消《いきしょう》沈《ちん》はどこかで魔法《まほう》のように消滅《しょうめつ》し、いまやアンは、つんとあごをあげ、たそがれの空《そら》に目《め》をこらし、うきうきした気分《きぶん》をひかえめにただよわせながら、軽《かろ》やかに足《あし》を運《はこ》んでいた。

マリラはアンのこの変化《へんか》を苦々《にがにが》しく思《おも》った。このままでは、ミセス・リンドがよろこぶ、しおらしい改心者《かいしんしゃ》にはまったく見《み》えなかった。

「いったい何《なに》を考《かんが》えているんです、アン？」

マリラは厳《きび》しく問《と》いただした。

「リンドさんにどう言《い》えばいいか、考《かんが》えているの」

アンはうっとり夢見《ゆめみ》るように答《こた》えた。

なるほど、それはけっこう、そうでなければ——と思《おも》ったものの、マリラの頭《あたま》のなかは、いやな予感《よかん》でいっぱいになった。ミセス・リンドへの謝罪《しゃざい》は、こんなふうにうっとり思《おも》いえがくようなものではないはずだった。

しかし、台所《だいどころ》の窓辺《まどべ》に座《すわ》って編《あ》み物《もの》をするミセス・リンドのまえに出《で》たとたん、アンは後悔《こうかい》の念《ねん》に満《み》ちた、悲《かな》しげな顔《かお》をした。アンはやにわにひざまずいてミセス・リンドをおどろかせると、両手《りょうて》を差《さ》しだし許《ゆる》しを求《もと》めた。

「ああ、リンドさん、本当《ほんとう》に申《もう》し訳《わけ》ないことをしました」

アンは声《こえ》をふるわせながら言《い》った。

「どれほどくやんでいるか、ことばにできないほどです。ええ、辞書《じしょ》を丸々《まるまる》一冊《いっさつ》使《つか》ってもできません。ですから、想像《そうぞう》していただくよりほかないんです。わたしはあなたにひどいことをしました。そして、大切《たいせつ》な友人《ゆうじん》であるマシューとマリラの顔《かお》にどろをぬりました。ふたりは男《おとこ》の子《こ》でないわたしをグリーン・ゲイブルズに置《お》くことにしてくれた人《ひと》です。わたしはおそろしく性根《しょうね》の悪《わる》い、恩知《おんし》らずな娘《むすめ》です。ちゃんとした人《ひと》たちからおしかりを受《う》けて、永久《えいきゅう》に追放《ついほう》されても文句《もんく》は言《い》えません。本当《ほんとう》のことを言《い》われただけでかんしゃくを起《お》こすなんて、ひどすぎます。あなたが言《い》ったことはすべて真実《しんじつ》です。髪《かみ》は赤《あか》いし、そばかすだらけだし、やせっぽちだし、さえない顔立《かおだ》ちだし。わたしが言《い》ったことも真実《しんじつ》ですが、それでも、言《い》うべきじゃありませんでした。ああ、リンドさん、どうか、どうかわたしをお許《ゆる》しください。許《ゆる》していただかないと、ひどいかんしゃくもちとはいえ、あわれな幼《おさな》いみなしごを、死《し》ぬまで悲《かな》しませることになります。あなたにそんなことができるとは思《おも》えません。どうか許《ゆる》すと言《い》ってください、リンドさん」

アンは両手《りょうて》を組《く》み、こうべを垂《た》れて裁《さば》きのときを待《ま》った。その姿《すがた》は真剣《しんけん》そのものだった。どこをとっても本気《ほんき》であやまっているようにしか見《み》えなかった。とはいえ、残念《ざんねん》ながら、マリラにはわかっていた。アンはひどいはずかしめを受《う》け、とことんへりくだることに、よろこびを感《かん》じているということが。アンのためになると考《かんが》え、自信《じしん》をもって科《か》した罰《ばつ》は、アンによって楽《たの》しみにすりかえられていた。

もっとも、人《ひと》のいいミセス・リンドは、そんなことはつゆ知《し》らず、本心《ほんしん》からあやまっていると信《しん》じて疑《うたが》わなかった。くすぶりつづけていた怒《いか》りはすっかり消《き》えていた。いささかおせっかいなところはあっても、情《じょう》の深《ふか》い人《ひと》なのだ。

「ほらほら、立《た》ちなさい」とミセス・リンドはやさしく言《い》った。

「許《ゆる》すにきまっているじゃないの。わたしもちょっとばかり言《い》いすぎたかもしれないわ。でも、わたしはあけっぴろげな人間《にんげん》でね。そういう人《ひと》だと思《おも》って、聞《き》き流《なが》してもらうしかないの。あなたがとんでもない赤毛《あかげ》だってことは、否定《ひてい》のしようもないことです。でもね、昔《むかし》、一緒《いっしょ》に学校《がっこう》に通《かよ》っていた女《おんな》の子《こ》の赤毛《あかげ》は、年《とし》とともに色合《いろあ》いが暗《くら》くなって、しまいにはなんともすばらしいとび色《いろ》（トビの羽《はね》のようなこげ茶色《ちゃいろ》）になったのよ。あなたの髪《かみ》がとび色《いろ》になっても、わたしはすこしもおどろきませんよ。すこしもね」

「ああ、リンドさん！」

アンは立《た》ちあがって深々《ふかぶか》と息《いき》を吸《す》いこんだ。

「あなたはわたしに希望《きぼう》をあたえてくれました。わたしはあなたを恩人《おんじん》と思《おも》って生《い》きていきます。この髪《かみ》が大《おお》きくなったらすばらしいとび色《いろ》になると思《おも》うだけで、もう、どんなことにもたえられます。すばらしいとび色《いろ》の髪《かみ》になると思《おも》えば、いい子《こ》になるのもずっと簡《かん》単《たん》――そう思《おも》いませんか？　このあと、あなたとマリラがおしゃべりをするあいだ、お庭《にわ》のリンゴの木《き》の下《した》のベンチに座《すわ》っていても？　あそこのほうが想像《そうぞう》を広《ひろ》げるゆとりがありそうなんです」

「ええ、ええ、行《い》ってらっしゃい。なんなら、すみのほうに咲《さ》いている白《しろ》い〝ジューン・リリー〟をつんで花束《はなたば》をこしらえるといいわ」

アンがドアを閉《し》めて出《で》ていくと、ミセス・リンドは軽々《かるがる》と立《た》ちあがって、ランプに火《ひ》を灯《とも》した。

「いやはや、変《か》わった子《こ》ですねえ。こっちのいすにおかけなさい、マリラ。いま座《すわ》っているところより楽《らく》ちんよ。それは手伝《てつだ》いの男《おとこ》の子用《こよう》のいすですからね。そう、たしかに変《か》わった子《こ》だけど、それもふくめて、何《なに》かひかれるところがありますね。いまはもう、あなたとマシューがあの子《こ》を引《ひ》き取《と》ることにした気持《きも》ちもわかるし、あなたたちを気《き》の毒《どく》とも思《おも》っていないわ。あの子《こ》ならちゃんとした子《こ》に育《そだ》つはずです。もちろん、しゃべり方《かた》はちょっと……ちょっと大《おお》げさで、奇妙《きみょう》ですけど、まあ、ここで文明人《ぶんめいじん》と暮《く》らしていれば、いずれ直《なお》るでしょう。それに、すぐにかっとなることにも、なぐさめはあります。熱《ねっ》しやすく冷《さ》めやすい子《こ》に、ずるい子《こ》やうそつきはめったにいません。何《なに》がいやといってそれは、ずるい子《こ》ですからね。マリラ、わたしもあの子《こ》が気《き》に入《い》ったようです」

マリラがいとまごいをすると、真《ま》っ白《しろ》な〝ジューン・リリー〟の花束《はなたば》をかかえたアンが、たそがれの甘《あま》い香《かお》りがたちこめる果樹園《かじゅえん》から帰《かえ》ってきた。

「うまくあやまれたでしょ?」

マリラと小道《こみち》を歩《ある》きながら、アンは得意《とくい》げに言《い》った。

「どうせあやまらなくちゃならないなら、とことんあやまったほうがいいと思《おも》ったの」

「とことんもいいところです、まったく」

マリラはそう言《い》うと、先《さき》ほどのやりとりを思《おも》いだして、はからずも笑《わら》いそうになったが、あわてて《》がまんした。あやまるのがうますぎたことを、たしなめておくつもりだったのだ。とはいえ、あれはたしかにおもしろかった！　そこで、おごそかにこう言《い》って良心《りょうしん》と折《お》り合《あ》いをつけることにした。

「あんなおわびはこれきりにしてもらいたいわね。かんしゃくを起《お》こさないようにするんですよ、アン」

「みんながわたしの見《み》た目《め》をからかわずにいてくれれば、そんなに難《むずか》しいことじゃないわ」

アンはそう言《い》ってため息《いき》をついた。

「ほかのことはともかく、髪《かみ》のことはうんざりするほどからかわれてきたから、ついかっとなってしまうの。この髪《かみ》、大《おお》きくなったら本当《ほんとう》にすばらしいとび色《いろ》になると思《おも》う？」

「あなたは見《み》た目《め》のことを気《き》にしすぎです、アン。ひどい見栄《みえ》っ張《ぱ》りみたいじゃないの」

「みっともないとわかっているのに、どうやって見栄《みえ》を張《は》れというの？」

アンは言《い》い返《かえ》した。

「わたし、きれいなものが大好《だいす》きだから、鏡《かがみ》にきれいじゃないものが映《うつ》っているのがいやなの。本当《ほんとう》に悲《かな》しくなるわ。みにくいものを見《み》るといつもそう。同情《どうじょう》してしまうのよ、美《うつく》しくないってことに」

「見目《みめ》より心《こころ》ですよ」マリラは格言《かくげん》を引《ひ》いた。

「それ、まえにも言《い》われたことがあるけど、ちがう気《き》がするわ」

アンはいぶかしげにそう言《い》って、〝ジューン・リリー〟のにおいをかいだ。

「ああ、この花《はな》、なんてすてきなのかしら！　これをわたしにくれるなんて、リンドさんはすばらしい人《ひと》ね。もううらみは消《き》えたわ。それに、あやまって許《ゆる》してもらうって、すばらしく気分《きぶん》がいいものなのね？　今夜《こんや》は星《ほし》が明《あか》るくない？　星《ほし》に住《す》めるとしたら、どの星《ほし》がいい？　わたしはあの黒《くろ》い丘《おか》の上《うえ》の大《おお》きな星《ほし》、すばらしくきれいに光《ひか》ってるのがいいわ」

「アン、すこし口《くち》を閉《と》じていなさい」

マリラはアンの頭《あたま》の回転《かいてん》についていけなくなっていた。

小道《こみち》にはいるまで、アンは口《くち》を開《ひら》かなかった。気《き》まぐれなそよ風《かぜ》が、夜《よ》つゆにぬれた若《わか》いシダの葉《は》のツンとするにおいを連《つ》れて小道《こみち》を通《とお》りぬけていった。夕闇《ゆうやみ》の先《さき》の木立《こだち》のすきまから、グリーン・ゲイブルズの台所《だいどころ》の明《あ》かりが見《み》えた。と、そのとき、アンは年《とし》を重《かさ》ねてガサガサになったマリラの手《て》に自分《じぶん》の手《て》をすべりこませた。

「外《そと》から帰《かえ》ってきて、家《いえ》が見《み》えてくるのってすてきね」とアンは言《い》った。

「わたし、はやくもグリーン・ゲイブルズが好《す》きでたまらなくなっているわ。こんなにどこかを好《す》きになったのははじめてよ。ああ、マリラ、すごく幸《しあわ》せだわ。いまならぜんぜん苦労《くろう》しないでお祈《いの》りができそう」

小《ちい》さな手《て》にふれられて、マリラの心《こころ》に何《なに》か温《あたた》かくて心地《ここち》いいものがわきあがってきた。おそらく、これまで眠《ねむ》っていた母性《ぼせい》がゆり動《うご》かされたのだろう。その不慣《ふな》れな心地《ここち》よさに、マリラはすっかりどぎまぎしたが、大急《おおいそ》ぎで興奮《こうふん》を静《しず》め、いつもの冷静《れいせい》さをとり戻《もど》して教《きょう》訓《くん》を口《くち》にした。

「いい子《こ》にしていれば、いつも幸《しあわ》せでいられますよ、アン。それに、お祈《いの》りを唱《とな》えるのが苦《く》でなくなります」

「お祈《いの》りをするのと、お祈《いの》りのことばを唱《とな》えるのは同《おな》じじゃないわ」

アンはぼんやり考《かんが》えながら言《い》った。

「でも、いまは自分《じぶん》があの木《き》のてっぺんを吹《ふ》きわたる風《かぜ》になったところを想像《そうぞう》していたい。木《き》にあきたら、シダの葉《は》をゆらして、それからリンドさんの家《いえ》の庭《にわ》の上《うえ》へ飛《と》んでいって花《はな》たちにダンスをおどらせて、それからシロツメクサの野原《のはら》をピューッとひと吹《ふ》きして、それから〈かがやきの湖《みずうみ》〉の上《うえ》を渡《わた》って、きらめく小《ちい》さなさざ波《なみ》を立《た》てなくちゃ。ああ、風《かぜ》って、想像《そうぞう》を広《ひろ》げるゆとりがすごくたくさんあるわ！　だからもうおしゃべりはおしまいにするわね、マリラ」

「そうしてくれると、ありがたいわ」

マリラは心底《しんそこ》ほっとしてため息《いき》をついた。

アン、日《にち》曜《よう》学《がっ》校《こう》へ行《い》く

「どう？　気《き》に入《い》った？」とマリラが言《い》った。

アンは切妻部屋《きりづまべや》のベッドの上《うえ》に広《ひろ》げられた三枚《さんまい》の新《あたら》しい服《ふく》を、つまらなそうに見《み》おろしていた。一着《いっちゃく》は、去年《きょねん》の夏《なつ》、丈夫《じょうぶ》そうだという理由《りゆう》でマリラが行商《ぎょうしょう》の人《ひと》から買《か》った茶色《ちゃいろ》のギンガム、一着《いっちゃく》は冬《ふゆ》のバーゲンで買《か》った白《しろ》と黒《くろ》のチェックの綿《めん》サテン、一着《いっちゃく》はその週《しゅう》、カーモディの店《みせ》で買《か》ったさえないブルーのごわごわしたプリント地《じ》で仕立《した》てたものだった。

いずれもマリラが自分《じぶん》で縫《ぬ》ったもので、ぴったりした身《み》ごろにすとんとしたスカート、そでも身《み》ごろやスカートと同《おな》じように飾《かざ》り気《け》がなく、これ以上《いじょう》は何《なに》ひとつ省《はぶ》けないほど、細《ほそ》くすっきりあつらえられていた。

「想像《そうぞう》の力《ちから》で気《き》に入《い》っていることにするわ」

アンはにこりともせずに言《い》った。

「そんな想像《そうぞう》はしてもらいたくありません」

マリラはおもしろくなさそうに言《い》った。

「なるほど、この服《ふく》が気《き》に入《い》らないんですね！　何《なに》がいけないの？　きちんとした、きれいな服《ふく》でしょう」

「そうね」

「じゃあ、何《なに》がいけないの？」

「そ、それは……かわいらしくないところ」

しかたなく、アンは答《こた》えた。

「かわいらしくない！」

マリラはフンと鼻《はな》を鳴《な》らした。

「かわいらしい服《ふく》を作《つく》る気《き》はありませんでしたからね。アン、言《い》っておきますが、わたしは見栄《みえ》を張《は》るのはいけないことと考《かんが》えています。どれもフリルやひだ飾《かざ》りのない実用的《じつようてき》で丈夫《じょうぶ》ないい服《ふく》だし、この夏《なつ》、あなたが着《き》る服《ふく》はこれだけです。茶色《ちゃいろ》いギンガムの服《ふく》と青《あお》いプリント地《じ》の服《ふく》は、新学期《しんがっき》がはじまったら学校《がっこう》に着《き》ていきなさい。綿《めん》サテンの服《ふく》は教会《きょうかい》と日曜学校用です。よごしたり破いたりしないよう、丁寧にあつかうんですよ。いままで着ていたつんつるてんのウィンシー織《おり》の服《ふく》を思《おも》えば、どんな服《ふく》もありがたいでしょうに」

「あら、ありがたいと思《おも》っているわ」

アンは言《い》い返《かえ》した。

「でも、もし……もし、ひとつでもパフスリーブの服《ふく》があったら、もっとありがたかったかも。いま、パフスリーブがすごくはやっているの。そでがふわっとふくらんだ服《ふく》を着《き》たら、マリラ、それだけでゾクゾクするはずよ」

「では、そのゾクゾクとやらはあきらめてもらうしかないわ。うちにはパフスリーブの服《ふく》を作《つく》るむだな生地《きじ》はありません。なんにしろ、ばかみたいですよ、あのふくらんだそでは。わたしはすっきりした実用的《じつようてき》な服《ふく》のほうが好《す》きです」

「でも、みんながばかみたいな服《ふく》を着《き》ているんだもの、ひとりですっきりした実用的《じつようてき》な服《ふく》を着《き》るより、ばかみたいな服《ふく》を着《き》るほうがいいわ」

アンは悲《かな》しそうにうったえた。

「ばかばかしい！　さあ、服《ふく》を戸棚《とだな》につるしたら、座《すわ》って、日曜学校《にちようがっこう》の予習《よしゅう》をしなさい。

ベルさんからあなたが使《つか》うテキストを預《あず》かってきました。あしたは日曜学校《にちようがっこう》へ行《い》くんですよ」

マリラはふきげんきわまりないようすで階段《かいだん》をおりていった。

アンは両手《りょうて》をにぎりしめ、新《あたら》しい服《ふく》を見《み》ながら、沈《しず》んだ声《こえ》でつぶやいた。

「白《しろ》いパフスリーブのドレスがあるといいなって思《おも》っていたのよねえ、神《かみ》さまにもお願《ねが》いしたけど、そんなに期待《きたい》はしていなかったわ。神《かみ》さまは、小《ちい》さなみなしごの服《ふく》のことを考《かんが》えるほどひまじゃないもの。マリラにまかせるしかないこともわかってたし。まあ、いいわ。想像《そうぞう》の力《ちから》で、このなかのひとつは美《うつく》しいレースのフリルつきで、そでが三段《さんだん》にふくらんだ、雪《ゆき》のように白《しろ》いモスリンの服《ふく》ってことにするとしましょう」

翌朝《よくあさ》、マリラはアンの日曜学校《にちようがっこう》につきそえなくなった。頭痛《ずつう》がひどくなってきていたのだ。

「リンドさんの家《いえ》に寄《よ》っていきなさい、アン」とマリラは言《い》った。

「どのクラスにはいればいいいか、知《し》っているはずですから。そう、行儀《ぎょうぎ》には気《き》をつけるんですよ。それから、リンドさんにうちの信徒席《しんとせき》を教《おし》えてもらって、お説教《せっきょう》を聞《き》いて、献金《けんきん》袋《ぶくろ》がまわってきたらこの一《いっ》セント硬貨《こうか》を入《い》れなさい。まわりの人《ひと》をじろじろ見《み》たり、そわそわ動《うご》いたりしちゃだめですよ。あとで、どんなお説教《せっきょう》だったか、話《はな》してもらいますからね」

アンは非《ひ》の打《う》ちようのないいでたちで出《で》かけていった。白黒《しろくろ》チェックの綿《めん》サテンで仕立《した》てたかたくるしい服《ふく》は、つんつるてんでもぴちぴちでもないのに、なぜか、アンのやせて骨《ほね》ばった体《からだ》つきをきわだたせていた。つやつやの新《あたら》しい帽子《ぼうし》は、つばが小《ちい》さく、てっぺんが平《たい》らなごくふつうの麦《むぎ》わら帽子《ぼうし》で、アンはそれにもがっかりしていた。ひそかに、リボンや花飾《はなかざ》りがついたものを期待《きたい》していたのだ。ただし、花飾《はなかざ》りについては街道《かいどう》に出《で》るまえに調達《ちょうたつ》することができた。小道《こみち》の途中《とちゅう》で風《かぜ》にゆれるキンポウゲとほこらしげな野《の》バラを見《み》つけると、アンはすぐにずっしり重《おも》い花《はな》のリースを作《つく》り、思《おも》いえがいていたとおりに帽子《ぼうし》を飾《かざ》りたてた。人《ひと》にどう思《おも》われようとアンは大満足《だいまんぞく》で、黄色《きいろ》とピンクの花《はな》で飾《かざ》った赤毛《あかげ》の頭《あたま》をほこらしげにそらせて、意気《いき》ようようと街道《かいどう》を歩《ある》いていった。

アンがリンド家《け》に着《つ》いたとき、ミセス・リンドはすでに出《で》かけたあとだった。アンは気《き》おくれすることなく、ひとりで教会《きょうかい》への道《みち》を急《いそ》いだ。

教会《きょうかい》のポーチには女《おんな》の子《こ》がおおぜいいた。みな、白《しろ》や水色《みずいろ》やピンク色《いろ》の服《ふく》でめかしこんでいた。頭《あたま》に変《か》わった花飾《はなかざ》りをのせた見知《みし》らぬ少女《しょうじょ》がやってくると、ものめずらしそうにそちらを見《み》た。アヴォンリーの子《こ》どもたちのあいだには、すでにアンにまつわるおかしなうわさが広《ひろ》まっていた。ミセス・リンドが、アンはたいへんなかんしゃくもちだと言《い》いふらしていたし、マシューが雇《やと》っているジェリー・ブートも、アンはいつも気《き》がふれたみたいに独《ひと》り言《ごと》を言《い》ったり木《き》や花《はな》に話《はな》しかけたりしていると、あちこちで話《はな》していたからだ。少女《しょうじょ》たちはアンを見《み》ると、日曜学校《にちようがっこう》のテキストで顔《かお》をかくしながらひそひそ話《ばなし》をした。礼拝《れいはい》が終《お》わってミス・ロジャーソンの教室《きょうしつ》に行《い》ってからも、アンにやさしく声《こえ》をかけてくる者《もの》はひとりもいなかった。

ミス・ロジャーソンはかれこれ二十年《にじゅうねん》、日曜学校《にちようがっこう》の教師《きょうし》をつとめる中年《ちゅうねん》の女性《じょせい》だった。テキストに印刷《いんさつ》された問題《もんだい》を読《よ》みあげ、テキスト越《ご》しに生徒《せいと》のだれかをじろりとにらんで答《こた》えさせるというのが、彼女《かのじょ》のやり方《かた》で、その視線《しせん》は何度《なんど》となくアンに向《む》けられた。マリラに厳《きび》しく教《おし》えこまれていたので難《なん》なく答《こた》えられたが、質問《しつもん》にしろ回答《かいとう》にしろ、きちんと理解《りかい》しているわけではなかった。
アンはミス・ロジャーソンが好《す》きになれなかったし、みじめな気持《きも》ちになった。クラスのほかの子《こ》の服《ふく》はみなパフスリーブだった。パフスリーブのない人生《じんせい》など生《い》きる価値《かち》はないように思《おも》えた。

「それで、日曜学校《にちようがっこう》はどうだったの？」

家《いえ》に戻《もど》ったアンに、マリラがたずねた。このときマリラはまだ花飾《はなかざ》りのことを知《し》らなかった。帰《かえ》るころにはすっかりしおれてしまったので、アンが小道《こみち》の途中《とちゅう》で捨《す》ててきたのだ。

「ちっとも好《す》きになれなかった。ひどいところね」

「アン・シャーリー！」

マリラはたしなめるように言《い》った。

アンは長《なが》いため息《いき》をついてゆりいすに座《すわ》ると、〈ボニー〉の葉《は》にキスをして、花盛《はなざか》りのフクシアに手《て》をふった。

「わたしがいなくて、みんな、さみしがっていたでしょう」

アンはそう言《い》ってから、話《はなし》をはじめた。

「日曜学校《にちようがっこう》のことだけど、言《い》われたとおり行儀《ぎょうぎ》よくしていたわ。リンドさんはもう出《で》かけたあとだったから、ひとりで行《い》ったの。おおぜいの女《おんな》の子《こ》たちと一緒《いっしょ》に教会《きょうかい》にはいって、朝礼《ちょうれい》の時間《じかん》は窓《まど》ぎわの信徒席《しんとせき》の端《はし》っこに座《すわ》っていたわ。ベル校長《こうちょう》のお祈《いの》り、すごく長《なが》かったのよ。窓《まど》ぎわに座《すわ》っていなければ、きっと、途中《とちゅう》でうんざりしていたわ。窓《まど》から〈かがやきの湖《みずうみ》〉が見《み》えたおかげで、すてきなことをたくさん想像《そうぞう》できたけどね」

「そんなことしてちゃだめでしょう。ベルさんの話《はなし》を聞《き》いていなくちゃ」

「でも、ベル校長《こうちょう》はわたしに向《む》かって話《はな》していたわけじゃないわ」

アンは言《い》い返《かえ》した。

「校長先生《こうちょうせんせい》が話《はな》しかけていたのは神《かみ》さまだし、それほど一生懸命話《いっしょうけんめいはな》しているようにも見《み》えなかった。話《はな》しかけるには遠《とお》すぎると思《おも》ったんじゃないかしら。それより、ずらりと並《なら》んだシラカバが湖《みずうみ》の上《うえ》に身《み》をのりだしていて、その枝《えだ》のすきまから、おひさまの光《ひかり》が深《ふか》い、深《ふか》い水《みず》の底《そこ》までさしこんでいてね。ああ、マリラ、まるで美《うつく》しい夢《ゆめ》を見《み》ているようだったわ！　わたし、すっかりゾクゾクして、思《おも》わず二度《にど》も三度《さんど》も、『神《かみ》さま、ありがとう』って言《い》ってしまったのよ」

「まさか大《おお》きな声《こえ》で言《い》ったわけじゃないでしょうね？」

マリラはおそるおそるたずねた。

「あら、いやだ、ささやいただけよ。ベル校長《こうちょう》のお祈《いの》りが終《お》わって、ロジャーソン先生《せんせい》のクラスに行《い》くように言《い》われたの。そのクラスにはほかに九人《くにん》、女《おんな》の子《こ》がいて、みんなパフスリーブの服《ふく》を着《き》ていたわ。自分《じぶん》の服《ふく》のそでがふくらんでいるところを想像《そうぞう》しようとしたけど、ぜんぜんだめだったわ。どうしてかな？　ひとりで切妻部屋《きりづまべや》にいるときなら、ふくらんだそでなんて簡単《かんたん》に想像《そうぞう》できるのに、まさしくほんもののパフスリーブを着《き》ている人《ひと》たちに囲《かこ》まれてしまうと、けっこう難《むずか》しいものなのね」

「日曜学校《にちようがっこう》でそでのことなど考《かんが》えるものじゃありません。勉強《べんきょう》に身《み》を入《い》れなくては。わかってると思《おも》っていたのに」

「あら、わかってるわ。たくさん答《こた》えたのよ。ロジャーソン先生《せんせい》、何度《なんど》もわたしを見《み》るんだもの。でも、先生《せんせい》のほうからしか質問《しつもん》できないというのは不公平《ふこうへい》よね。わたしも先生《せんせい》に聞《き》きたいことがたくさんあったけど、それはやめておいたわ。〈同《おな》じたましいの持《も》ち主《ぬし》〉

とは思《おも》えなかったから。それから、ほかの女《おんな》の子《こ》たちが聖書《せいしょ》のことばをやさしくかみくだいたものを暗誦《あんしょう》したわ。先生《せんせい》に知《し》ってるかって聞《き》かれたから、それは知《し》らないけど『主人《しゅじん》の墓守《はかも》りをする犬《いぬ》』なら暗誦《あんしょう》できますって答《こた》えたの。教科書《きょうかしょ》の三巻目《さんかんめ》に出《で》てくる詩《し》で、まさしくほんものの聖書《せいしょ》の詩《し》ではないけど、とても悲《かな》しいし、愁《うれ》いを帯《お》びているし、いいかなと思《おも》って。でも、だめなんですって。で、こんどの日曜《にちよう》までに十九番《じゅうきゅうばん》を覚《おぼ》えてこいって言《い》われてるの。あとで教会《きょうかい》で読《よ》んでみたんだけど、すばらしいのよ。とくにこの二行《にぎょう》にはゾクゾクしちゃった。

ミディアンの忌《い》まわしき日《ひ》に
殺《ころ》された騎兵隊《きへいたい》の兵士《へいし》たちが倒《たお》れるようにすばやく

〝騎兵隊《きへいたい》〟も〝ミディアン〟もなんのことかわからないけど、すっごく悲劇的《ひげきてき》な響《ひび》きがあるわ。こんどの日曜日《にちようび》に暗誦《あんしょう》するのが待《ま》ちきれない。一週間《いっしゅうかん》、毎日練習《まいにちれんしゅう》するわ。日曜学校《にちようがっこう》のあと、ロジャーソン先生《せんせい》にお願《ねが》いして、カスバート家《け》の信徒席《しんとせき》を教《おし》えてもらったわ。リンドさんは遠《とお》いところにいたから。できるだけじっと座《すわ》っていたのよ。お説教《せっきょう》に使《つか》われた聖書《せいしょ》のことばは、黙示録第三章《もくしろくだいさんしょう》の二節《にせつ》と三節《さんせつ》。とても長《なが》いことばでね。わたしが牧師《ぼくし》さんなら、もっとしゃれた短《みじか》いやつを選《えら》ぶのに。お説教《せっきょう》がまたひどく長《なが》くてね。聖書《せいしょ》のことばに合《あ》わせないといけないのかしら。思《おも》うにあの牧師《ぼくし》さんには、おもしろみが足《た》りない気《き》がするのよね。想像力《そうぞうりょく》があるように見《み》えないし。だから、あまりよく聞《き》いていなかったの。ひたすら頭《あたま》を動《うご》かして、何《なに》よりびっくりするようなことをいろいろ考《かんが》えていたわ」

マリラは、やれやれと思《おも》ったが、アンの話《はなし》にはうなずけるところがあって、しかることができなくなった。とくに牧師《ぼくし》の説教《せっきょう》とベル校長《こうちょう》のお祈《いの》りについては、ことばにしたことはないが、長年《ながねん》ひそかに思《おも》っていたことだった。なんだか、ひたすら押《お》しかくしてきた疑《ぎ》念《ねん》が、このだれにもかえりみられたことのない少女《しょうじょ》の素直《すなお》な物言《ものい》いのなかに、突然《とつぜん》、はっきり浮《う》かびあがってきたかのようだった。

おごそかな誓《せい》約《やく》

帽子《ぼうし》につけた花飾《はなかざ》りのことをマリラが知《し》ったのは、つぎの金曜日《きんようび》のことだった。

ミセス・リンドの家《いえ》から戻《もど》ったマリラは、さっそくアンを呼《よ》んで、どういうことか問《と》いただした。

「アン、リンドさんの話《はなし》じゃ、このまえの日曜日《にちようび》、帽子《ぼうし》にバラやキンポウゲをつけて教会《きょうかい》に行《い》ったそうじゃないの。なんだってそんなふざけたことをしたの？　さぞやかわいかったことでしょうね！」

「あら、わたし、ピンクと黄色《きいろ》は似合《にあ》わないの」アンのおしゃべりがはじまった。

「似合《にあ》うかどうかの話《はなし》じゃありません！　問題《もんだい》は帽子《ぼうし》に花《はな》をつけたってことです。本当《ほんとう》に困《こま》った子《こ》ね！」

「どうして帽子《ぼうし》に花《はな》をつけるのが困《こま》ったことなの？」とアンは言《い》い返《かえ》した。

「服《ふく》にブーケをつける子《こ》はたくさんいるじゃない。何《なに》がちがうの？」

マリラとしては、答《こた》えようのない質問《しつもん》にいちいちつきあうつもりはなかった。

「口答《くちごた》えはやめなさい、アン。それはとんでもないおばかさんがすることです。こんどやったら承知《しょうち》しませんからね。あなたが頭《あたま》に花《はな》をつけてやってきたのを見《み》て、リンドさんは穴《あな》があったらはいりたいと思《おも》ったそうです。すぐにはずすように言《い》いたかったけど、遠《とお》くて間《ま》に合《あ》わなかったって言《い》っていたわ。みなさんからひどい言《い》われようだったというじゃないの。わたしが笑《わら》われるんですよ、そんな格好《かっこう》で外《そと》に出《だ》すなんてって」

「ごめんなさい」

アンの目《め》に涙《なみだ》があふれた。

「マリラを困《こま》らせることになるなんて、思《おも》ってもいなかったわ。バラとキンポウゲがあんまりきれいでかわいらしくて、帽子《ぼうし》につけたらすてきだろうなって思《おも》っただけなの。帽子《ぼうし》に作《つく》りものの花《はな》をつけてる子《こ》はたくさんいるし。ああ、マリラにとんでもない苦労《くろう》をかけてしまいそうだわ。もしかして、孤児院《こじいん》に送《おく》り返《かえ》してもらったほうがいいのかしら。つらいことだわ。とてもたえられそうにないわ。結核《けっかく》になってげっそりやせ細《ほそ》ってしまうかもしれないわ。いまだってこんなにガリガリなのに。でも、苦労《くろう》をかけるよりはましよね」

「ばかばかしい」とマリラは言《い》った。子《こ》どもを泣《な》かせた自分《じぶん》に腹《はら》を立《た》てていた。

「あなたを孤児院《こじいん》に送《おく》り返《かえ》したいなんて思《おも》っていません。ばかなことはやめて、ほかの子《こ》と同《おな》じようにしていてくれれば、それでいいんです。もう泣《な》くのはやめなさい。そうそう、いい知《し》らせがあるわ。きょうの午後《ごご》、ダイアナ・バリーが帰《かえ》ってきたの。あとでバリーさんにスカートの型紙《かたがみ》を借《か》りにいくから、なんならあなたもついてきて、あいさつするといいわ」

アンはほおを涙《なみだ》でぬらしたまま、両手《りょうて》を組《く》んで立《た》ちあがった。ふちをかがっていた食器《しょっき》用《よう》のふきんが床《ゆか》に落《お》ちるのも、お構《かま》いなしだった。

「ああ、マリラ、こわい——いざそのときがくると、こわくてたまらないわ。好《す》いてもらえなかったらどうしよう！　わが人生最悪《じんせいさいあく》の悲劇的《ひげきてき》な失望《しつぼう》になるわ」

「ほら、じたばたするんじゃありません。それに、そんな大《おお》げさなことばを使《つか》うのはやめなさい。女《おんな》の子《こ》がそんなしゃべり方《かた》をするものじゃないわ。ダイアナはあなたをちゃんと好《す》いてくれます。手《て》ごわいのは母親《ははおや》のほうです。母親《ははおや》に気《き》に入《い》られなければ、どれだけダイアナに好《す》かれてもむだですからね。リンドさんにかんしゃく玉《だま》を爆発《ばくはつ》させたことや、帽《ぼう》子《し》にキンポウゲをつけて教会《きょうかい》に行《い》ったことを知《し》ったら、バリーさんはあなたをどう思《おも》うかしら。礼儀《れいぎ》を忘《わす》れず、行儀《ぎょうぎ》よくふるまうんですよ。それに、人《ひと》を面食《めんく》らわせるような演説《えんぜつ》をしないこと。あらいやだ、ふるえてるじゃないの！」

アンはふるえていた。顔《かお》は緊張《きんちょう》で青《あお》ざめていた。

「だって腹心《ふくしん》の友《とも》になりたい子《こ》とその母親《ははおや》に会《あ》いにいくのよ。その子《こ》の母親《ははおや》にきらわれるかもしれないのよ。それを思《おも》ったら、マリラだって落《お》ち着《つ》いてなどいられなくなるわ」

ふたりは小川《おがわ》を渡《わた》り、モミの木立《こだち》におおわれた丘《おか》を越《こ》える近道《ちかみち》を通《とお》って、オーチャード・スロープへ出《で》かけた。ミセス・バリーがマリラのノックに応《こた》えて勝手口《かってぐち》に現《あらわ》れた。背《せ》が高《たか》く、黒《くろ》い目《め》、黒《くろ》い髪《かみ》の女性《じょせい》で、口《くち》もとに意志《いし》の強《つよ》さをただよわせていた。子《こ》どもたちにとても厳《きび》しいというのがもっぱらの評判《ひょうばん》だった。

「いらっしゃい、マリラ」ミセス・バリーは心《こころ》をこめてあいさつした。

「どうぞなかへ。この子《こ》がおたくで引《ひ》き取《と》った子《こ》ね？」

「ええ、アン・シャーリーといいます」とマリラが言《い》った。

「つづりにはe《イー》がつきます」

アンが息《いき》を切《き》らしながら言《い》った。胸《むね》が高鳴《たかな》り、体《からだ》がふるえていたが、それについては誤《ご》解《かい》があってはならないと決意《けつい》しての発言《はつげん》だった。

聞《き》こえなかったのか、あるいは意味《いみ》がわからなかったのか、ミセス・バリーはアンの手《て》をにぎって、おだやかにこう言《い》った。

「ごきげんいかが？」

「ありがとうございます。心《こころ》はかなりゆれていますが、体《からだ》は元気《げんき》です」

アンは大《おお》まじめでそう答《こた》えてから、となりにいるマリラに「面食《めんく》らわせるようなことは言《い》っていないわよね？」と耳打《みみう》ちをしたが、それはみんなに聞《き》こえていた。

ダイアナはソファに座《すわ》って本《ほん》を読《よ》んでいたが、客《きゃく》がはいってきたところで、その本《ほん》を置《お》いた。とてもきれいな子《こ》で、母親《ははおや》から黒《くろ》い目《め》と黒《くろ》い髪《かみ》とバラ色《いろ》のほおを、父親《ちちおや》から朗《ほが》らかな表情《ひょうじょう》を受《う》け継《つ》いでいた。

「娘《むすめ》のダイアナよ」とミセス・バリーが紹介《しょうかい》した。

「ダイアナ、アンを庭《にわ》に連《つ》れていってお花《はな》を見《み》せてあげるといいわ。本《ほん》ばかり読《よ》んでいると目《め》が疲《つか》れるでしょう」

ダイアナがアンを連《つ》れて出《で》ていくと、ミセス・バリーはマリラに言《い》った。

「あの子《こ》は本《ほん》ばかり読《よ》んでいるの。でも、父親《ちちおや》が味方《みかた》するものだから、やめさせられなくて。いつだって本《ほん》の虫《むし》なんですよ。遊《あそ》び相手《あいて》ができるのは、うれしいかぎりですわ。ことによると、すこしは外《そと》に連《つ》れだしてもらえるかもしれませんし」

庭《にわ》では、黒々《くろぐろ》と葉《は》をしげらせるモミの老木《ろうぼく》越《ご》しにさしこんでくるやわらかな西日《にしび》のなか、アンとダイアナが、大《おお》きな花《はな》をつけたオニユリの群生《ぐんせい》をはさんで、はにかんだように見《み》つめあっていた。

バリー家《け》の庭《にわ》は、木陰《こかげ》の多《おお》い、野山《のやま》のようなおもむきのある花園《はなぞの》で、こんな運命《うんめい》のときでなければ、アンはすっかり舞《ま》いあがっていたのだろう。大《おお》きな古《ふる》いヤナギと背《せ》の高《たか》いモミに囲《かこ》まれたその庭《にわ》は、日陰《ひかげ》を好《この》む草花《くさばな》の宝庫《ほうこ》だった。昔《むかし》ながらの花《はな》が咲《さ》きほこる花壇《かだん》のあいだを、貝《かい》がらできれいにふちどられた小道《こみち》が、しっとりした赤《あか》いリボンのようにたてよこに走《はし》っていた。

バラ色《いろ》のケマンソウ、見事《みごと》な深紅《しんく》のシャクヤク、いいにおいのするシロズイセン、棘《とげ》だらけだが美《うつく》しいスコッチローズ、ピンクとブルーと白《しろ》のオダマキ、薄紫色《うすむらさきいろ》のシャボンソウ、ニガヨモギとクサヨシとハッカの群生《ぐんせい》、紫色《むらさきいろ》のエビネ、ラッパズイセン、羽《はね》のように繊細《せんさい》で香《かお》り高《たか》い花《はな》をつけたコゴメハギ、清《きよ》らかな白《しろ》い花《はな》をつけるアメリカミゾホオズキ、その上《うえ》で火《ひ》のついた槍《やり》を突《つ》きあげるように咲《さ》くベニカノコソウ……

日《ひ》ざしがぐずぐずとどまり、ミツバチが羽音《はおと》をたてて飛《と》びまわり、風《かぜ》がさわさわとよろこびの声《こえ》をあげながらさまよい歩《ある》きたくなるような庭《にわ》だった。

「ねえ、ダイアナ」

アンは両手《りょうて》をにぎりしめ、どうにかこうにか、ささやくような声《こえ》をしぼりだした。

「わたしのこと、腹心《ふくしん》の友《とも》になれるくらい好《す》いてもらえるかしら？」

ダイアナはくすりと笑《わら》った。ダイアナには、しゃべるまえに笑《わら》うくせがあった。

「ええ、たぶん」ダイアナは気《き》さくに答《こた》えた。

「あなたがグリーン・ゲイブルズで暮《く》らすことになって、とってもうれしいわ。遊《あそ》び相手《あいて》がいるって、すてきなことでしょうね。これまでは近所《きんじょ》に友《とも》だちがいなかったの。妹《いもうと》はま

ちいさすぎるし」


だ小《ちい》さすぎるし」

「永遠《えいえん》にわたしの友《とも》だちでいることをスウェア（swear）してくれる？」

アンが熱《ねっ》っぽくそうたのむと、ダイアナはぎょっとした。

「そんな、ののしる《スウェア》のはいけないことよ」

「ちがう、ちがう、そのスウェアじゃないわ。スウェアには意味《いみ》がふたつあるのよ」

「わたしはひとつしか聞《き》いたことがないけど」ダイアナは疑《うたが》わしげに言《い》った。

「本当《ほんとう》にもうひとつあるの。そっちはぜんぜんいけないことじゃないわ。『きちんとことばにして約束《やくそく》する』ってことよ」

「なんだ、それならかまわないわ。どうすればいいの？」

「手《て》と手《て》を合《あ》わせて――」アンは真剣《しんけん》な面持《おもも》ちで言《い》った。

「本当《ほんとう》は流《なが》れる水《みず》の上《うえ》でやらなきゃいけないんだけど、この小道《こみち》を川《かわ》ってことにするわ。まずはわたしが誓《ちか》いのことばを言《い》うわね。太陽《たいよう》と月《つき》があるかぎり、わたしは腹心《ふくしん》の友《とも》であるダイアナ・バリーに忠実《ちゅうじつ》であることを誓《ちか》います。こんどはわたしの名前《なまえ》を入《い》れてあなたが言《い》う番《ばん》よ」

ダイアナは、まずひと笑《わら》いしてから誓《ちか》いのことばをくり返《かえ》すと、また笑《わら》ってこう言《い》った。

「あなたは変《か》わった子《こ》ね、アン。聞《き》いていたとおりだわ。でも、あなたのことは本当《ほんとう》に好《す》きになれそうよ」

マリラとアンが帰《かえ》るときには、ダイアナも丸木橋《まるきばし》まで見送《みおく》りにきた。アンとダイアナは腕《うで》を組《く》んで歩《ある》き、小川《おがわ》のほとりにやってくると、あすの午後《ごご》、一緒《いっしょ》に遊《あそ》ぶ約束《やくそく》をくり返《かえ》しながら別《わか》れた。

「それで、ダイアナは〈同《おな》じたましいの持《も》ち主《ぬし》〉だったの？」

グリーン・ゲイブルズの庭《にわ》を歩《ある》きながら、マリラがたずねた。

「ええ、もちろん」

アンはマリラの皮肉《ひにく》に気《き》づかぬほどの幸福感《こうふくかん》に酔《よ》いしれながら、ため息《いき》まじりに答《こた》えた。

「ねえ、マリラ、わたしはいまプリンス・エドワード島《とう》で一番《いちばん》の幸《しあわ》せな女《おんな》の子《こ》よ。今夜《こんや》は心《こころ》からのお祈《いの》りができるわ。あしたはダイアナと一緒《いっしょ》にウィリアム・ベルさんのシラカバの林《はやし》に行《い》って、ままごと用《よう》の小屋《こや》を作《つく》ることにしたの。まき小屋《ごや》に出《だ》してある欠《か》けた食器《しょっき》をもらっていい？　ダイアナは二月生《にがつう》まれで、わたしは三月生《さんがつう》まれなのよ。すごく不思議《ふしぎ》なめぐりあわせだと思《おも》わない？　ダイアナが本《ほん》を貸《か》してくれるのよ。完璧《かんぺき》にすばらしくて、とんでもなくドキドキする本《ほん》なんですって。森《もり》の奥《おく》のクロユリが咲《さ》いているところも教《おし》えてくれるって言《い》ってたわ。ダイアナの目《め》って、すごくたましいがこもっていると思《おも》わない？　わたしの目《め》にも、たましいがこもっているといいのに。ダイアナから『ハシバミ谷《だに》のネリー』って歌《うた》を教《おし》えてもらうのよ。わたしの部屋《へや》に飾《かざ》る絵《え》もくれるのよ。完璧《かんぺき》にきれいな絵《え》――水色《みずいろ》の絹《きぬ》のドレスを着《き》たきれいなレディの絵《え》で、ミシン屋《や》さんにもらったんですって。わたしもダイアナにあげられるものがあればいいのに。背《せ》はわたしのほうが一《いち》インチ（約《やく》二《に》・五《ご》センチ）高《たか》いんだけど、ダイアナのほうがずっとふくよかよね。でも、ダイアナはやせたいんですって。やせてるほうがずっと優雅《ゆうが》に見《み》えるからって言《い》っていたけど、まあ、わたしをなぐさめようとしただけかもしれないわね。わたしたち、いつか海《うみ》に行《い》って、貝《かい》がらを集《あつ》めるのよ。丸木橋《まるきばし》のそばの泉《いずみ》を〈ドリュアスの泉《いずみ》〉って呼《よ》ぶことにしたわ。完璧《かんぺき》にエレガントな名前《なまえ》でしょ？　まえに、そう呼《よ》ばれている泉《いずみ》の話《はなし》を読《よ》んだことがあるの。ドリュアスっていうのは、たしか、大人《おとな》の妖精《ようせい》か何《なに》かよ」

「まったく、そのおしゃべりでダイアナを殺《ころ》さないようにしてもらわないとね」とマリラは言《い》った。

「何《なに》をして遊《あそ》ぶにしろ、これだけは覚《おぼ》えておきなさい、アン。あなたは一日《いちにち》じゅう遊《あそ》んでいられるわけじゃないし、一日《いちにち》のほとんどの時間《じかん》を遊《あそ》んでいられるわけでもない。まずは、やるべきことを片《かた》づけてからです」

その後《ご》、すでに満杯《まんぱい》になっていたアンの幸《しあわ》せのカップを、マシューがあふれさせることになった。カーモディの店《みせ》から戻《もど》ったマシューは、言《い》い訳《わけ》がましい目《め》でマリラを見《み》ながらポケットに手《て》を入《い》れて小《ちい》さな包《つつ》みをとりだした。

「チョコレートの菓子《かし》が好《す》きだと言《い》った気《き》がしたから、すこしばかり買《か》ってきたんだ」

マシューはそう言《い》って、包《つつ》みをアンに手渡《てわた》した。

マリラはフンと鼻《はな》を鳴《な》らした。

「そういうのはこの子《こ》の歯《は》やおなかをだめにしますよ。ほらほら、そんな悲《かな》しそうな顔《かお》はしないの。せっかくマシューが買《か》ってきてくれたんですから、それは食《た》べなさい。ペパーミントならよかったのに。ペパーミントのほうが体《からだ》にいいのよ。いっぺんに食《た》べてはいけませんよ、気持《きも》ちが悪《わる》くなるから」

「あら、そんなことしないわ」アンは真剣《しんけん》な顔《かお》をして言《い》った。

「今夜《こんや》はひとつしか食《た》べないわ、マリラ。それに、半分《はんぶん》はダイアナにあげるつもりよ。いいでしょ？　そうすれば残《のこ》りの半分《はんぶん》が二倍《にばい》おいしくなるもの。ダイアナにあげるものができて、うれしいわ」

アンが切妻部屋《きりづまべや》へあがっていなくなると、マリラが言《い》った。

「どうやらあの子《こ》はケチではないようですね。ほっとしました。ケチな子《こ》ほどいやなものはありませんから。まったく、ここへ来《き》てまだほんの三週間《さんしゅうかん》なのに、なんだか、ずっとまえからいるみたいだわ。あの子《こ》がいないこの家《いえ》なんて、想像《そうぞう》もできない。ちょっと、マシュー、だから言《い》ったじゃないか、みたいな顔《かお》はやめてください。そういう顔《かお》は女《おんな》にされるのもいやなのに、男《おとこ》にされたらたまりませんからね。わたしだって、あの子《こ》を引《ひ》き取《と》ることにしてよかったと思《おも》っていますよ。あの子《こ》のことが気《き》に入《い》りつつあることも、よろこんで認《みと》めます。でも、いつまでもそんな顔《かお》をされるのはまっぴらごめんです、マシュー・カスバート」

アン、期待《きたい》に胸《むね》をときめかす

「まったく、針仕事《はりしごと》の時間《じかん》だというのに」

マリラはそう言《い》って時計《とけい》に目《め》をやり、外《そと》を見《み》やった。黄色《きいろ》く染《そ》まった八月《はちがつ》の午後《ごご》は、何《なに》もかもが熱気《ねっき》にやられて、半分《はんぶん》まどろんでいるように見《み》えた。

「わたしが言《い》った時間《じかん》より三十分《さんじっぷん》もよけいにダイアナと遊《あそ》んでいたかと思《おも》えば、こんどは、まきの山《やま》の上《うえ》に座《すわ》りこんでマシューを相手《あいて》にぺちゃくちゃおしゃべりをして。やるべきことがあることは、ちゃんとわかっているはずなのに。マシューもマシューです。すっかり夢中《むちゅう》で聞《き》き入《い》ってしまって。あんなのぼせあがった男《おとこ》は見《み》たこともないわ。あの子《こ》がしゃべればしゃべるほど、その話《はなし》がへんてこなものであればあるほどよろこぶんですから。アン・シャーリー、すぐにこっちへ来《き》なさい！　聞《き》こえましたか！」

マリラが西《にし》の窓《まど》をたたく音《おと》に気《き》づいて、アンが庭《にわ》からかけこんできた。明《あか》るい光《ひかり》がほとばしるなか、目《め》をかがやかせ、ほおをうっすら染《そ》めて、おさげにしていない髪《かみ》をなびかせていた。

「マリラ！」

アンは息《いき》を切《き》らしながら叫《さけ》んだ。

「来週《らいしゅう》、日曜学校《にちようがっこう》のピクニックがあるの。〈かがやきの湖《みずうみ》〉のすぐそばのハーモン・アンドリューズさんの草原《そうげん》に行《い》くんですって。ベル校長《こうちょう》の奥《おく》さんとリンドさんがアイスクリームを作《つく》るんですって。それでね、アイスクリームよ！　ねえ、マリラ、わたしも行《い》ってもいい？」

「まずは時計《とけい》を見《み》なさい、アン。何時《なんじ》に戻《もど》れと言《い》いましたか？」

「二時《にじ》よ。ねえ、ピクニック、すてきだと思《おも》わない、マリラ？　行《い》ってもいいでしょ？わたし、ピクニックに行《い》ったことがないの。ピクニックに行《い》く日《ひ》をずっと夢見《ゆめみ》ていたのに、まだ一度《いちど》も――」

「そう、二時《にじ》に戻《もど》れと言《い》ったんです。そしていまは三時十五分《さんじじゅうごふん》まえ。どうして言《い》われたとおりにできなかったか、わけを教《おし》えてもらいましょう、アン」

「もちろん、なんとしても、戻《もど》るつもりだったのよ、マリラ。でも、〈アイドルワイルド〉がどんなにすてきなところか、知《し》らないでしょ。それに、マシューにピクニックのことを話《はな》さなくちゃいけなかったの。マシューはとても熱心《ねっしん》に話《はな》を聞《き》いてくれるし。ねえ、行《い》ってもいい？」

「そのアイドルなんたらの魅力《みりょく》に勝《か》てるようにならないとね。わたしが何時《なんじ》までに戻《もど》れと言《い》ったら、その三十分後《さんじっぷんご》ではなく、きっかりその時間《じかん》に戻《もど》りなさい。それに、熱心《ねっしん》に話《はな》を聞《き》く人《ひと》がいても、寄《よ》り道《みち》をしないこと。あなたは日曜学校《にちようがっこう》の生徒《せいと》なんだから、ほかの生徒《せいと》が行《い》くところに、行《い》くなとは言《い》いません」

「でもね……でもね……」

アンは口《くち》ごもった。

「ダイアナの話《はなし》では、みんな、バスケットにおやつを入《い》れて持《も》っていくんですって。ほら、わたしは料理《りょうり》ができないでしょ。だから……だから……ピクニックにパフスリーブを着《き》ていけないのはいいんだけど、バスケットを持《も》っていけなかったら、すごく恥《は》ずかしいだろうなって……ダイアナにその話《はなし》を聞《き》いてから、ずっと悩《なや》んでいるの」

「もう悩《なや》まなくていいわ。バスケットに入《い》れるものは、ちゃんと作《つく》ってあげます」

「ああ、なんてすばらしい人《ひと》なの、マリラ。ああ、こんなにやさしくしてくれるなんて。ああ、本当《ほんとう》に感謝《かんしゃ》のことばもないわ」

さかんに「ああ」をくり返《かえ》したところで、アンはマリラの腕《うで》のなかに飛《と》び込《こ》み、血色《けっしょく》の悪《わる》いほおに夢中《むちゅう》でキスをした。子《こ》どもにキスをされたことのないマリラは、またしても突《とっ》然《ぜん》わきおこった温《あたた》かい心持《こころも》ちにどぎまぎした。思《おも》わずそっけない口調《くちょう》になったのも、アンに抱《だ》きつかれたのが、内心《ないしん》うれしくてたまらなかったからだ。

「ほらほら、そんなばかなことでいちいちキスなんかしなくていいから。まずは言《い》われたことをきちんとやりなさい。料理《りょうり》もそろそろ教《おし》えようと思《おも》っていたけど、あなたはすぐに心《こころ》が留守《るす》になりますからね、アン。もうすこし落《お》ち着《つ》いて、静《しず》かにしていられるようになってからにします。料理中《りょうりちゅう》は気《き》を張《は》っていなければならないし、空想《くうそう》にかまけて途中《とちゅう》で手《て》を止《と》めるわけにいきませんからね。さあ、パッチワークを持《も》ってきて、夕食《ゆうしょく》までに一枚《いちまい》仕《し》上《あ》げてしまいなさい」

「パッチワークは苦手《にがて》だわ」

アンは悲《かな》しそうにそう言《い》ってため息《いき》をつくと、裁縫箱《さいほうばこ》を出《だ》して、赤《あか》と白《しろ》のひし形《がた》の布《ぬの》の小《ちい》さな山《やま》のまえに座《すわ》った。

「楽《たの》しい針仕事《はりしごと》もあるのかもしれないけど、パッチワークには想像《そうぞう》を広《ひろ》げるゆとりがないの。ひとつまたひとつと縫《ぬ》いつづけるばかりで、どこへ向《む》かっているか、さっぱりわからないんだもの。でも、遊《あそ》んでばかりのどこかのアンよりは、パッチワークをするグリーン・ゲイブルズのアンのほうがずっといいわ。パッチワークをしている時間《じかん》も、ダイアナと遊《あそ》んでいるときと同《おな》じくらい早《はや》くすぎるといいのに。わたしたち、それはもうエレガントにすごしているのよ。空想《くうそう》についてはほぼぜんぶわたしがやらなきゃならないけど、それはわたしの得意分野《とくいぶんや》だしね。それをのぞけばダイアナは完璧《かんぺき》よ。うちの農場《のうじょう》とバリーさんの農場《のうじょう》のあいだを流《なが》れる小川《おがわ》の先《さき》に、小《ちい》さな空《あ》き地《ち》があるでしょ？　ウィリアム・ベルさんの土地《とち》なんだけど、片《かた》すみにシラカバの木《き》が小《ちい》さな円《えん》をえがくように並《なら》んでいて、すごくロマンティックなのよ、マリラ。ダイアナとそこにままごとの家《いえ》を作《つく》って、〈アイドルワイルド〉って呼《よ》んでいるの。詩《し》みたいにきれいな名前《なまえ》でしょ？　思《おも》いつくまで、けっこう時間《じかん》がかかったのよ。もうちょっとで朝《あさ》になりそうだったわ。そして、いままさに眠《ねむ》りに落《お》ちるってときに、お告《つ》げみたいにひらめいたの。ダイアナに言《い》ったら、うっとりしていたわ。エレガントにしつらえてあるのよ。マリラも見《み》にきたほうがいいわ。来《き》てくれるわよね？　コケにすっかりおおわれた大《おお》きな石《いし》をいすに見立《みた》てて、木《き》のあいだに板《いた》を渡《わた》して棚《たな》を作《つく》ったの。お皿《さら》なんかはみんなそこに並《なら》べてあるわ。もちろん、どれも欠《か》けているけど、欠《か》けていないことにするくらい簡単《かんたん》な想像《そうぞう》はないもの。とりわけきれいなのは、ツタの枝《えだ》が赤《あか》と黄色《きいろ》で描《か》いてあるお皿《さら》。応接間《おうせつま》に飾《かざ》ってあるの。応接間《おうせつま》には〈妖精《ようせい》のガラス〉もあるわ。それはもう、夢《ゆめ》のように美《うつく》しいガラスなのよ。ダイアナが鶏小屋《にわとりごや》の裏《うら》の林《はやし》で見《み》つけたの。まるで虹《にじ》が——まだ大《おお》きくなっていない生《う》まれたばかりの虹《にじ》がかかってるみたいなんだけど、ダイアナがお母《かあ》さんに聞《き》いた話《はなし》では、昔《むかし》、使《つか》っていたランプのかけらなんですって。でも、妖精《ようせい》たちが舞踏会《ぶとうかい》を開《ひら》いて置《お》き忘《わす》れたことにしたほうがすてきだから、〈妖精《ようせい》のガラス〉って呼《よ》んでいるの。マシューがテーブルを作《つく》ってくれることになったのよ。あ、バリーさんの森《もり》にある小《ちい》さな丸《まる》い池《いけ》は、〈ヤナギ沼《ぬま》〉って名前《なまえ》にしたわ。ダイアナに貸《か》してもらった本《ほん》からとったの。ゾクゾクする本《ほん》なのよ、マリラ。ヒロインには恋人《こいびと》が五人《ごにん》いるの。わたしはひとりでじゅうぶん。マリラは？　その人《ひと》、すごい美人《びじん》で、たいへんな試練《しれん》をくぐり抜《ぬ》けていくの。それに何《なに》かあるたびに、すぐ気《き》を失《うしな》うの。わたしも気《き》を失《うしな》えたらいいのに。すごくロマンティックだと思《おも》わない？　でも、わたし、こんなにやせてるのにすごく元気《げんき》だしね。ちょっと太《ふと》ってきたのよ。そう思《おも》わない？　毎朝《まいあさ》、起《お》きたときにひじにくぼみができていないか確《たし》かめてるの。ダイアナはそでがひじまでの新《あたら》しいドレスを作《つく》ってもらってるのよ。ピクニックに着《き》ていくんですって。ああ、水曜日《すいようび》は晴《は》れるといいな。何《なに》かあってピクニックに行《い》けなくなったら、がっかりして立《た》ち直《なお》れないわ。もちろん、その後《ご》も生《い》きていくんだろうけど、悲《かな》しみは生涯《しょうがい》つづくはずよ。たとえ百《ひゃっ》回《かい》ピクニックに行《い》ったとしても、それはこの一回《いっかい》のうめあわせにはならないわ。〈かがやきの湖《みずうみ》〉ではみんなで舟《ふね》に乗《の》るんですって。それに、さっき言《い》ったアイスクリーム。アイスクリームって、まだ食《た》べたことがないの。どんなものか、ダイアナが説明《せつめい》してくれたんだけど、〝想像《そうぞう》を絶《ぜっ》する何《なに》か〟って気《き》がするわ」

「アン、しゃべっているあいだにもう時計《とけい》の針《はり》が十分《じっぷん》は進《すす》んでいます」とマリラが言《い》った。「こんどは十分間《じっぷんかん》、口《くち》を閉《と》じていられるかどうか、試《ため》してみなさい」

アンは言《い》われたとおり口《くち》を閉《と》ざした。が、その後《ご》は一週間《いっしゅうかん》ずっと、ピクニックのことを話《はな》し、ピクニックのことを考《かんが》え、ピクニックのことを夢《ゆめ》に見《み》るといったありさまだった。土曜日《どようび》に雨《あめ》が降《ふ》ると、水曜日《すいようび》まで降《ふ》りつづくことをおそれてすっかりとり乱《みだ》し、マリラはパッチワークを一枚《いちまい》よけいに縫《ぬ》わせてアンの興奮《こうふん》を静《しず》めなければならなかった。日曜日《にちようび》、教会《きょうかい》から帰《かえ》る道《みち》すがら、アンはマリラに、牧師《ぼくし》が説教壇《せっきょうだん》からピクニックのことを発表《はっぴょう》したとき、興奮《こうふん》のあまり体《からだ》じゅうに鳥肌《とりはだ》が立《た》ったと打《う》ち明《あ》けた。

「背中《せなか》がゾクゾクっとしたのよ、マリラ！　あれを聞《き》くまで、ピクニックがあるってことを、心《こころ》のどこかで疑《うたが》っていたの。ただの想像《そうぞう》に思《おも》えてならなかったの。でも、牧師《ぼくし》さんが説教壇《せっきょうだん》で言《い》ったことだもの、信《しん》じないわけにはいかないでしょ」

「期待《きたい》のしすぎですよ、アン」

マリラはため息《いき》まじりに言《い》った。

「そんなことでは失望《しつぼう》だらけの人生《じんせい》になります」

「あら、マリラ、楽《たの》しみの半分《はんぶん》は期待《きたい》にあるのよ」

アンは大《おお》きな声《こえ》で言《い》い返《かえ》した。

「期待《きたい》は裏切《うらぎ》ることもあるけど、期待《きたい》する楽《たの》しみはけっして裏切《うらぎ》らないもの。リンドさんは『幸《しあわ》せになりたければ何《なに》も期待《きたい》しないことです、期待《きたい》をしなければ失望《しつぼう》もしません』って言《い》ってたけど、わたしは何《なに》も期待《きたい》しないより、期待《きたい》して失望《しつぼう》するほうがいいわ」

マリラはその日《ひ》の礼拝《れいはい》にもアメジストのブローチをつけて行《い》った。それをつけずに礼拝《れいはい》に行《い》くのは、聖書《せいしょ》や献金用《けんきんよう》の硬貨《こうか》を持《も》たずに行《い》くのと同《おな》じで、罰《ばち》あたりなことという気《き》がしていた。そのブローチは、マリラの母親《ははおや》が船乗《ふなの》りのおじから贈《おく》られたもので、マリラにとっては、何《なに》よりも大切《たいせつ》な形見《かたみ》の品《しな》だった。昔《むかし》ながらの楕円形《だえんけい》のブローチで、なかに母親《ははおや》の髪《かみ》が一房《ひとふさ》、収《おさ》められていた。宝石《ほうせき》のことなどほとんど何《なに》も知《し》らないマリラに、そのアメジストの値打《ねう》ちはわからなかった。それでもとても美《うつく》しいと思《おも》うし、よそゆきのサテンの服《ふく》の胸《むな》もとにつけていると、紫《むらさき》の光《ひかり》がゆらめくのを感《かん》じて、かならずいい心持《こころも》ちになった。

アンははじめてそのブローチを見《み》たとき、おおいに心《こころ》を動《うご》かされ、朗《ほが》らかにほめちぎった。

「ああ、マリラ、完璧《かんぺき》にエレガントなブローチだわ。

そんなすてきなブローチをつけているときに、どうしてお説教《せっきょう》やお祈《いの》りが耳《みみ》にはいってくるの？　わたしならきっと何《なに》も聞《き》こえなくなるわ。アメジストって本当《ほんとう》にきれい。昔《むかし》、想《そう》像《ぞう》していたダイヤモンドみたいな美《うつく》しさだわ。ダイヤモンドを見《み》たことがなかったころ、本《ほん》で読《よ》んで、どんな感《かん》じか想像《そうぞう》してみたことがあるの。きらきらしたすてきな紫色《むらさきいろ》の石《いし》なんだろうなって。ある日《ひ》、どこかのレディがほんもののダイヤモンドの指輪《ゆびわ》をつけていたんだけど、それを見《み》て、がっかりして泣《な》いてしまったわ。もちろんとてもきれいだったけど、わたしが思《おも》っていたダイヤモンドとはちがっていたから。ねえ、マリラ、ちょっとだけ、そのブローチを持《も》たせてくれない？　アメジストって善《よ》きスミレのたましいかもしれないわね？」

アンの告《こく》白《はく》

ピクニックが間近《まぢか》に迫《せま》った月曜日《げつようび》の夕方《ゆうがた》、マリラが難《むずか》しい顔《かお》をして自分《じぶん》の部屋《へや》からおりてきた。

「アン」

マリラはしみひとつないテーブルのかたわらで、ダイアナに教《おし》えられたとおり、陽気《ようき》に『ハシバミ谷《だに》のネリー』を歌《うた》いながら豆《まめ》のさやをむく少女《しょうじょ》に声《こえ》をかけた。

「アメジストのブローチを見《み》なかった？　きのうの夕方《ゆうがた》、教会《きょうかい》から帰《かえ》ってきて、針刺《はりさ》しに戻《もど》したはずなのに、どこにも見《み》あたらなくて」

「きょ、きょうの午後《ごご》、マリラが教会《きょうかい》の婦人会《ふじんかい》に出《で》かけていたときに見《み》たわ」

アンはすこし口《くち》ごもりながら答《こた》えた。

「部屋《へや》のまえを通《とお》りかかって針刺《はりさ》しに留《と》めてあるのが見《み》えたから、なかにはいって見《み》せてもらったの」

「さわったのね？」

マリラは険《けわ》しい口調《くちょう》でたずねた。

「え、ええ。手《て》にとって、自分《じぶん》の胸《むね》につけてみたわ、どんな感《かん》じに見《み》えるのかなあと思《おも》って」

「あなたにそんなことをする権利《けんり》はありません。子《こ》どもがいじりまわしていいものじゃないんですから。そもそも、わたしの部屋《へや》にはいるべきじゃないし、人《ひと》のものには、たとえ一瞬《いっしゅん》でも、ふれてはいけないんです。どこに置《お》きましたか？」

「あら、タンスの上《うえ》に戻《もど》したわ。一分《いっぷん》とふれていないもの。ほんとよ。いじりまわしたりしてないわ、マリラ。部屋《へや》にはいってブローチをつけてみるのがいけないことだなんて、知《し》らなかったの。悪《わる》いとわかったら二度《にど》としません。でも、もうわかったし、二度《にど》としないわ。そこがわたしのいいところなの。悪《わる》いとわかったら二度《にど》としません」

「でも、戻《もど》されていないわ」とマリラは言《い》った。

「タンスの上《うえ》のどこにも見《み》あたりません。部屋《へや》から持《も》ちだしたのね、アン？」

「タンスの上《うえ》に戻《もど》しました」

アンはすかさず言《い》い返《かえ》したが、その物言《ものい》いがマリラにはいささか生意気《なまいき》に聞《き》こえた。

「針刺《はりさ》しに留《と》めたか、お皿《さら》の上《うえ》に置《お》いたかは覚《おぼ》えていないけど、ぜったいに戻《もど》しました」

「では、行《い》ってもういっぺん確《たし》かめてみます」

アンの言《い》い分《ぶん》にもきちんと耳《みみ》を傾《かたむ》けようと、マリラは言《い》った。

「もしあなたがブローチを戻《もど》したのなら、まだそこにあるはずです。なければ、戻《もど》さなかったということですからね！」

マリラは部屋《へや》へ行《い》って、タンスの上《うえ》だけでなく、ブローチがひそんでいそうなところをくまなく調《しら》べた。そして、どこにもないことがわかると、台所《だいどころ》に戻《もど》った。

「アン、ブローチはなかったわ。自分《じぶん》で認《みと》めたように、最後《さいご》にさわったのはあなたよ。どこにやったの？　すぐに本当《ほんとう》のことを話《はな》しなさい。持《も》ちだして、なくしたの？」

「いいえ、そんなことはしていないわ」

アンは、怒《いか》りに燃《も》えるマリラの視線《しせん》をまっすぐに受《う》けとめ、きっぱりと答《こた》えた。

「ブローチは部屋《へや》から持《も》ちだしていません。たとえ断頭台《だんとうだい》に横《よこ》たえられようとも、そうとしか言《い》いようがないわ。断頭台《だんとうだい》がどんなものか、よくわからないけど、それが真実《しんじつ》よ、マリラ」

アンとしては自分《じぶん》の主張《しゅちょう》を強調《きょうちょう》するために「それが真実《しんじつ》よ」と言《い》っただけだが、マリラはそれを反抗心《はんこうしん》のあらわれと受《う》けとめた。

「わたしには、あなたがうそをついているとしか思《おも》えません、アン」

マリラはぴしゃりと言《い》った。

「いいわ。本当《ほんとう》のことを話《はな》す気《き》がないなら口《くち》を閉《と》ざしていなさい。自分《じぶん》の部屋《へや》へ行《い》って、話《はな》す気《き》になるまでおりてきてはいけません」

「豆《まめ》は持《も》っていくの？」

アンは力《ちから》なくたずねた。

「いいえ、残《のこ》りのさやはわたしがむきます。言《い》われたとおりにしなさい」

アンが行《い》ってしまうと、マリラはむしゃくしゃした気持《きも》ちで夕方《ゆうがた》の仕事《しごと》にとりかかった。大切《たいせつ》なブローチが気《き》がかりでならなかった。あの子《こ》がなくしたとしたら？　まったく、なんて悪《わる》い子《こ》なんだろう。持《も》ちだしたのに、持《も》ちだしていないと言《い》いはるとは！　しかも、何食《なにく》わぬ顔《かお》で！

「まさかこんなことになるとは……」

マリラはいらいらと豆《まめ》のさやをむきながら考《かんが》えた。

「むろん、盗《ぬす》もうとしたわけじゃない。あれを持《も》って遊《あそ》びにいったとか、空想《くうそう》の道具《どうぐ》にしたとか、そんなところでしょう。でも、持《も》ちだしたのはまちがいなくあの子《こ》なんです。本人《ほんにん》も認《みと》めたように、あの子《こ》はわたしの部屋《へや》へはいった。そして、夜《よる》、わたしが帰《かえ》るまで、あの部屋《へや》にはだれもはいっていない。そのあいだにブローチが消《き》えたんだから、これ以上《いじょう》たしかなことはありません。たぶん、お仕置《しお》きがこわくて、なくしたことを言《い》えずにいるんです。あの子《こ》がうそをついていると思《おも》うと、本当《ほんとう》にぞっとするわ。かんしゃくを起《お》こすより、ずっといけないことですからね。信用《しんよう》できない子《こ》を家《いえ》に置《お》くのは、ひどい重荷《おもに》を背負《せお》うようなもの。まさか、こんなにずるがしこくて不正直《ふしょうじき》な子《こ》だったとは。気《き》が滅入《めい》るのは、ブローチよりそっちです。本当《ほんとう》のことを話《はな》してくれれば、もっとずっとましな気分《きぶん》でいられたのに」

その晩《ばん》、マリラは何度《なんど》も部屋《へや》にあがってブローチをさがしたが、どこにも見《み》あたらなかった。休《やす》むまえに東《ひがし》の切妻部屋《きりづまべや》へ行《い》ってみたが、何《なに》も変《か》わらなかった。アンはブローチのことは何《なに》も知《し》らないと言《い》いつづけ、マリラはアンがうそをついているという確信《かくしん》を深《ふか》めるばかりだった。

翌朝《よくあさ》、マリラはマシューに事《こと》のしだいを説明《せつめい》した。マシューは困《こま》り果《は》てて、首《くび》をひねった。アンのしわざと簡単《かんたん》に決《き》めつけるつもりはない。が、疑《うたが》われてもしかたがないということは認《みと》めざるを得《え》なかった。

「タンスの裏側《うらがわ》に落《お》ちているんじゃないのか？」

マシューとしては、そうたずねるのがやっとだった。

「タンスは動《うご》かしてみたし、ひきだしをぜんぶ出《だ》して、すきまや割《わ》れ目《め》をすっかり確《たし》かめたわ」マリラはきっぱり言《い》った。

「それでもブローチはなかった。つまり、あの子《こ》が持《も》ちだして、うそをついてるってことよ。気《き》が重《おも》い話《はなし》だけど、それ以外《いがい》には考《かんが》えられないんです、マシュー・カスバート。わたしたちもその事実《じじつ》にしっかり向《む》き合《あ》わないと」

「うーむ、それでどうするつもりなんだ？」

マシューはさみしそうにたずねたが、内心《ないしん》、自分《じぶん》がかかわらずにすむことに感謝《かんしゃ》していた。この件《けん》に関《かん》しては、とても口出《くちだ》しをする気《き》になれなかった。

「本当《ほんとう》のことを話《はな》すまで、部屋《へや》から出《だ》さないことにします」

マリラは前回《ぜんかい》の成功《せいこう》を思《おも》いだしながら、おごそかに言《い》った。

「それでようすを見《み》ましょう。どこに持《も》ちだしたかがわかれば、ブローチも見《み》つかるかもしれません。ただ、いずれにしろしっかりお仕置《しお》きをしないとね、マシュー」

「うーむ、まあ、それはおまえの仕事《しごと》だ」

マシューは帽子《ぼうし》に手《て》をのばしながら言《い》った。

「わたしは何《なに》もしない。口《くち》を出《だ》すなと言《い》われているからな」

マリラはすっかり見放《みはな》された気分《きぶん》だった。ミセス・リンドに意見《いけん》を聞《き》きにいくわけにもいかず、難《むずか》しい顔《かお》をして東《ひがし》の切妻部屋《きりづまべや》へあがり、より難《むずか》しい顔《かお》になって戻《もど》ってきた。アンはけっして認《みと》めなかった。ブローチは持《も》ちだしていないと、かたくなにくり返《かえ》した。目《め》には涙《なみだ》のあとがあった。マリラはあわれに思《おも》いながらも、その気持《きも》ちを見《み》せないようにした。

そして、夜《よる》になるころには〝精根尽《せいこんつ》き果《は》てて〟——マリラはそう表現《ひょうげん》した——いた。

「本当《ほんとう》のことを言《い》わなければ、ここから出《で》られないんですよ、アン。それは、あなたしだいですからね」マリラは力《ちから》をこめて言《い》った。

「でも、あしたはピクニックよ、マリラ」とアンは叫《さけ》んだ。「ピクニックにも行《い》かせてくれないの？　午後《ごご》、ちょっとだけ出《で》かけるくらい、いいでしょ？　そのあとはよろこんでマリラが望《のぞ》むだけここにいるわ。でも、ピクニックにだけは行《い》かせて！」

「本当《ほんとう》のことを言《い》うまでは、ピクニックだろうがなんだろうが行《い》かせません」

「そんな、マリラ――」

マリラは部屋《へや》を出《で》て、ドアを閉《し》めた。

水曜日《すいようび》は、ピクニック用《よう》に特別《とくべつ》にあつらえたようなまぶしい日《ひ》ざしとともに幕《まく》を開《あ》けた。グリーン・ゲイブルズのまわりでは小鳥《ことり》がさえずっていた。庭《にわ》のシロユリのほのかな香《かお》りが、見《み》えない風《かぜ》にのってドアや窓《まど》からはいりこみ、祝福《しゅくふく》の天使《てんし》さながらに廊下《ろうか》や部屋《へや》のなかをさまよっていた。窪地《くぼち》のシラカバは、アンのいつもの朝《あさ》のあいさつを待《ま》ちこがれるように、東《ひがし》の切妻部屋《きりづまべや》の窓辺《まどべ》に向《む》かって、楽《たの》しげに手《て》をふっていた。しかし、その窓《まど》にアンの姿《すがた》はなかった。マリラが朝食《ちょうしょく》を持《も》ってあがっていくと、アンはくちびるを固《かた》く結《むす》び、目《め》を光《ひか》らせ、青《あお》ざめた顔《かお》に決意《けつい》をにじませながら、つんとすましてベッドに座《すわ》っていた。

「マリラ、話《はな》すことにしたわ」

「まあ！」

マリラは盆《ぼん》を置《お》いた。お仕置《しお》きはまたしてもうまくいったが、ひどくほろ苦《にが》い成功《せいこう》だった。

「聞《き》かせてもらうわ、アン」

「アメジストのブローチはわたしが持《も》ちだしました」

アンは教科書《きょうかしょ》を読《よ》みあげるように言《い》った。

「マリラが言《い》うとおり、わたしが持《も》ちだしました。部屋《へや》にはいったときは、そんなつもりはなかったんだけど、あんまりきれいで、胸《むね》につけたとたん、誘惑《ゆうわく》に負《ま》けてしまったんです。これをつけて〈アイドルワイルド〉に行《い》って、レディ・コーデリア・フィッツジェラルドごっこをしたら、完璧《かんぺき》にゾクゾクできると思《おも》ってしまったんです。ほんもののアメジストのブローチをつければ、簡単《かんたん》にレディ・コーデリアになった自分《じぶん》を思《おも》いえがけるって。ダイアナと遊《あそ》ぶときはバラの実《み》でネックレスを作《つく》るけど、バラの実《み》とアメジストじゃ比《くら》べものにならないでしょ？　それでブローチを持《も》ちだしました。マリラが家《いえ》に帰《かえ》るまえに戻《もど》せばいいと思《おも》って。すこしでも長《なが》くつけていたくて、まわり道《みち》をしました。〈かがやきの湖《みずうみ》〉にかかる橋《はし》を渡《わた》っているとき、もういっぺん見《み》てみたくなって、胸《むね》からはずしました。日《ひ》の光《ひかり》を受《う》けて、それはもう美《うつく》しくかがやいていました！　そのあと、橋《はし》の手《て》すりにもたれた拍子《ひょうし》に、指《ゆび》のあいだをすり抜《ぬ》けて……ブローチは、紫色《むらさきいろ》の光《ひかり》を放《はな》ちながら、深《ふか》い、深《ふか》い水《みず》の底《そこ》に沈《しず》んでしまいました。わたしが話《はな》せるのはそれだけよ、マリラ」

マリラの胸《むね》にあらためて激《はげ》しい怒《いか》りがこみあげてきた。宝物《たからもの》のアメジストのブローチを持《も》ちだしてなくしてしまったというのに、落《お》ち着《つ》きはらってこしかけたまま、あっけらかんと事《こと》のしだいをこまごま語《かた》るとは……

「アン、なんてことをしてくれたんです」

マリラはつとめて冷静《れいせい》に言《い》った。

「こんな悪《わる》い子《こ》は、うわさにも聞《き》いたことがありません」

「はい、わたしもそう思《おも》います」

アンは静《しず》かに認《みと》めた。

「それにお仕置《しお》きを受《う》けるのは当然《とうぜん》だと思《おも》います。お仕置《しお》きをするのはあなたの務《つと》めです、マリラ。いますぐお仕置《しお》きをしてください、心《こころ》おきなくピクニックに行《い》きたいので」

「ピクニック！　ピクニックには行《い》かせません、アン・シャーリー。それがお仕置《しお》きです。それだって、あなたがおかした罪《つみ》は半分《はんぶん》も消《き》えませんよ！」

「ピクニックに行《い》っちゃだめなの？」

アンははじかれたように立《た》ちあがって、マリラの手《て》をつかんだ。

「行《い》かせてくれると約束《やくそく》したじゃない！　ねえ、マリラ、ピクニックには行《い》かなくちゃならないの。だから話《はな》したのよ。ほかのお仕置《しお》きなら、どんなお仕置《しお》きも受《う》けるわ。ねえ、マリラ、お願《ねが》いだからピクニックに行《い》かせて。アイスクリームのことを思《おも》いだして！　アイスクリームを味《あじ》わう機会《きかい》は二度《にど》とやってこないかもしれないのよ」

マリラはアンの手《て》をひややかにふりはらった。

「いくらせがんでもむだです、アン。ピクニックはなし。それはもう決《き》まったことです。

もう何《なに》も言《い》うことはありません」

アンにはマリラの決意《けつい》が固《かた》いことがわかった。両手《りょうて》を組《く》んで、甲高《かんだか》い声《こえ》をあげながらベッドにつっぷすと、絶望《ぜつぼう》にうちのめされたようすで、身《み》をよじってさめざめと泣《な》きだした。

「勝手《かって》に泣《な》いていなさい！」

マリラは息《いき》をつまらせながら、そそくさと切妻部屋《きりづまべや》を出《で》ていった。

「まったく、頭《あたま》がおかしいとしか思《おも》えないわ。まともな子《こ》がすることじゃありません。頭《あたま》がおかしいのでなければ、根《ね》っからの悪人《あくにん》ということです。これじゃレイチェルに言《い》われたとおりじゃないの。でも、一度《いちど》手《て》をつけてしまったことですからね。あとには引《ひ》けませんよ」

重苦《おもくる》しい朝《あさ》になった。マリラは猛然《もうぜん》と働《はたら》き、やるべきことがなくなると、ポーチの床《ゆか》やバターを作《つく》る部屋《へや》の棚《たな》に磨《みが》きをかけた。磨《みが》く必要《ひつよう》はなかったが、磨《みが》かずにはいられなかった。そのあとは庭《にわ》を掃《は》ききよめた。

昼食《ちゅうしょく》の支度《したく》がすむと、マリラは階段《かいだん》の下《した》から、アンに声《こえ》をかけた。手《て》すりのむこうに涙《なみだ》にぬれた顔《かお》が現《あらわ》れた。

「下《した》にお昼《ひる》を食《た》べにきなさい、アン」

「お昼《ひる》は欲《ほ》しくないわ、マリラ」

アンはむせび泣《な》きながら言《い》った。

「何《なに》も食《た》べられない。心《こころ》がずたずたなの。いつかわたしの心《こころ》を引《ひ》き裂《さ》いたことにうしろめたさを感《かん》じる日《ひ》がくると思《おも》うけど、マリラ、わたしはあなたを許《ゆる》すわ。そのときは、わたしが許《ゆる》したことを思《おも》いだして。でも、お願《ねが》いだから、いまはお昼《ひる》を食《た》べろなんて言《い》わないで。とくにゆで豚《ぶた》と青菜《あおな》はだめ。こんな悲《かな》しみのさなかに、ゆで豚《ぶた》と青菜《あおな》だなんて、あまりにもロマンティックじゃなさすぎるもの」

マリラは台所《だいどころ》に戻《もど》って、マシューに向《む》かっていらだちをぶちまけた。マシューも何《なに》が正《ただ》しいかはわかっているが、アンには理屈《りくつ》では説明《せつめい》のできない同情《どうじょう》を感《かん》じてもいて、気持《きも》ちは沈《しず》んでいくばかりだった。

「うーむ、ブローチを持《も》ちだすのも、うそをつくのも、たしかにいけないことだ、マリラ」

マシューはそれを認《みと》めて、ゆで豚《ぶた》と青菜《あおな》が盛《も》りつけられた皿《さら》を悲《かな》しそうに見《み》つめた。まるで、傷《きず》ついた心《こころ》で食《た》べるにはロマンティックじゃなさすぎる、と思《おも》っているかのようだった。

「しかし、まだあんなに小《ちい》さな子《こ》ども——あんなに小《ちい》さくて、おもしろい子《こ》どもなんだ。あれほど楽《たの》しみにしていたピクニックに行《い》かせないのは、ちょっとばかり厳《きび》しすぎやしないか？」

「マシュー・カスバート、あなたにはびっくりです。わたしとしては甘《あま》すぎると思《おも》っているんですから。それに、自分《じぶん》がどんなに悪《わる》いことをしたか、あの子《こ》にはちっともわかっていないようで、それが一番《いちばん》の気《き》がかりです。本気《ほんき》で反省《はんせい》しているならともかく、ちっともわかっていません。それに、あなたもわかっていないようです。いつもそうやってあの子《こ》の肩《かた》をもつ——もたずにはいられないんですから」

「うーむ、まだあんなに小《ちい》さな子《こ》どもだからなあ」

マシューは蚊《か》の鳴《な》くような声《こえ》でくり返《かえ》した。

「すこし大目《おおめ》に見《み》てやったらどうだ、マリラ。いままで一度《いちど》もしつけを受《う》けたことがない子《こ》なんだから」

「いまがそのしつけの最中《さいちゅう》です」

マリラの反撃《はんげき》にマシューはだまりこんだが、納得《なっとく》したわけではなかった。ひどく陰気《いんき》な昼食《ちゅうしょく》になった。畑仕事《はたけしごと》を手伝《てつだ》いにきているジェリー・ブートだけは楽《たの》しそうにしていたが、なんだかばかにされているようで、マリラにはそれもおもしろくなかった。

皿《さら》を洗《あら》い、パンだねを仕込《しこ》み、雌鶏《めんどり》に餌《えさ》をやったところで、マリラは月曜《げつよう》の午後《ごご》、教会《きょうかい》の婦人会《ふじんかい》から帰《かえ》ってよそゆきの黒《くろ》いレースのショールをはずしたとき、小《ちい》さなほころびが目《め》にとまったことを思《おも》いだし、さっそく直《なお》しておくことにした。ショールは箱《はこ》に入《い》れてトランクにしまってあった。マリラがショールをとりだすと、窓《まど》に生《お》いしげるツル草《くさ》のすきまからさしこむ日《ひ》ざしが、何《なに》かをとらえてきらりと光《ひか》った。マリラははっとして、それをつかんだ。マリラがつかんだのは、留《と》め金《がね》がレースの糸《いと》にひっかかった、アメジストのブローチだった！

「ちょっと……」

マリラは呆然《ぼうぜん》となった。

「いったいどういうこと？　バリー家《け》の湖《みずうみ》に沈《しず》んだはずのブローチが、どうしてここに？

あの子《こ》は、なんだってまた、持《も》ちだしてなくしたなんて言《い》ったの？　わたしにはグリーン・ゲイブルズが魔法《まほう》にかけられたとしか思《おも》えないけど……そうだわ、月曜《げつよう》の午後《ごご》、ショールをはずしたとき、ちょっとのあいだタンスの上《うえ》に置《お》いたのをいま思《おも》いだしたわ。そのときにブローチがひっかかったのかもしれない。そうよ、そうにちがいないわ！」

マリラはブローチを手《て》に東《ひがし》の切妻部屋《きりづまべや》へ向《む》かった。アンは泣《な》き疲《つか》れて、しょんぼり窓辺《まどべ》に座《すわ》っていた。

「アン・シャーリー」

マリラはおごそかに声《こえ》をかけた。

「たったいま、ブローチが見《み》つかったわ。黒《くろ》いレースのショールにひっかかっていました。いま、わたしが知《し》りたいのは、けさのあなたのわけのわからない話《はなし》は、いったいなんだったのかってことです」

「だって、すっかり話《はな》すまでここから出《だ》さないって言《い》うんだもの」アンは力《ちから》なく答《こた》えた。

「だから話《はな》すことにしたの。どうしてもピクニックに行《い》かなくちゃならなかったから。何《なに》を話《はな》すかは、ゆうべ、ベッドにはいってから考《かんが》えたわ。できるだけおもしろい話《はなし》にしたつもりよ。それに、忘《わす》れるといけないから何度《なんど》も練習《れんしゅう》したわ。でも、結局《けっきょく》、ピクニックに行《い》けなかったから、苦労《くろう》は水《みず》の泡《あわ》になってしまったけど」

マリラはつい笑《わら》ってしまったが、良心《りょうしん》はちくちく痛《いた》んでいた。

「アン、あなたにはおどろかされどおしです！　でも、わたしがまちがっていた――いまそれがわかりました。あなたはうそつきじゃないと知《し》っているのに、疑《うたが》ったりして。もちろん、やってもいないことをやったと言《い》うのはいいことじゃない――とてもいけないことです。でも、わたしが仕向《しむ》けたことですからね。だから、もしわたしを許《ゆる》してくれるなら、わたしもあなたを許《ゆる》します、アン。それで、水《みず》に流《なが》しましょう。さあ、ピクニックに行《い》く支度《したく》をして」

アンは打《う》ち上《あ》げ花火《はなび》のように飛《と》びあがった。

「ああ、マリラ、もう間《ま》に合《あ》わないんじゃない？」

「いいえ、まだ二時《にじ》になったばかりよ。いま集合《しゅうごう》したところだから、おやつの時間《じかん》まで一《いち》時間《じかん》はあるわ。顔《かお》を洗《あら》って、髪《かみ》をとかして、ギンガムの服《ふく》を着《き》なさい。わたしはバスケットにおやつをつめるわ。焼《や》き菓子《がし》ならいくらでもありますからね。ジェリーに馬車《ばしゃ》を用意《ようい》させて、ピクニックの場所《ばしょ》まで送《おく》ってもらいましょう」

「ああ、マリラ」

アンは大声《おおごえ》をあげながら、洗面台《せんめんだい》へ飛《と》んでいった。

「ほんの五分《ごふん》まえには、みじめでみじめで、わたしなんか生《う》まれてこなければよかったって思《おも》っていたけど、いまは天使《てんし》とだってかわりたくないわ！」


その夜《よる》、一点《いってん》のくもりもない幸福感《こうふくかん》に包《つつ》まれ、へとへとになったアンが、うっとりしたようすでグリーン・ゲイブルズに帰《かえ》ってきた。

「ああ、マリラ、痛快《つうかい》なひとときをすごしてきたわ。〝痛快《つうかい》〟ってことばは、きょう覚《おぼ》えたのよ。メアリー・アリス・ベルが使《つか》っていたの。すごく深《ふか》いことばじゃない？　何《なに》もかも、本当《ほんとう》にすばらしかったわ。おいしいおやつを食《た》べてから、〈かがやきの湖《みずうみ》〉で、ハミルトン・アンドリューズさんが一度《いちど》に六人《ろくにん》ずつ舟《ふね》に乗《の》せてくれたの。それでね、ジェーン・アンドリューズがもうすこしで落《お》ちそうになったのよ。スイレンをとろうとして身《み》をのりだしたんだけど、もし、アンドリューズさんがジェーンのサッシュをつかんでいなければ、落《お》っこちて、溺《おぼ》れていたわ。わたしは落《お》ちてみたいけどね。溺《おぼ》れそうになるのって、きっとロマンティックな経験《けいけん》よ。すごくゾクゾクする話《はなし》ができそう。そのあとで、アイスクリームを食《た》べたの。なんて言《い》ったらいいかわからないんだけど、マリラ、高貴《こうき》な味《あじ》がしたのはたしかよ」

その夜《よる》、マリラは事《こと》のしだいをマシューに話《はな》した。

「わたしがあやまちをおかしたことはいさぎよく認《みと》めます」

マリラは素直《すなお》に反省《はんせい》した。

「でも、勉強《べんきょう》になりました。アンの〝告白《こくはく》〟を思《おも》いだすとついつい笑《わら》ってしまいます。うそはうそなんだから、笑《わら》ったりしちゃいけないんでしょうけど、どうしてか、ほかのうそほど悪《わる》いうそには思《おも》えなくて。なんにしろ、わたしのせいでついたうそですしね。あの子《こ》にはよくわからないところがたくさんありますが、いつかきっと、いい子《こ》になる気《き》がします。それに、あの子《こ》がいる家《いえ》は退屈《たいくつ》知《し》らず――それだけはまちがいなさそうです」

学《がっ》校《こう》での大《おお》騒《そう》動《どう》

「なんてすてきな日《ひ》なの！」

アンはそう言《い》って、ゆったり息《いき》を吸《す》いこんだ。

「こんな日《ひ》を生《い》きられるだけでもすごいことよね？　きょうという日《ひ》に出《で》会《あ》えないなんて、まだ生《う》まれていない人《ひと》たちはかわいそう。ほかのすてきな日《ひ》に出《で》会《あ》えるとしても、きょうという日《ひ》には出《で》会《あ》えない。そんな日《ひ》に、この美《うつく》しい道《みち》を歩《ある》いて学校《がっこう》へ行《い》けるなんて、最高《さいこう》にすばらしいことよね？」

「たしかにこの道《みち》のほうがいいわ。街道《かいどう》はほこりっぽくて暑《あつ》いからね」

ダイアナはそんな現実的《げんじつてき》なことを言《い》いながら、かごをのぞきこみ、計算《けいさん》をしていた。そこにはみずみずしいキイチゴのタルトが三《みっ》つはいっていて、それを十人《じゅうにん》の女《おんな》の子《こ》で分《わ》けると、ひとりぶんはどれくらいになるか、それが問題《もんだい》だった。

アヴォンリーの学校《がっこう》に通《かよ》う少女《しょうじょ》たちはいつもお弁当《べんとう》を分《わ》けあっている。三《みっ》つあるタルトを独《ひと》りじめしたり、一番《いちばん》の仲《なか》よしにしかあげなかったりすれば、〝最低《さいてい》のけちんぼう〟という烙印《らくいん》を押《お》されてしまう。とはいえ、十人《じゅうにん》で分《わ》ければひとりぶんはごくわずかになり、思《おも》わせぶりなことをしていると言《い》われかねなかった。

アンとダイアナの通学路《つうがくろ》はとても美《うつく》しかった。そして、アンにとってダイアナとの登下《とうげ》校《こう》は、想像《そうぞう》で補《おぎな》う必要《ひつよう》がまったくないほど、すばらしいものだった。街道《かいどう》を使《つか》えば味気《あじけ》ない家《いえ》と学校《がっこう》の往復《おうふく》も、〈恋人《こいびと》の小道《こみち》〉や〈ヤナギ沼《ぬま》〉や〈スミレ谷《たに》〉や〈カバノキの道《みち》〉を通《とお》ることで、ロマンティックなそぞろ歩《ある》きさながらとなった。

グリーン・ゲイブルズの果樹園《かじゅえん》の下《した》から森《もり》をまっすぐにつっきり、カスバート家《け》の農場《のうじょう》のはずれまでつづく小道《こみち》を、ふたりは〈恋人《こいびと》の小道《こみち》〉と呼《よ》んでいた。牛《うし》の群《む》れを裏《うら》の牧草《ぼくそう》地《ち》に連《つ》れていったり、冬場《ふゆば》、まきを運《はこ》んだりするのに使《つか》っている道《みち》で、アンが〈恋人《こいびと》の小《こ》道《みち》〉と名《な》づけたのは、グリーン・ゲイブルズに来《き》て、まだひと月《つき》にもならないころのことだった。

「じっさいに恋人《こいびと》が歩《ある》いているわけじゃないのよ」アンはマリラに説明《せつめい》した。

「いまダイアナと一緒《いっしょ》に完璧《かんぺき》にすてきな本《ほん》を読《よ》んでるんだけど、そのなかに出《で》てくる道《みち》の名前《なまえ》なの。すてきな名前《なまえ》だと思《おも》わない？　すごくロマンティック！　恋人《こいびと》たちが歩《ある》く姿《すがた》が目《め》に浮《う》かぶでしょ。わたし、あの小道《こみち》が大好《だいす》き。あそこなら、考《かんが》えている事《こと》を声《こえ》に出《だ》しても、頭《あたま》がおかしいって言《い》われないしね」

アンはその朝《あさ》もひとりで家《いえ》を出《で》て、〈恋人《こいびと》の小道《こみち》〉を小川《おがわ》まで歩《ある》いていった。そこでダイアナと落《お》ち合《あ》い、いまはうっそうとしげるカエデの葉《は》のトンネルの下《した》を並《なら》んで歩《ある》いている。

「カエデってなかなか愛想《あいそ》がいいわね。ずっとサラサラささやきかけているわ」

丸木橋《まるきばし》のところで小道《こみち》に別《わか》れを告《つ》げ、バリー家《け》の裏《うら》の草原《そうげん》を抜《ぬ》けると〈ヤナギ沼《ぬま》〉に出《で》る。その先《さき》に現《あらわ》れるのが〈スミレ谷《たに》〉、つまり、ベル家《け》の広大《こうだい》な森《もり》のなかにある小《ちい》さな緑《みどり》の窪地《くぼち》だった。

「もちろん、いまは何《なに》も咲《さ》いていないわ」アンはマリラに言《い》った。

「でも、ダイアナの話《はなし》では、春《はる》になるとものすごい数《かず》のスミレが花《はな》を咲《さ》かせるんですって。ねえ、マリラ、目《め》に浮《う》かぶようでしょう？　まさしく息《いき》をのむような光景《こうけい》よね？　だから

「〈スミレ谷〉と名づけたの。ダイアナがね、わたしみたいにすてきな名前をつける人には会《あ》ったことがないって言《い》うのよ。何《なに》か得意《とくい》なことがあるっていいものね？　でも〈カバノキの道《みち》〉の名《な》づけ親《おや》はダイアナよ。つけたいっていうから、つけさせてあげたの。でも、わたしならただの〈カバノキの道《みち》〉じゃなく、もっと詩情《しじょう》に満《み》ちた名前《なまえ》にしたわ。〈カバノキの道《みち》〉じゃ、だれでも思《おも》いつきそうだもの。とはいえ、〈カバノキの道《みち》〉は世界《せかい》で一《いち》番美《ばんうつく》しい場所《ばしょ》のひとつよ、マリラ」

じっさい、そのとおりだった。そこに足《あし》をふみいれた者《もの》は、アンでなくても、そう思《おも》うだろう。曲線《きょくせん》をえがきながら丘《おか》をくだる細《ほそ》い道《みち》は、ベル家《け》の森《もり》をまっすぐに突《つ》き進《すす》んでいく。カバノキが作《つく》りだすエメラルドグリーンの網《あみ》を何層《なんそう》もくぐり抜《ぬ》けてくる日《ひ》ざしは、ダイヤモンドの中心《ちゅうしん》のように澄《す》みきっていた。道《みち》の両側《りょうがわ》には、白《しろ》い幹《みき》からしなやかな枝《えだ》を広《ひろ》げるカバノキの細《ほそ》い若木《わかぎ》がずっとつづいていた。あたりにはシダ、スターフラワー、野生《やせい》のスズラン、赤《あか》い実《み》をつけるジュズサンゴが生《お》いしげっていた。そして、空気《くうき》にはいつもぴりっとしたさわやかな香《かお》りがたちこめ、頭上《ずじょう》からは鳥《とり》のさえずりとともに、風《かぜ》にゆれる木々《きぎ》のつぶやきやささやきが聞《き》こえてきた。静《しず》かにしていれば道《みち》を横切《よこぎ》るウサギに出会《であ》うこともあるが、おしゃべりが絶《た》えないアンとダイアナには、まず起《お》こり得《え》ないことだった。その後《ご》、谷《たに》へおりたところで街道《かいどう》に出《で》て、トウヒの丘《おか》を少《すこ》しのぼると、そこが学校《がっこう》だった。

アヴォンリーの学校《がっこう》の校舎《こうしゃ》は白《しろ》いしっくいぬりで、低《ひく》いひさしと大《おお》きな窓《まど》があった。教室《きょうしつ》には古《ふる》いけれど使《つか》い勝手《がって》のいい頑丈《がんじょう》な机《つくえ》が並《なら》び、開《あ》け閉《し》めができる天面《てんめん》の板《いた》には、三世代《さんせだい》の子《こ》どもたちによってイニシャルや記号《きごう》が刻《きざ》まれていた。校舎《こうしゃ》は街道《かいどう》からすこしはいったところに建《た》てられていて、すぐ裏《うら》にはうっそうとしたモミの森《もり》と小川《おがわ》があった。毎朝《まいあさ》、家《いえ》から持《も》ってきた牛乳《ぎゅうにゅう》をその小川《おがわ》につけて冷《ひ》やしておくと、お昼《ひる》によりおいしく飲《の》むことができた。

九月《くがつ》の最初《さいしょ》の日《ひ》、マリラは不安《ふあん》な気持《きも》ちでアンを学校《がっこう》に送《おく》りだした。何《なに》しろあれだけ変《か》わった子《こ》だ。ほかの子《こ》とうまくやっていけるだろうか？　授業中《じゅぎょうちゅう》、口《くち》を開《ひら》くのをがまんしていられるだろうか？

しかし、マリラがおそれていたほどひどいことにはならなかったようで、その日《ひ》の夕方《ゆうがた》、アンは上《じょう》きげんで帰《かえ》ってきた。

「わたし、学校《がっこう》が好《す》きになれそうよ」アンはきっぱりと言《い》った。

「でも、あの先生《せんせい》はちょっとどうかと思《おも》うわ。だって、しじゅう口《くち》ひげをいじりながらプリッシー・アンドリューズを見《み》ているんだもの。プリッシーはもう十六歳《じゅうろくさい》で、シャーロットタウンのクイーンズ・アカデミーの入学試験《にゅうがくしけん》にそなえて勉強《べんきょう》してるの。ティリー・ボールターの話《はなし》では、先生《せんせい》はプリッシーにぞっこんなんですって。肌《はだ》がきれいで、髪《かみ》は茶色《ちゃいろ》い巻《ま》き毛《げ》なんだけど、それをすごくエレガントにまとめてるのよ。一番《いちばん》うしろの長《なが》いすに座《すわ》っていて、たいていは先生《せんせい》もそこに座《すわ》っているわ。プリッシーの勉強《べんきょう》を見《み》るためだって言《い》って。でも、先生《せんせい》がプリッシーの石盤《せきばん》に何《なに》か書《か》いて、それを読《よ》んだプリッシーが赤《あか》カブみたいに顔《かお》を真《ま》っ赤《か》にしてくすくす笑《わら》うのを見《み》たって、ルビー・ギリスが言《い》っていたわ。あれはぜったいに勉強《べんきょう》と関係《かんけい》ないことだって」

「アン・シャーリー、先生《せんせい》のことをそんなふうに言《い》うものじゃありません」

マリラはぴしゃりとたしなめた。

「学校《がっこう》に行《い》くのは先生《せんせい》を批判《ひはん》するためじゃないでしょ？　先生《せんせい》は何《なに》か教《おし》えてくださるはずだし、それを学《まな》ぶのがあなたの務《つと》めです。うちに帰《かえ》ってきたら先生《せんせい》のことはあれこれ言《い》わないと、いますぐ約束《やくそく》しなさい。そういうのはほめられた話《はなし》じゃありませんからね。きょうはいい子《こ》にしていたんでしょうね？」

「それはもう」アンは楽《たの》しそうに答《こた》えた。

「マリラが心配《しんぱい》するほどたいへんじゃなかったわ。わたしの席《せき》はダイアナのとなりよ。窓《まど》のすぐそばだから、〈かがやきの湖《みずうみ》〉が見《み》おろせるの。楽《たの》しい子《こ》がたくさんいて、お昼休《ひるやす》みには痛快《つうかい》なことをして遊《あそ》んだわ。一緒《いっしょ》に遊《あそ》ぶ子《こ》がたくさんいるって、すてきなことね。でも、一番好《いちばんす》きなのはもちろんダイアナだし、それはこれからもずっと変《か》わらないわ。わたし、ダイアナのことはすごく大事《だいじ》に思《おも》っているの。勉強《べんきょう》はとんでもなく後《おく》れをとっているわ。みんな五巻目《ごかんめ》をやっているのに、わたしはまだ四巻目《よんかんめ》。恥《は》ずかしいったらありゃしない。でも、わたしほど想像力《そうぞうりょく》のある子《こ》はひとりもいないって、すぐにわかったわ。きょうは読《よ》み方《かた》と地理《ちり》とカナダの歴史《れきし》と書《か》き取《と》りを習《なら》ったの。フィリップス先生《せんせい》、わたしのつづりがみっともないって言《い》って、人《ひと》の石盤《せきばん》をかかげてみんなに見《み》せるのよ、書《か》きなおしだらけのやつを。くやしかったわ、マリラ。はじめて会《あ》う人《ひと》には、もっと礼儀正《れいぎただ》しく接《せっ》するべきよね。ルビー・ギリスがリンゴをくれたわ。ソフィア・スローンが『おうちに遊《あそ》びにいってていい？』って書《か》いたかわいいピンク色《いろ》のカードを貸《か》してくれたの。あした返《かえ》す約束《やくそく》よ。それに、ティリー・ボールターが赤《あか》いビーズの指輪《ゆびわ》を午後《ごご》のあいだずっとわたしに貸《か》してくれたのよ。ねえ、切妻部屋《きりづまべや》にある古《ふる》い針刺《はりさ》しに刺《さ》してあるピンの真珠《しんじゅ》みたいなビーズをはずして、自分《じぶん》の指輪《ゆびわ》を作《つく》ってもいい？　ああ、そうだわ、マリラ、ジェーン・アンドリューズがわたしに教《おし》えてくれたの。プリッシー・アンドリューズがサラ・ギリスにわたしの鼻《はな》がとてもかわいいって言《い》ったのを、ミニー・マクファーソンが聞《き》いたんですって。人《ひと》にほめられるなんて、生《う》まれてはじめて。このなんともいえない不思議《ふしぎ》な気《き》持《も》ち、想像《そうぞう》できないわよね。マリラ、わたしの鼻《はな》、本当《ほんとう》にかわいい？　マリラなら本当《ほんとう》のこと言《い》ってくれるはずだわ」

「なかなかのものですよ」マリラはそっけなく言《い》った。

内心《ないしん》、アンの鼻《はな》はすばらしくかわいいと思《おも》っていたが、そんなことを言《い》うつもりはなかった。

それから三週間《さんしゅうかん》、すべては順調《じゅんちょう》に運《はこ》んでいった。そしていま、アヴォンリーで一番幸《いちばんしあわ》せな少女《しょうじょ》であるアンとダイアナは、さわやかな九月《くがつ》の朝《あさ》の〈カバノキの道《みち》〉を楽《たの》しそうに歩《ある》いていた。

「きょうからギルバート・ブライスが来《く》るわ」とダイアナが言《い》った。

「夏《なつ》のあいだずっとニュー・ブランズウィックのいとこたちのところに行《い》っていて、土曜《どよう》の晩《ばん》に、ようやく帰《かえ》ってきたの。ものすごくハンサムなのよ、アン。それに、女《おんな》の子《こ》をひどくからかうの。死《し》にたくなるほどひどいことを言《い》うんだから」

ダイアナの声《こえ》は、その生徒《せいと》に死《し》にたくなるほどひどいことを言《い》われるのが、まんざらでもないことを物語《ものがた》っていた。

「ギルバート・ブライス？　ポーチのところにジュリア・ベルと一緒《いっしょ》に名前《なまえ》を書《か》かれて、〝ご注目《ちゅうもく》〟ってひやかされている人《ひと》？」

「そうよ」ダイアナはうなずいた。

「でも、彼《かれ》はジュリア・ベルのこと、なんとも思《おも》っていないんじゃないかしら。彼女《かのじょ》のそばかすで九九《くく》を勉強《べんきょう》したって言《い》ってたもの」

「ああ、わたしにそばかすの話《はなし》はしないで」とアンは言《い》った。

「まったく、こんなそばかすだらけの人間《にんげん》に向《む》かってデリカシーがないわねえ？　でも、男《おとこ》の子《こ》と女《おんな》の子《こ》の仲《なか》に〝ご注目《ちゅうもく》〟だなんて、最高《さいこう》にくだらない落書《らくが》きよね。わたしの名前《なまえ》をだれかの名前《なまえ》と一緒《いっしょ》に書《か》く人《ひと》がいたら――」

そこまで言《い》うと、アンはあわててつけくわえた。

「まあ、だれもそんなことはしないでしょうけどね」

アンはため息《いき》をついた。自分《じぶん》の名前《なまえ》を書《か》かれたいわけではないが、そのおそれがまったくないと思《おも》うと、すこしばかり情《なさ》けなくもあった。

「ばか言《い》わないで」とダイアナは言《い》った。

その黒《くろ》い瞳《ひとみ》とつややかな髪《かみ》で男子生徒《だんしせいと》の心《こころ》をかき乱《みだ》しているダイアナの名前《なまえ》は、ポーチの壁《かべ》に半《はん》ダースは書《か》かれて〝ご注目《ちゅうもく》〟を集《あつ》めていた。

「あんなのはただの悪《わる》ふざけよ。それに、あなただってぜったいに書《か》かれないってことはないわ。チャーリー・スローンはあなたに夢中《むちゅう》よ。お母《かあ》さんに――お母《かあ》さんにってところが大事《だいじ》よ――クラスで一番頭《いちばんあたま》がいいのはあなただって言《い》ったんですって。一番《いちばん》きれいって言《い》われるよりずっといいわ」

「よくないわよ」アンは骨《ほね》の髄《ずい》まで女《おんな》の子《こ》だった。

「わたしはかしこい人《ひと》よりきれいな人《ひと》になりたいの。それにチャーリー・スローンはきらい。ギョロ目《め》の男《おとこ》の子《こ》にはがまんならないの。あいつと一緒《いっしょ》に名前《なまえ》を書《か》かれたら、とても立《た》ち直《なお》れないわ、ダイアナ・バリー。でも、クラスで一番《いちばん》というのはいいものね」

「これからはギルバートがいるわ」とダイアナは言《い》った。

「いままでは彼《かれ》がクラスで一番《いちばん》だったの。年《とし》はじき十四《じゅうし》なんだけど、まだ四巻目《よんかんめ》をやっていてね。四年《よねん》まえにお父《とう》さんが病気《びょうき》になられて、療養《りょうよう》のためアルバータに移《うつ》ったとき、ギルバートもついていったのよ。あっちに三年《さんねん》いたんだけど、そのあいだ、学校《がっこう》にはほとんど行《い》けなかったんですって。とにかく、これからは一番《いちばん》でいるのもそう簡単《かんたん》じゃなくなるわよ、アン」

「それは何《なに》よりだわ」アンはすかさず言《い》った。

「九歳《きゅうさい》、十歳《じっさい》の子《こ》のなかで一番《いちばん》になっても、自慢《じまん》にはならないもの。きのうの書《か》き取《と》りで〝沸騰《ふっとう》〟って問題《もんだい》が出《で》たとき、ジョージー・パイが一番《いちばん》に手《て》をあげたでしょ。でもね、あの子《こ》、こっそり教科書《きょうかしょ》を見《み》ていたのよ。フィリップス先生《せんせい》はプリッシー・アンドリューズを見《み》ていて気《き》づかなかったけど、わたしにはわかった。だから、軽《けい》べつのまなざしでにらんでやったら、赤《あか》カブみたいに真《ま》っ赤《か》になって、結局《けっきょく》、まちがえていたわ」

「パイ家《け》の子《こ》はみんな、ずるばかりするんだから」

街道《かいどう》に出《で》る柵《さく》を越《こ》えながら、ダイアナが興奮気味《こうふんぎみ》に言《い》った。

「きのう、小川《おがわ》に牛乳《ぎゅうにゅう》をひたそうとしたら、いつもわたしが置《お》く場所《ばしょ》に、ガーティー・パイの壜《びん》が置《お》いてあったのよ。びっくりでしょ？　あの子《こ》とはもう口《くち》をきかないことにするわ」

フィリップス先生《せんせい》が教室《きょうしつ》のうしろの席《せき》でプリッシー・アンドリューズにラテン語《ご》を教《おし》えているのを見《み》て、ダイアナがアンにささやいた。

「あなたの右《みぎ》の通路《つうろ》の反対側《はんたいがわ》に座《すわ》っているのがギルバート・ブライスよ。ちょっと見《み》てみて。ハンサムだと思《おも》わない？」

アンは言《い》われたほうを見《み》た。盗《ぬす》み見《み》をするには絶好《ぜっこう》のチャンスだった。というのも、ギルバート・ブライスは前《まえ》の席《せき》に座《すわ》っているルビー・ギリスの金色《きんいろ》の長《なが》いおさげをこっそりいすの背《せ》もたれにピンでとめるのに夢中《むちゅう》になっていたからだ。背《せ》が高《たか》く、茶色《ちゃいろ》い巻《ま》き毛《げ》とハシバミ色《いろ》（黄色《きいろ》がかった薄茶色《うすちゃいろ》）のいたずらっぽい目《め》の持《も》ち主《ぬし》で、くちびるに人《ひと》をからかうような笑《え》みを浮《う》かべていた。その後《ご》、計算問題《けいさんもんだい》を解《と》き終《お》えたルビー・ギリスが、先生《せんせい》に見《み》せにいこうと立《た》ちあがった。ところが、いすに引《ひ》き戻《もど》され、小《ちい》さな悲鳴《ひめい》をあげた。髪《かみ》が根《ね》もとから抜《ぬ》け落《お》ちたかと思《おも》ったのだ。全員《ぜんいん》の目《め》がいっせいにルビーに注《そそ》がれた。フィリップス先生《せんせい》がこわい顔《かお》でにらみつけると、ルビーは泣《な》きだした。ギルバートは目《め》にもとまらぬ早《はや》わざでピンを抜《ぬ》き、そしらぬ顔《かお》で歴史《れきし》の勉強《べんきょう》をつづけた。ところが、さわぎがおさまると、彼《かれ》はアンのほうにふりかえって、おどけたようすで片目《かため》をつぶって見《み》せた。

「あなたのギルバート・ブライスはたしかにハンサムだわ」

アンはダイアナに耳打《みみう》ちをした。

「でも、ひどく厚《あつ》かましい人《ひと》よ。知《し》らない女《おんな》の子《こ》にウインクするなんて、礼儀知《れいぎし》らずもいいところだわ」

しかし、本当《ほんとう》に事《こと》が起《お》きたのは、その日《ひ》の午後《ごご》になってからだった。

フィリップス先生《せんせい》はうしろの席《せき》でプリッシー・アンドリューズに代数《だいすう》を教《おし》えていて、ほかの生徒《せいと》たちは、青《あお》リンゴを食《た》べたり、小《ちい》さな声《こえ》でおしゃべりをしたり、石盤《せきばん》に絵《え》を描《か》いたり、コオロギに糸《いと》をつけて通路《つうろ》を歩《ある》かせたり、好《す》き勝手《かって》にすごしていた。ギルバート・ブライスはアンの目《め》を引《ひ》こうとして、ことごとく失敗《しっぱい》していた。アンには、ギルバート・ブライスはもとより、ほかの生徒《せいと》も、学校《がっこう》そのものも見《み》えていなかった。ほおづえをつき、西《にし》の窓《まど》からわずかに見《み》える〈かがやきの湖《みずうみ》〉の青《あお》い水面《みなも》に目《め》をこらし、美《うつく》しい夢《ゆめ》の世界《せかい》に心《こころ》をさまよわせていたのだ。

ギルバート・ブライスは女《おんな》の子《こ》の目《め》を引《ひ》くのに苦労《くろう》したこともなければ、失敗《しっぱい》したこともなかった。こっちを向《む》けよ、赤毛《あかげ》のシャーリー。あごがとんがってるなあ。ばかでかい目《め》だなあ。アヴォンリーの学校《がっこう》にあんな目《め》の女子《じょし》はひとりもいないぞ。

ギルバートは通路越《つうろご》しに手《て》をのばしてアンの赤毛《あかげ》の三《み》つ編《あ》みの先《さき》をつかむと、それを引《ひ》きあげ、小《ちい》さな声《こえ》ながら、はっきりと言《い》った。

「ニンジン！　ニンジン！」

アンの目《め》がすばやくギルバートをとらえた！

単《たん》にとらえただけではなかった。心地《ここち》よい空想《くうそう》の世界《せかい》をめちゃくちゃにされたアンは、はじかれたように立《た》ちあがり、うらめしそうに彼《かれ》をにらみつけた。その目《め》に宿《やど》る激《はげ》しい怒《いか》りの火花《ひばな》は、同《おな》じくらい激《はげ》しい怒《いか》りの涙《なみだ》のなかにあっという間《ま》に消《き》えていった。

「意地悪《いじわる》！　なんてひどい人《ひと》なの！」

アンは大声《おおごえ》で怒鳴《どな》りつけた。

「よくも言《い》ったわね！」

バキッ！　アンは自分《じぶん》の石盤《せきばん》をギルバートの頭《あたま》の上《うえ》にふりおろし、まっぷたつに割《わ》ってしまった。まっぷたつに割《わ》れたのは、頭《あたま》ではなく石盤《せきばん》のほうだが。

アヴォンリーの子《こ》どもたちはさわぎに目《め》がなかった。とくにこの手《て》のさわぎは大好物《だいこうぶつ》で、全員《ぜんいん》が「わあ！」とうれしいおどろきの声《こえ》をあげた。ダイアナは息《いき》をのんだ。興奮《こうふん》しやすいルビー・ギリスは泣《な》きだした。ぽかんと口《くち》を開《あ》けて見《み》とれていたトミー・スローンは、コオロギたちに一匹残《いっぴきのこ》らず逃《に》げられてしまった。

フィリップス先生《せんせい》が通路《つうろ》をやってきて、アンの肩《かた》をぎゅっとおさえつけた。

「アン・シャーリー、これはどういうことだ？」先生《せんせい》は腹立《はらだ》たしげに言《い》った。

アンは何《なに》も答《こた》えなかった。「ニンジン」と呼《よ》ばれたことを全校生徒《ぜんこうせいと》のまえで本人《ほんにん》に言《い》わ

せるなんて……。とてもじゃないが、血《ち》の通《かよ》った人間《にんげん》がすることとは思《おも》えなかった。

勇敢《ゆうかん》にもギルバートが弁明《べんめい》をした。

「ぼくが悪《わる》いんです、フィリップス先生《せんせい》。ぼくがアンをからかったんです」

しかし、フィリップス先生《せんせい》はギルバートを無視《むし》した。

「わたしの教《おし》え子《ご》がこんなふうにかんしゃくを起《お》こして仕返《しかえ》しをするとは、実《じつ》に残念《ざんねん》だ」

先生《せんせい》はもったいぶった口調《くちょう》で言《い》った。まるで、自分《じぶん》の教《おし》え子《ご》になれば、それだけでどんな欠点《けってん》もきれいさっぱり消《き》えてなくなると言《い》わんばかりだった。

「アン、午後《ごご》の授業《じゅぎょう》が終《お》わるまで、教壇《きょうだん》にあがって黒板《こくばん》のまえに立《た》っていなさい」

そんな罰《ばつ》を受《う》けるくらいなら鞭打《むちう》ちのほうがずっといい。傷《きず》つきやすいアンの心《こころ》は、まるで鞭《むち》で打《う》たれたかのようにふるえていた。アンは血《ち》の気《け》の引《ひ》いた顔《かお》をこわばらせて、命《めい》令《れい》にしたがった。フィリップス先生《せんせい》はアンの頭《あたま》の上《うえ》の黒板《こくばん》にチョークでこう書《か》いた。


アン・シャーリーはとんでもないかんしゃくもちです。

アン・シャーリーはかんしゃくのおさえ方《かた》を学《まな》ばなければなりません。

そして、まだ文字《もじ》を読《よ》めない一年生《いちねんせい》にもわかるよう、大《おお》きな声《こえ》でそれを読《よ》みあげた。

アンは午後《ごご》の授業《じゅぎょう》が終《お》わるまで、その説明文《せつめいぶん》の下《した》に立《た》たされていたが、泣《な》いたり、うなだれたりはしなかった。屈辱《くつじょく》にたえられたのは、胸《むね》にたぎる憤《いきどお》りのおかげにほかならなかった。怒《いか》りに目《め》を光《ひか》らせ、ほおを赤《あか》く染《そ》めながら、気《き》の毒《どく》そうに見《み》つめているダイアナのことも、一緒《いっしょ》に腹《はら》を立《た》ててうなずいているチャーリー・スローンのことも、意地悪《いじわる》そうに笑《わら》っているジョージー・パイのことも、同《おな》じようににらみつけた。ただし、ギルバート・ブライスには目《め》もくれなかった。あんなやつ、二度《にど》と見《み》るものか！　二度《にど》と口《くち》をきくものか!!

授業《じゅぎょう》が終《お》わると、アンは赤毛《あかげ》の頭《あたま》をつんとそらして学校《がっこう》を出《で》た。ポーチのドアのところで、ギルバート・ブライスがアンのまえに飛《と》びだしてきた。

「髪《かみ》のことをからかったりして、本当《ほんとう》に悪《わる》かったよ、アン」

ギルバートは申《もう》し訳《わけ》なさそうにささやいた。

「本気《ほんき》ですまないと思《おも》ってるんだ。そんなに怒《おこ》らないでくれよ」

アンは、それを無視《むし》して、軽《けい》べつしきったようすで通《とお》りすぎた。

「どうしてそんなひどいことができるの、アン？」

街道《かいどう》に出《で》たところで、ダイアナが息《いき》を切《き》らしながらとがめるようにたずねた。ただし、そこには尊敬《そんけい》もふくまれていた。ギルバートの熱心《ねっしん》なたのみをはねつけることなど、自分《じぶん》にはとてもできない気《き》がしたのだ。

「ギルバート・ブライスのことはぜったいに許《ゆる》さないわ」アンはきっぱりと言《い》った。

「それにフィリップス先生《せんせい》が、わたしの名前《なまえ》の最後《さいご》のe《イー》を書《か》かなかったことも。つまり、『わがたましいは鉄《てつ》のかせ（自由《じゆう》をうばう道具《どうぐ》）にとらわれた』ってことよ、ダイアナ」

ダイアナにはアンが何《なに》を言《い》いたいのかさっぱりわからなかったが、ひどく怒《おこ》っているということだけはわかった。

「ギルバートに髪《かみ》をからかわれたからって、気《き》にすることはないわ。彼《かれ》は女《おんな》の子《こ》と見《み》ればだれでもからかうのよ。わたしの髪《かみ》だって、真《ま》っ黒《くろ》だって笑《わら》われたんだから。何度《なんど》カラスって言《い》われたかわからないほどよ。それに、彼《かれ》があやまるところなんて、きょう、はじめて見《み》たわ」

「カラスと言《い》われるのとニンジンと言《い》われるのとでは、ずいぶんなちがいがあるわ」

アンはおごそかに言《い》った。

「とにかく、ギルバート・ブライスはわたしの心《こころ》をたえがたいまでに傷《きず》つけたのよ、ダイアナ」

それだけですんでいれば、やがて傷《きず》もいえて、忘《わす》れることができたのかもしれない。しかし、さわぎというのは、一度起《いちどお》きると、なぜか二度《にど》、三度《さんど》とつづくことが少《すく》なくなかった。アヴォンリーの学校《がっこう》の子《こ》どもたちは、昼休《ひるやす》みに丘《おか》のむこうのベル家《け》の広《ひろ》い牧草地《ぼくそうち》を横切《よこぎ》り、トウヒの森《もり》にマツヤニのガムを採《と》りにいった。そこからはフィリップス先生《せんせい》がまかないつきで下宿《げしゅく》しているエベン・ライトの家《いえ》を見張《みは》ることができた。先生《せんせい》が家《いえ》を出《で》るのが見《み》えると、子《こ》どもたちは走《はし》って学校《がっこう》に戻《もど》るが、そこから学校《がっこう》までの距離《きょり》は、ライト家《け》から学《がっ》校《こう》までの距離《きょり》のおよそ三倍《さんばい》あって、息《いき》を切《き》らしてけんめいに走《はし》っても、三分《さんぷん》ばかり遅刻《ちこく》してしまうことがあった。

最初《さいしょ》のさわぎが起《お》きた翌日《よくじつ》、昼食《ちゅうしょく》をとりに下宿《げしゅく》に帰《かえ》ろうとしたフィリップス先生《せんせい》が、おなじみの気《き》まぐれな教育熱《きょういくねつ》に目覚《めざ》めて、自分《じぶん》が昼食《ちゅうしょく》から戻《もど》ったときには全員席《ぜんいんせき》についているように、と言《い》いわたした。遅《おく》れた生徒《せいと》にはひとり残《のこ》らず罰《ばつ》をあたえる、ということだった。

いつものように、男《おとこ》の子《こ》全員《ぜんいん》と何人《なんにん》かの女《おんな》の子《こ》がベル家《け》のトウヒの森《もり》に出《で》かけていった。マツヤニのガムをちょっと味《あじ》わったら、すぐに戻《もど》るつもりだった。けれど、いざ森《もり》にはいると、マツヤニさがしにすっかり夢中《むちゅう》になってしまった。そして、戻《もど》るべき時間《じかん》がとっくにすぎていたことに気《き》づいたのは、いつものようにトウヒの老木《ろうぼく》のてっぺんにいたジミー・グローヴァーが、「先生《せんせい》が出《で》てきたぞ！」と叫《さけ》んだときのことだった。

最初《さいしょ》に走《はし》りだしたのは地上《ちじょう》にいた女《おんな》の子《こ》たちで、ぎりぎりのところで時間内《じかんない》に学校《がっこう》にたどりつくことができた。つぎに走《はし》りだしたのは大《おお》あわてで木《き》の上《うえ》からおりてきた男《おとこ》の子《こ》たちだった。森《もり》の奥《おく》にいたアンは、走《はし》りだすのが最後《さいご》になった。マツヤニ採《と》りはしていなかったが、クロユリの花《はな》のリースを頭《あたま》にのせ、薄暗《うすぐら》い森《もり》に暮《く》らす女神《めがみ》になりきって、腰《こし》までのびたワラビのあいだを、静《しず》かに歌《うた》を口《くち》ずさみながらうっとりさまよい歩《ある》いていたのだ。それでも、アンはシカのように足《あし》が速《はや》かった。元気《げんき》いっぱいに走《はし》り、玄関《げんかん》で男《おとこ》の子《こ》たちに追《お》いつき、先生《せんせい》が入口《いりぐち》で帽子《ぼうし》をかけているあいだに、教室《きょうしつ》にかけこむことができた。

フィリップス先生《せんせい》の教育熱《きょういくねつ》はすでにすっかりさめていて、おおぜいの生徒《せいと》に罰《ばつ》をあたえるのは面倒《めんどう》になっていた。しかし、言《い》ってしまった以上《いじょう》、何《なに》もしないわけにはいかないと考《かん》がえて、〝いけにえ〟をさがしはじめた。

と、そのとき、息《いき》をはずませながら席《せき》についたアンが目《め》にとまった。はずしわすれたクロユリのリースが、斜《なな》めに耳《みみ》にひっかかっていて、それがとりわけふまじめでだらしない印象《いんしょう》をあたえていた。

「アン・シャーリー、どうやらきみは男《おとこ》の子《こ》と一緒《いっしょ》に遊《あそ》ぶのが好《す》きでたまらないようだし、午後《ごご》はその趣味《しゅみ》をぞんぶんに楽《たの》しむといい」と先生《せんせい》は皮肉《ひにく》たっぷりに言《い》った。

「その花《はな》を頭《あたま》からはずして、ギルバート・ブライスのとなりに座《すわ》りなさい」

ほかの男《おとこ》の子《こ》たちからしのび笑《わら》いがもれた。同情《どうじょう》したダイアナは、真《ま》っ青《さお》な顔《かお》をしてアンの頭《あたま》からリースを取《と》り、手《て》をにぎりしめた。アンは石《いし》になったようにじっと先生《せんせい》を見《み》つめていた。

「わたしが言《い》ったことが聞《き》こえなかったのか、アン？」

フィリップス先生《せんせい》はおごそかに言《い》った。

「いえ、聞《き》こえました」アンはおもむろに答《こた》えた。

「でも、本気《ほんき》とは思《おも》えなかったんです」

「まちがいなく本気《ほんき》で言《い》ったつもりだが」

先生《せんせい》は子《こ》どもたち全員《ぜんいん》がきらっている皮肉《ひにく》な口《くち》ぶりで、傷口《きずぐち》に塩《しお》をぬるようにつづけた。

「すぐに言《い》われたとおりにしなさい」

一瞬《いっしゅん》、アンはさからうそぶりを見《み》せた。が、そんなことをしてもむだとわかると、ばかにしたように立《た》ちあがり、通路《つうろ》を横切《よこぎ》ってギルバート・ブライスのとなりに座《すわ》った。そして、机《つくえ》の上《うえ》につっぷした。そのときのアンの顔《かお》をちらっと見《み》ていたルビー・ギリスは、学《がっ》校《こう》から家《いえ》に帰《かえ》る道々《みちみち》、みんなにこう話《はな》した。

「あんな顔《かお》、はじめて見《み》たわ。真《ま》っ白《しろ》い顔《かお》に、不気味《ぶきみ》な赤《あか》いぽちぽちが浮《う》かびあがっていたのよ」

アンにとっては、すべてが終《お》わったようなものだった。同《おな》じ罪《つみ》をおかしたたくさんの人《にん》間《げん》のなかからひとりだけ選《えら》ばれてしかられるだけでもひどい話《はなし》なのに、まさか男《おとこ》の子《こ》のとなりに座《すわ》らせられるとは。しかも、その男《おとこ》の子《こ》がギルバート・ブライスなのだから、傷《きず》の上《うえ》に重石《おもし》をのせられるのと同《おな》じだった。とてもたえられない、たえようとするだけむだだ、とアンは思《おも》った。恥《は》ずかしさと、くやしさと、腹立《はらだ》たしさで体《からだ》じゅうが煮《に》えくり返《かえ》っていた。

はじめのうち、ほかの生徒《せいと》たちはアンを盗《ぬす》み見《み》て、となりの席《せき》の子《こ》に耳打《みみう》ちをして、くすくす笑《わら》ったりひじでつつきあったりしていた。しかし、アンは顔《かお》をあげようとしないし、ギルバートは分数《ぶんすう》の勉強《べんきょう》に没頭《ぼっとう》しているので、みな、自分《じぶん》のやるべきことに戻《もど》り、アンのことは忘《わす》れていった。フィリップス先生《せんせい》が歴史《れきし》の授業《じゅぎょう》に参加《さんか》する生徒《せいと》を呼《よ》び集《あつ》めた。アンもそのひとりだったが、動《うご》かなかった。生徒《せいと》を集《あつ》めたとき、『プリシラへ』という詩《し》を書《か》いていたフィリップス先生《せんせい》は、ことば選《えら》びに夢中《むちゅう》で、アンがいないことに気《き》づかなかった。一度《いちど》、だれも見《み》ていないときにギルバートが、机《つくえ》のなかからピンク色《いろ》の小《ちい》さなハートのかたちをしたキャンディを出《だ》して、アンの腕《うで》のすきまにすべりこませてきた。キャンディには「きみはスウィート」という文字《もじ》が書《か》かれていた。アンははじかれたように立《た》ちあがり、指先《ゆびさき》でキャンディをつまむと、床《ゆか》に落《お》としてかかとで粉々《こなごな》にした。そして、ギルバートのことはちらりとも見《み》ずに、また机《つくえ》につっぷした。

授業《じゅぎょう》が終《お》わると、アンは自分《じぶん》の席《せき》に戻《もど》った。そして、机《つくえ》のなかに入《い》れてあった本《ほん》、ノート、ペン、インク、聖書《せいしょ》、算数《さんすう》の教科書《きょうかしょ》などをすべて出《だ》して、割《わ》れた石盤《せきばん》の上《うえ》にきちんと積《つ》みあげた。

「どうしてぜんぶ家《いえ》に持《も》ち帰《かえ》るの、アン？」

街道《かいどう》に出《で》たところで、ダイアナがたずねた。それまで勇気《ゆうき》がなくて聞《き》けなかったのだ。

「もう学校《がっこう》には戻《もど》らないわ」とアンは言《い》った。

ダイアナは息《いき》をのみ、本気《ほんき》かどうか確《たし》かめるようにアンをじっと見《み》た。

「マリラが許《ゆる》してくれるかしら？」

「そうするよりほかないの」

「あの先生《せんせい》がいるかぎり学校《がっこう》にはぜったい行《い》かないつもりよ」

「いやよ、アン！」

ダイアナはいまにも泣《な》きだしそうだった。

「わたしはどうしたらいいの？　フィリップス先生《せんせい》はわたしをあのろくでもないガーティー・パイのとなりに座《すわ》らせるわ。ええ、そうにきまってる。だってあの子《こ》、ひとりで座《すわ》ってるんですもの。やめないで、アン」

「あなたのためなら、ほぼどんなことにもたえるわ、ダイアナ」アンは悲《かな》しそうに言《い》った。「あなたのためなら、八《や》つ裂《ざ》きにされたっていい。でも、これだけはだめ。お願《ねが》いだからたのまないで。わたしのたましいを思《おも》いきり苦《くる》しめることになるんだから」

「楽《たの》しいことがぜんぶできなくなるのよ」ダイアナはけんめいにうったえた。「小川《おがわ》のそばに最高《さいこう》にすてきな新《あたら》しい家《いえ》を建《た》てることになっているじゃない。それに、来《らい》週《しゅう》はボール遊《あそ》びをするのよ。ボール遊《あそ》びはまだ一度《いちど》もしたことがないでしょ、アン？　それはもう盛《も》りあがるんだから。それに、新《あたら》しい歌《うた》を教《おし》えてもらえるのよ。いま、ジェーン・アンドリューズが練習《れんしゅう》してるわ。それに、来週《らいしゅう》、アリス・アンドリューズが『パンジーブック』の新刊《しんかん》を持《も》ってくるから、みんなで小川《おがわ》のほとりに行《い》って一章《いっしょう》ずつ交代《こうたい》で朗読《ろうどく》することになってるし。あなた、朗読《ろうどく》が大好《だいす》きじゃない、アン」

何《なに》を言《い》われてもアンの心《こころ》はピクリとも動《うご》かなかった。すでに心《こころ》は決《き》まっていた。フィリップス先生《せんせい》がいるかぎり学校《がっこう》へは二度《にど》と行《い》かない、と。

家《いえ》に帰《かえ》ると、アンはマリラにそう宣言《せんげん》した。

「ばかばかしい」とマリラは言《い》った。

「ちっともばかばかしくなんかないわ」

アンはマリラをにらみつけた。

「わからないの、マリラ？　わたしは侮辱《ぶじょく》されたのよ」

「何《なに》が侮辱《ぶじょく》ですか！　あしたはいつもどおりに学校《がっこう》へ行《い》くんですよ」

「いやよ」アンは静《しず》かに首《くび》をふった。

「学校《がっこう》には戻《もど》らないわ、マリラ。勉強《べんきょう》は家《いえ》でするし、できるだけいい子《こ》でいるし、なんなら、ずっと口《くち》を閉《と》じていてもいい。でも、学校《がっこう》には行《い》かないわ。ぜったいに」

アンの小《ちい》さな顔《かお》には、岩《いわ》のように固《かた》い決意《けつい》が表《あらわ》れていた。マリラはあえて何《なに》も言《い》わずにおくことにした。

「あとでリンド家《け》に行《い》って、レイチェルに相談《そうだん》してみようかしら」

マリラは考《かんが》えた。

「いまのアンには何《なに》を言《い》ってもむだですからね。熱《あつ》くなっているし、こうと決《き》めたらてこでも動《うご》かない子《こ》だし。どうやら、フィリップス先生《せんせい》にはいささか人《ひと》を見下《みくだ》したようなところがあるようだけど、あの子《こ》にそんなことは言《い》えない。そう、レイチェルに聞《き》いてもらいましょう。十人《じゅうにん》の子《こ》どもを学校《がっこう》に通《かよ》わせた人《ひと》ですから、こういうことにも、何《なに》か知恵《ちえ》があるかもしれないわ。どのみち、いまごろはだれかからすっかり聞《き》いているはずです」

マリラが訪《たず》ねたとき、ミセス・リンドはいつものように楽《たの》しそうにパッチワークにいそしんでいた。

「わたしがおじゃました理由《りゆう》は、たぶん、もうおわかりね」

マリラはちょっときまり悪《わる》そうにきりだした。

ミセス・リンドはうなずいた。

「学校《がっこう》でアンがさわぎを起《お》こしたことね。ティリー・ボールターが帰《かえ》りがけに教《おし》えてくれました」

「もう学校《がっこう》には行《い》かないと言《い》ってるの。あそこまで熱《あつ》くなるのははじめてよ。学校《がっこう》に行《い》くようになってから、ずっと心配《しんぱい》はしていたんです。いつかこんなことになることもわかっていたわ。とにかく、興奮《こうふん》しやすい子《こ》ですからね。いったいどうしたらいいのかしら、レイチェル？」

「なるほど、たずねられたからには、答《こた》えるしかありませんね、マリラ」

人《ひと》に助言《じょげん》を求《もと》められるのが大好《だいす》きなミセス・リンドは、うれしそうに言《い》った。

「わたしがあなたなら、まずはちょっと調子《ちょうし》を合《あ》わせてやります。わたしにはフィリップスさんが悪《わる》いとしか思《おも》えない。もちろん子《こ》どものまえでそんなことは言《い》いませんよ。それに、きのうのかんしゃくに対《たい》する先生《せんせい》のお仕置《しお》きは、当然《とうぜん》のことです。でも、きょうのことはべつの話《はなし》じゃありませんか。ほかの子《こ》もアンと同《おな》じように罰《ばつ》を受《う》けるべきだし、女《おんな》の子《こ》を男《おとこ》の子《こ》のとなりに座《すわ》らせるなんてあんまりです。品《ひん》がなさすぎます。ティリー・ボールターも本気《ほんき》で腹《はら》を立《た》てていました。あの子《こ》はずっとアンの肩《かた》をもっていたし、ほかの子《こ》もみんなそうだと言《い》っています。どうしてか、アンはずいぶん人気《にんき》があるようですよ。わたしもあの子《こ》がほかの子《こ》とうまくやっていけるとは思《おも》っていなかったんだけど」

「それじゃ、家《いえ》にいさせてやれと？」マリラはびっくりして聞《き》き直《なお》した。

「そのとおり。わたしがあなたなら、あの子《こ》が自分《じぶん》から言《い》いだすまで学校《がっこう》のことにはふれません。たぶん一週間《いっしゅうかん》もすれば落《お》ち着《つ》いて、また行《い》きたくなるでしょう。いま学校《がっこう》に行《い》きかせれば、どんな気《き》まぐれやかんしゃくを起《お》こすかわかったものじゃないし、もっとひどいことになるおそれもありますからね。さわぎは小《ちい》さければ小《ちい》さいほどいい――それがわたしの考《かんが》え方《かた》です。

それに、学校《がっこう》を休《やす》んでいても、たいした損《そん》にはならないわ。フィリップスさんは教師《きょうし》としちゃ、いいとこなしですから。あの人《ひと》の授業《じゅぎょう》の進《すす》め方《かた》ときたら、それはもうひどいものでねえ。小《ちい》さい生徒《せいと》をほったらかしにして、クイーンズ・アカデミーを受験《じゅけん》する大《おお》きい生《せい》徒《と》にかかりきりなんですから。今年《ことし》も学校《がっこう》に残《のこ》れたのは、あの人《ひと》のおじが理事《りじ》をつとめていて、しかも、ほかのふたりの理事《りじ》がその人《ひと》の言《い》いなりだったからにすぎません。まったく、この島《しま》の教育《きょういく》はどうなることやら、です」

ミセス・リンドは自分《じぶん》が州《しゅう》の教育長《きょういくちょう》になれば万事解決《ばんじかいけつ》といわんばかりに首《くび》をふった。

マリラはミセス・リンドの助言《じょげん》にしたがい、アンに学校《がっこう》に行《い》けと言《い》うのをやめることにした。アンは家《いえ》で勉強《べんきょう》をして、家《いえ》の手伝《てつだ》いをして、紫色《むらさきいろ》に染《そ》まる秋《あき》のひんやりした夕暮《ゆうぐ》れのひとときをダイアナと遊《あそ》んですごした。しかし、道《みち》や日曜学校《にちようがっこう》でギルバート・ブライス

と顔《かお》を合《あ》わせ、ギルバートから和解《わかい》を求《もと》められても、けっして応《おう》じようとせず、軽《けい》べつの表情《ひょうじょう》を浮《う》かべて通《とお》りすぎた。なんとか仲直《なかなお》りをさせようというダイアナの努力《どりょく》も、いっこうに実《み》を結《むす》ばなかった。ギルバート・ブライスを憎《にく》みつづけるというアンの決意《けつい》は、そう簡単《かんたん》にゆるぎそうになかった。

アンは、ギルバートを憎《にく》むのと同《おな》じ激《はげ》しさでダイアナを愛《あい》した。小《ちい》さな体《からだ》に情熱《じょうねつ》をみなぎらせてギルバートを憎《にく》み、ダイアナを愛《あい》した。ある日《ひ》の夕方《ゆうがた》、リンゴのかごをかかえたマリラが果樹園《かじゅえん》から戻《もど》ると、アンが薄暗《うすぐら》い東《ひがし》の窓辺《まどべ》に座《すわ》ってひどく泣《な》いていた。

「いったいどうしたの、アン？」マリラはたずねた。

「ダイアナのことなの」

アンは盛大《せいだい》に泣《な》きじゃくりながら言《い》った。

「わたしはダイアナをとても愛《あい》しているの、マリラ、ダイアナなしでは生《い》きていけないの。でも、大人《おとな》になればダイアナは結婚《けっこん》して、わたしを置《お》いていってしまうこともちゃんとわかってるの。ねえ、どうしたらいいの？　彼女《かのじょ》のだんなさまが憎《にく》い……憎《にく》くてたまらないわ。それについていろいろ想像《そうぞう》していたのよ。結婚式《けっこんしき》とかいろいろなことを。ダイアナは雪《ゆき》のように白《しろ》いドレスとベールをつけて、女王《じょおう》さまみたいに美《うつく》しくて堂々《どうどう》としているの。花嫁介添人《はなよめかいぞえにん》のわたしもすてきなドレス――パフスリーブのドレスを着《き》てるのよ。でも、笑《え》顔《がお》の下《した》にずたずたになった心《こころ》をかくしているの。やがてダイアナに別《わか》れを告《つ》げるときがきて……」

ここでアンはおさえがきかなくなり、さらに激《はげ》しく泣《な》きだした。

マリラは思《おも》わず浮《う》かびかけた笑顔《えがお》をあわててかくそうとしたが、それは失敗《しっぱい》に終《お》わった。一番近《いちばんちか》くにあったいすに崩《くず》れるように座《すわ》りこむと、めずらしく大《おお》きな声《こえ》を出《だ》して心《こころ》の底《そこ》から笑《わら》いだした。その声《こえ》は庭《にわ》を歩《ある》いていたマシューの耳《みみ》にも届《とど》き、その足《あし》を止《と》めさせた。マリラがこんなに笑《わら》ったのは、いつ以来《いらい》だろう？

「あのねえ、アン・シャーリー」

ようやく口《くち》がきけるようになったところで、マリラが言《い》った。

「どうせとりこし苦労《くろう》をするなら、もうすこし手近《てぢか》なところでしてもらえないかしら。たいした想像力《そうぞうりょく》ですよ、まったく」

ダイアナ、お茶《ちゃ》に呼《よ》ばれる

グリーン・ゲイブルズの十月《じゅうがつ》は美《うつく》しかった。二番刈《にばんが》りの牧草《ぼくそう》がひなたぼっこをするかたわらで、窪地《くぼち》のカバノキの葉《は》は陽光《ようこう》のような金《きん》に、果樹園《かじゅえん》の裏《うら》のカエデの葉《は》は見事《みごと》な赤《あか》に、小道沿《こみちぞ》いのミザクラの葉《は》は暗《くら》い赤《あか》とくすんだ緑《みどり》が混《ま》じり合《あ》った、えも言《い》われぬ色合《いろあ》いにうつろっていった。

そんな秋《あき》ならではの色《いろ》の世界《せかい》は、アンをおおいに楽《たの》しませた。

ある土曜日《どようび》の朝《あさ》、アンは色《いろ》あざやかな葉《は》の残《のこ》るカエデの枝《えだ》を腕《うで》いっぱいにかかえておどるように帰《かえ》ってくると、元気《げんき》よくしゃべりだした。

「ねえ、マリラ、十月《じゅうがつ》がある世界《せかい》に住《す》んでいて本当《ほんとう》によかったわ。九月《くがつ》のつぎがいきなり十一月《じゅういちがつ》なんて、ぜったいにいやよね？　このカエデを見《み》て。ゾクゾクしない？　というか、ゾクゾクしっぱなしにならない？　これで部屋《へや》を飾《かざ》ろうと思《おも》ってるの」

「部屋《へや》がよごれるでしょうが」

美《うつく》しさを感《かん》じるセンスが相変《あいか》わらずいまひとつなマリラは言《い》った。

「あなたは外《そと》からあれこれもちこんで部屋《へや》をちらかしてばかりじゃないの、アン。寝室《しんしつ》は寝《ね》るためのものです」

「そう、それに夢《ゆめ》を見《み》るためのものでもあるわ、マリラ。美《うつく》しいものがたくさんある部屋《へや》のほうがいい夢《ゆめ》が見《み》られるのよ。この枝《えだ》は古《ふる》くなった青《あお》い水差《みずさ》しにさしてテーブルの上《うえ》に置《お》くことにするわ」

「階段《かいだん》に葉《は》っぱを落《お》とさないように気《き》をつけるのよ。わたしは午後《ごご》から教会《きょうかい》の婦人会《ふじんかい》の集《あつ》まりでカーモディへ出《で》かけます。明《あか》るいうちには帰《かえ》れそうにないから、マシューとジェリーの夕食《ゆうしょく》の支度《したく》をたのまれてちょうだい。このあいだみたいに、席《せき》につくまでお茶《ちゃ》をいれ忘《わす》れていた、なんてことのないようにね」

「ひどいわよね、お茶《ちゃ》を忘《わす》れてしまうなんて」

アンはすまなそうに言《い》った。

「あの日《ひ》は〈スミレ谷《たに》〉の名前《なまえ》を考《かんが》えるのに夢中《むちゅう》で、ほかのことに頭《あたま》がまわらなかったの。

マシューはやさしかったわ。ぜんぜん怒《おこ》らなかったし、自分《じぶん》でお茶《ちゃ》をいれて、しばらく待《ま》つくらいなんでもないって言《い》ってくれたわ。待《ま》っているあいだ、すてきな妖精《ようせい》の物語《ものがたり》を聞《き》かせてあげたの。待《ま》っている時間《じかん》があっという間《ま》にすぎるように。それは美《うつく》しい物語《ものがたり》なのよ、マリラ。最後《さいご》のところを覚《おぼ》えていなくて、自分《じぶん》で作《つく》ってしまったんだけど、マシューはつなぎめがぜんぜんわからなかったって言《い》っていたわ」

「マシューなら、真夜中《まよなか》にやっと思《おも》いだしてそれから夕食《ゆうしょく》ってことになっても、まあいいさ、と言《い》いかねません。でも、今回《こんかい》はしっかり気《き》を配《くば》るんですよ。それと、こんなことを言《い》って、あなたの頭《あたま》をさらに混乱《こんらん》させるのはどうかと思《おも》うんだけど、午後《ごご》はダイアナをお茶《ちゃ》に呼《よ》んでかまわないわよ」

「まあ、マリラ！」

アンは両手《りょうて》を組《く》んだ。

「なんてすばらしいの！　マリラにも想像力《そうぞうりょく》があったのね。そうでなければ、わたしがまさにそうしたいと思《おも》っていたことがわかるはずないもの。お茶会《ちゃかい》なんて、大人《おとな》っぽくてすてきだわ。お客《きゃく》さまがいればお茶《ちゃ》をいれ忘《わす》れる心配《しんぱい》もないし。ああ、マリラ、バラのつぼみの模様《もよう》がついたティーセットを使《つか》っていい？」

「いけません！　バラのつぼみのティーセットだなんて！　こんどは何《なに》を言《い》いだすつもり？　あれは牧師《ぼくし》さんや婦人会《ふじんかい》の人《ひと》が来《き》たときしか使《つか》わないって知《し》ってるでしょうが。古《ふる》い茶色《ちゃいろ》のやつを使《つか》いなさい。黄色《きいろ》い壺《つぼ》に入《い》れてあるサクランボの砂糖煮《さとうに》を出《だ》していいわ。そろそろ食《た》べてしまわなければいけない時期《じき》だからね。それと、フルーツケーキを切《き》って、クッキーも出《だ》してあげなさい」

「テーブルの女主人《おんなしゅじん》の席《せき》についてお茶《ちゃ》をいれる自分《じぶん》の姿《すがた》が目《め》に浮《う》かぶようだわ」

アンはうっとりとまぶたを閉《と》じた。

「そして、ダイアナに『お砂糖《さとう》は？』って聞《き》くの！　もちろん、あの子《こ》が砂糖《さとう》を入《い》れないのは知《し》ってるけど、それでも知《し》らないふりをして聞《き》かなくちゃ。それから、『フルーツケーキをもうひと切《き》れ、砂糖煮《さとうに》をもうひと口《くち》いかが？』ってすすめるのよ。ああ、マリラ、考《かんが》えただけでわくわくするわ。ダイアナが来《き》たら、帽子《ぼうし》を置《お》きにお客《きゃく》さま用《よう》の寝室《しんしつ》へ連《つ》れていっていい？　お茶《ちゃ》は応接間《おうせつま》でいただいても？」

「だめです。あなたたちのお茶会《ちゃかい》は居間《いま》でじゅうぶんです。そうそう、このあいだ教会《きょうかい》の集《あつ》まりに持《も》っていったキイチゴのコーディアル（果物《くだもの》やハーブで作《つく》る甘《あま》い飲《の》み物《もの》）が壜《びん》に半分残《はんぶんのこ》っているわ。居間《いま》の戸棚《とだな》の二段目《にだんめ》にあるから、なんならクッキーと一緒《いっしょ》に出《だ》しなさい。マシューは船《ふね》にジャガイモを積《つ》みこみにいったから、たぶん遅《おそ》くなるでしょう」

アンは窪地《くぼち》へかけおりて、〈ドリュアスの泉《いずみ》〉を通《とお》りすぎ、オーチャード・スロープへつづくトウヒの森《もり》の小道《こみち》をのぼって、ダイアナに招待《しょうたい》を伝《つた》えにいった。マリラが馬車《ばしゃ》でカーモディに出《で》かけると、まもなく、ダイアナが二番目《にばんめ》にいい服《ふく》を着《き》てやってきた。お茶会《ちゃかい》にふさわしい、きちんとした身《み》なりだった。いつもはノックもせずに台所《だいどころ》にかけこんでくるが、このときはいかにも招待客《しょうたいきゃく》らしく、すましたようすで玄関《げんかん》のドアをたたいた。そして、やはり二番目《にばんめ》にいい服《ふく》を着《き》たアンがしとやかにそれを開《あ》けると、少女《しょうじょ》たちはまるではじめて会《あ》った者同士《ものどうし》のように礼儀正《れいぎただ》しく手《て》をにぎりあった。この不自然《ふしぜん》なまでにかしこまったやりとりは、東《ひがし》の切妻部屋《きりづまべや》に帽子《ぼうし》を置《お》きにいったあとも、居間《いま》でつま先《さき》をそろえてきちんと座《すわ》ったまま、十分《じっぷん》ほどつづけられた。

「お母様《かあさま》はお元気《げんき》？」

アンはその日《ひ》の朝《あさ》、すこぶる元気《げんき》にリンゴの収穫《しゅうかく》をするミセス・バリーの姿《すがた》を見《み》かけたにもかかわらず、丁寧《ていねい》にたずねた。

「おかげさまで、とても元気《げんき》にしておりますわ。なんでも、ミスター・カスバートは、午後《ご》からリリー・サンズ号《ごう》にジャガイモを積《つ》みにお出《で》かけとか？」

ダイアナはその日《ひ》の朝《あさ》、ハーモン・アンドリューズのところまで、マシューの荷車《にぐるま》に乗《の》せてもらっていた。

「ええ。今年《ことし》はジャガイモがとてもたくさんとれましてね。おたくのお父《とう》さまのところも豊作《ほうさく》だとよろしいのだけど」

「おかげさまで、まずまずのようですわ。リンゴはもうたくさんとられました？」

「ええ、それはもうどっさりと」

そこまで言《い》うと、アンは上品《じょうひん》ぶるのをやめて、勢《いきお》いよく立《た》ちあがった。

「果樹園《かじゅえん》に赤《あか》くて甘《あま》いリンゴをとりにいきましょう、ダイアナ。木《き》に残《のこ》っているリンゴはぜんぶとっていいって、マリラに言《い》われてるの。マリラってすごく気前《きまえ》がいいのよ。お茶《ちゃ》のおともにフルーツケーキとサクランボの砂糖煮《さとうに》も食《た》べていいって言《い》ってくれたわ。でも、これから出《だ》すものをお客《きゃく》さまに話《はな》すなんてマナー違反《いはん》だし、マリラに飲《の》んでいいって言《い》われたあるものについてはだまっていなくちゃ。キではじまるあざやかな赤《あか》い色《いろ》の飲《の》み物《もの》とだけ言《い》っておくわ。あざやかな赤《あか》い色《いろ》の飲《の》み物《もの》って大好《だいす》き。あなたはどう？　ほかの色《いろ》の飲《の》み物《もの》の二倍《にばい》はおいしいわよね」

果樹園《かじゅえん》はとても気持《きも》ちがよかった。リンゴの木《き》の太《ふと》い枝《えだ》が、果実《かじつ》の重《おも》みでたわんでいた。ふたりは、まだ霜《しも》にやられていない草《くさ》の上《うえ》に腰《こし》をおろして、やわらかな秋《あき》の日《ひ》ざしを浴《あ》びながら、リンゴを食《た》べ、できるかぎりの早口《はやくち》で話《はなし》をした。ダイアナにはアンに話《はな》したいことがたくさんあった。

「ガーティー・パイと一緒《いっしょ》に座《すわ》らされて、いやでたまらないの。ガーティーはしじゅう石《せき》筆《ひっ》をキーキーいわせて、あれには本当《ほんとう》にぞっとするわ。ルビー・ギリスが魔法《まほう》を使《つか》ってイボをすっかり取《と》り除《のぞ》いたのよ。ほんとだってば。メアリー・ジョーっていうおばあさんからもらった石《いし》で取《と》ったの。新月《しんげつ》の夜《よる》、その石《いし》でイボをこすって、左《ひだり》の肩越《かたご》しに捨《す》てると、きれいに消《き》えるんですって。ポーチの壁《かべ》にチャーリー・スローンの名前《なまえ》がエマ・ホワイトの名前《なまえ》と一緒《いっしょ》に書《か》かれて、エマ・ホワイトがカンカンになって怒《おこ》っていたわ。授業中《じゅぎょうちゅう》、サム・ボールターがフィリップス先生《せんせい》に口答《くちごた》えして、フィリップス先生《せんせい》がサムを鞭《むち》でたたいたの。で、サムのお父《とう》さんが学校《がっこう》に怒鳴《どな》りこみにきたのよ。こんどうちの子《こ》に手《て》をあげたらただじゃおかないって。それに、マーティー・アンドリューズが新《あたら》しい赤《あか》い頭巾《ずきん》と房飾《ふさかざ》りつきの青《あお》い肩《かた》かけでやってきて、そのときの気《き》どった感《かん》じが気持《きも》ち悪《わる》いったらありゃしないの。リジー・ライトはメイミー・ウィルソンと口《くち》をきいてないわ。メイミー・ウィルソンの大《おお》きいお姉《ねえ》さんがリジー・ライトの大《おお》きいお姉《ねえ》さんの恋人《こいびと》を横《よこ》どりしたんですって。みんな、アンがいなくてさみしい、また学校《がっこう》に来《き》てもらいたいって言《い》ってるわ。それと、ギルバート・ブライスが——」

アンは、ギルバート・ブライスの話《はなし》は聞《き》きたくないとばかりに、さっと立《た》ちあがり、そろそろ家《いえ》に戻《もど》って、キイチゴのコーディアルを飲《の》もうと提案《ていあん》した。

居間《いま》の戸棚《とだな》の二段目《にだんめ》をさがしたが、コーディアルの壜《びん》は見《み》あたらなかった。ほかをさがしてみると、それらしき壜《びん》は一段目《いちだんめ》にあった。アンはそれを盆《ぼん》にのせ、グラスと一緒《いっしょ》にテーブルに置《お》いた。

「さあ、お好《す》きなだけどうぞ、ダイアナ」

アンは礼儀正《れいぎただ》しくすすめた。

「わたしはいまはやめておくわ。リンゴを食《た》べすぎてしまって、何《なに》も欲《ほ》しくないの」

ダイアナはその飲《の》み物《もの》をグラスになみなみと注《そそ》ぎ入《い》れると、あざやかな赤《あか》い色合《いろあ》いを感《かん》心《しん》したようにながめてから、上品《じょうひん》に口《くち》にした。

「とんでもなくおいしいキイチゴのコーディアルだわ、アン。キイチゴのコーディアルがこんなにおいしいなんて知《し》らなかった」

「気《き》に入《い》ってもらえてよかった。好《す》きなだけ飲《の》んで。ちょっとむこうへ行《い》って、火《ひ》を見《み》てくるわ。留守《るす》を預《あず》かると、気《き》をつけなくちゃならないことがいろいろとあって」

アンが台所《だいどころ》から戻《もど》ってきたとき、ダイアナは二杯目《にはいめ》のコーディアルを飲《の》んでいて、アンがもっとどうぞとすすめると、とくに遠慮《えんりょ》するでもなく三杯目《さんばいめ》を口《くち》にした。グラスに三杯《さんばい》といえばかなりの量《りょう》だが、そのキイチゴのコーディアルはまちがいなくすばらしいおいしさだった。

「いままで飲《の》んだなかで一番《いちばん》のおいしさだわ」とダイアナは言《い》った。

「リンドさんのよりずっとおいしい。リンドさんはすごく自慢《じまん》してるけど、まるで味《あじ》がちがうわ」

「わたしもリンドさんのよりマリラのコーディアルのほうがおいしいんじゃないかと思《おも》っていたの」

アンはマリラをたてて言《い》った。

「マリラは料理上手《りょうりじょうず》で有名《ゆうめい》だもの。わたしもマリラに料理《りょうり》を習《なら》ってるんだけど、ダイアナ、どうやら道《みち》は険《けわ》しいわ。料理《りょうり》には想像《そうぞう》を広《ひろ》げるゆとりがあまりないの。ルールどおりにやらなきゃいけないからね。このあいだも、ケーキを作《つく》ろうとして、小麦粉《こむぎこ》を入《い》れ忘《わす》れてしまったわ。ちょうど、あなたとわたしの最高《さいこう》にすてきな物語《ものがたり》を考《かんが》えていたのよ、ダイアナ。あなたがひどい天然痘《てんねんとう》にかかって、みんなに見放《みはな》されてしまうんだけど、わたしは勇敢《ゆうかん》にもあなたのそばに残《のこ》って看病《かんびょう》するの。あなたは助《たす》かるけど、こんどはわたしが天然痘《てんねんとう》にかかって死《し》んでしまうの。わたしは墓地《ぼち》のポプラの木《き》の下《した》にうめられて、あなたはわたしのお墓《はか》のそばにバラを植《う》えて、涙《なみだ》の雨《あめ》を降《ふ》らせるの。そして、命《いのち》にかえて自分《じぶん》を救《すく》ってくれた若《わか》いころの友《とも》だちのことを、あなたはけっして忘《わす》れない……ああ、なんて悲《かな》しい話《はなし》なのかしら、ダイアナ。ケーキだねを混《ま》ぜながら、わたしのほおを涙《なみだ》の雨《あめ》がつたっていったわ。

でも、小麦粉《こむぎこ》を入《い》れ忘《わす》れたケーキはとんでもないことになってしまったの。ケーキには小《こ》麦粉《むぎこ》が欠《か》かせないからね。マリラにものすごく怒《おこ》られたけど、当然《とうぜん》よね。わたしはマリラの悩《なや》みの種《たね》よ。先週《せんしゅう》はプディングのソースのことでとんでもない恥《はじ》をかかせてしまったわ。火曜日《かようび》のお昼《ひる》にプラムのプディングを食《た》べたとき、プディングの半分《はんぶん》と、水差《みずさ》しひとつぶんのソースが残《のこ》ったの。で、マリラに、翌日《よくじつ》のお昼《ひる》のぶんはじゅうぶんにあるから、ふたをして食料棚《しょくりょうだな》にしまっておきなさいって言《い》われたの。もちろんふたをするつもりでいたわ、ダイアナ。でも、棚《たな》に運《はこ》ぶときに、失恋《しつれん》して修道院《しゅうどういん》にひきこもって尼《あま》さんになった自分《じぶん》を想像《そうぞう》してしまったの。わたしはもちろんプロテスタントだけどカトリックってことにしたわ。それでプディングのソースにふたをするのを忘《わす》れてしまってね。翌朝《よくあさ》、思《おも》いだして食《しょく》料棚《りょうだな》に走《はし》ったわ。ダイアナ、プディングのソースのなかに溺《おぼ》れたネズミを見《み》つけてどんなにこわかったか想像《そうぞう》してみて！　ネズミをスプーンですくいあげて、庭《にわ》に捨《す》てて、そのスプーンは三度《さんど》水《みず》を替《か》えて洗《あら》ったわ。マリラは乳《ちち》しぼりにいっていたから、帰《かえ》ってきたら、ソースは豚《ぶた》にあげてしまっていいか、ちゃんと聞《き》くつもりだったのよ。でも、マリラが帰《かえ》ってきたときには、木々《きぎ》の葉《は》っぱを赤《あか》や黄色《きいろ》に変《か》えながら森《もり》のなかをかけぬける霜《しも》の精《せい》になったところを想像《そうぞう》していたものだから、プディングのソースのことはまた頭《あたま》から消《き》えていて、マリラに言《い》われるまま、リンゴをとりにいってしまったの。で、その日《ひ》はスペンサーヴェイルからチェスター・ロスさんが奥《おく》さんと一緒《いっしょ》にみえてね。そう、すごく上品《じょうひん》なご夫婦《ふうふ》よね、とくに奥《おく》さんのほうが。マリラに呼《よ》ばれて戻《もど》ると、もうお昼《ひる》の用意《ようい》ができていて、みんなテーブルについていたわ。わたし、できるだけ礼儀《れいぎ》正《ただ》しく、さっそうとふるまおうとがんばったのよ。だって、ロスさんの奥《おく》さんに、この子《こ》は器量《きりょう》は悪《わる》いけどレディみたいだって思《おも》われたいじゃない。万事《ばんじ》うまくいっていたのよ、マリラが片手《かたて》にプディングの皿《さら》、片手《かたて》に温《あたた》め直《なお》したソース入《い》りの水差《みずさ》しを持《も》って現《あらわ》れるまでは。ダイアナ、それはもう、おぞましい瞬間《しゅんかん》だったわ。すっかり思《おも》いだしたときには、もう、その場《ば》に立《た》ちあがって叫《さけ》ぶしかなかったの。『マリラ、そのソースを使《つか》っちゃだめ！　言《い》い忘《わす》れていたけど、そのなかでネズミが溺《おぼ》れていたの！』って。ああ、ダイアナ、この先百年《さきひゃくねん》生《い》きてもあのおぞましい瞬間《しゅんかん》のことは忘《わす》れられそうにないわ。奥《おく》さんは何《なに》も言《い》わずにわたしを見《み》ているし、恥《は》ずかしくて床《ゆか》の下《した》に沈《しず》んでいくかと思《おも》ったわ。あの奥《おく》さんは家事《かじ》を完璧《かんぺき》にこなす人《ひと》でしょ。わたしたちのことをどう思《おも》ったか、想像《そうぞう》してみて。マリラは火《ひ》のように真《ま》っ赤《か》になったけど、何《なに》も言《い》わなかったわ。そのときはね。で、問題《もんだい》のソースとプディングをさげて、イチゴの砂糖煮《さとうに》を持《も》ってきて、わたしにまですすめてくれたけど、ひと口《くち》も喉《のど》を通《とお》らなかったわ。それって、聖書《せいしょ》の〝徳《とく》をもってして恥《は》じいらせる〟ってやつよね。奥《おく》さんが帰《かえ》ってから、めちゃくちゃしかられたわ。あら、ダイアナ、どうしたの？」

ダイアナはひどくふらつきながら立《た》ちあがったが、両手《りょうて》を頭《あたま》にあてがい、また座《すわ》りこんだ。そして、舌《した》をもつれさせながら言《い》った。

「き……気持《きも》ちが悪《わる》いの。す……すぐに帰《かえ》らないと」

「だめよ、お茶《ちゃ》も飲《の》まずに帰《かえ》るなんて、ぜったいにだめ」

アンはあわてて叫《さけ》んだ。

「すぐに用意《ようい》するわ。ちょっと待《ま》っていて、あっという間《ま》にいれてくるから」

「帰《かえ》らないと」

ダイアナは同《おな》じことをくり返《かえ》した。ばかのひとつ覚《おぼ》えのようだが、決意《けつい》は固《かた》そうだった。

「とにかく、おやつは食《た》べていって」

アンはけんめいに引《ひ》き止《と》めた。

「フルーツケーキをひと口《くち》とサクランボの砂糖煮《さとうに》を。ソファに横《よこ》になっていれば、気分《きぶん》もよくなるわよ。具合《ぐあい》が悪《わる》いのはどのあたりなの？」

「帰《かえ》らないと」

「お茶《ちゃ》も出《だ》さずにお客《きゃく》さまを帰《かえ》すなんて聞《き》いたことがないわ。ねえ、ダイアナ、まさか本《ほん》当《とう》に天然痘《てんねんとう》にかかったわけじゃないわよね？　もしそうなら、わたしが看病《かんびょう》するし、あてにしてくれていいのよ。けっして見放《みはな》したりしないわ。でも、お茶《ちゃ》を飲《の》むまではどうしてもいてもらいたいの。具合《ぐあい》が悪《わる》いのはどのあたりなの？」

「目《め》がぐるぐるまわってるわ」

たしかに、ダイアナはまっすぐに歩《ある》けないほどふらふらしていた。アンは失望《しつぼう》に目《め》をうるませながら、ダイアナの帽子《ぼうし》をとってきて、バリー家《け》の庭《にわ》の木戸《きど》まで見送《みおく》った。そして、泣《な》きながらグリーン・ゲイブルズに戻《もど》り、悲《かな》しそうにキイチゴのコーディアルの残《のこ》りを戸《と》棚《だな》に戻《もど》すと、生気《せいき》のかけらも感《かん》じられない動《うご》きで、マシューとジェリーの夕食《ゆうしょく》の支度《したく》にとりかかった。

翌日《よくじつ》の日曜日《にちようび》は、夜明《よあ》けから日暮《ひぐ》れまで雨《あめ》が激《はげ》しく降《ふ》りつづけていたので、アンはグリーン・ゲイブルズから一歩《いっぽ》も出《で》なかった。月曜《げつよう》の午後《ごご》、マリラはミセス・リンドのもとにアンを使《つか》いに出《だ》した。ほどなくしてほおを涙《なみだ》でぬらしたアンが飛《と》んで帰《かえ》ってきた。台所《だいどころ》にかけこむと、ソファにつっぷして激《はげ》しく泣《な》きじゃくった。

「こんどはいったいなんなの、アン？」

マリラはいやな予感《よかん》でいっぱいになりながらたずねた。

「また、リンドさんに失礼《しつれい》なことをしてきたんじゃないでしょうね」

アンはさらに涙《なみだ》を流《なが》して泣《な》きじゃくるばかりで、何《なに》も答《こた》えなかった。

「アン・シャーリー、たずねられたことには答《こた》えてもらいたいわね。すぐにちゃんと座《すわ》って、なぜ泣《な》いているのか、わたしに話《はな》しなさい」

アンは悲劇《ひげき》の化身《けしん》のように体《からだ》を起《お》こした。

「きょう、リンドさんがバリーさんに会《あ》いにいったんだけど、バリーさん、とても怒《おこ》っているみたいなの」

アンはべそをかきながら言《い》った。

「土曜日《どようび》、わたしがダイアナを酔《よ》っぱらわせて、ひどいありさまで家《いえ》に帰《かえ》したというのがバリーさんの言《い》い分《ぶん》でね。とんでもなく悪《わる》い子《こ》だから、もうダイアナとは遊《あそ》ばせないって言《い》ったんですって。ああ、マリラ、悲《かな》しくてもう生《い》きていけないわ」

マリラはおどろきのあまり、しばらく呆然《ぼうぜん》とアンを見《み》ていたが、やがて思《おも》いだしたように言《い》った。

「ダイアナを酔《よ》っぱらわせた？」

「アン、おかしいのはあなたなの？　それともバリーさんなの？　いったいぜんたい、あの子《こ》に何《なに》を飲《の》ませたの？」

「キイチゴのコーディアルだけよ」

アンはそう言《い》ってすすりあげた。

「知《し》らなかったのよ、まさか、キイチゴのコーディアルを飲《の》むと酔《よ》っぱらうなんて……たしかにダイアナは大《おお》きなグラスに三杯《さんばい》も飲《の》んだけれど……ただ、思《おも》えばまるで……まるで……トマスさんのだんなさんみたいだったわ！　でも、わざと酔《よ》っぱらわせたわけじゃないのよ」

「酔《よ》っぱらうはずがないでしょうが！」

マリラはそう言《い》って居間《いま》の戸棚《とだな》に向《む》かった。棚《たな》には壜《びん》がひとつあって、その中身《なかみ》が三年《さんねん》寝《ね》かせた自家製《じかせい》のスグリ酒《しゅ》だということはすぐにわかった。アヴォンリーでマリラはスグリ酒作《しゅづく》りの名人《めいじん》として知《し》られていたが、なかには、スグリ酒作《しゅづく》りを悪《あ》しきおこないと考《かんが》える者《もの》もいて、ミセス・バリーもそのひとりだった。このとき、マリラはキイチゴのコーディアルを置《お》いた場所《ばしょ》がアンに言《い》った居間《いま》の戸棚《とだな》でなく、地下《ちか》の食料貯蔵室《しょくりょうちょぞうしつ》だったことを思《おも》いだした。

マリラはスグリ酒《しゅ》の壜《びん》を手《て》に台所《だいどころ》に戻《もど》った。笑《わら》ってはいけないと思《おも》いつつも顔《かお》がほころんでいた。

「アン、あなたは厄介事《やっかいごと》を引《ひ》き起《お》こす天才《てんさい》ね。ダイアナに飲《の》ませたのはキイチゴのコーディアルではなく、スグリ酒《しゅ》よ。ちがいがわからなかったの？」

「味見《あじみ》をしなかったの。てっきりコーディアルだと思《おも》っていたわ。一生懸命《いっしょうけんめい》おもてなしをしたのよ。でも、ダイアナはすごく具合《ぐあい》が悪《わる》くなって、家《いえ》に帰《かえ》らなくちゃって言《い》いだして。リンドさんがバリーさんから聞《き》いた話《はなし》では、ダイアナはぐでんぐでんに酔《よ》っぱらっていて、どうしたのって聞《き》いてもばかみたいに笑《わら》うばかり、そのまま何時間《なんじかん》も眠《ねむ》りつづけたんですって。息《いき》のにおいで、酔《よ》ってるってわかったそうよ。きのうは一日《いちにち》じゅうひどい頭痛《ずつう》に悩《なや》まされたみたい。バリーさんはカンカン。わたしがわざと酔《よ》っぱらわせたと決《き》めてかかっているの」

「あの人《ひと》が責《せ》めなきゃいけないのは、それがなんであれ、グラスに三杯《さんばい》も飲《の》んだダイアナの意地《いじ》きたなさのほうです」マリラはひややかに言《い》った。

「大《おお》きなグラスで三杯《さんばい》も飲《の》めば、ただのコーディアルでも、具合《ぐあい》が悪《わる》くなっていたでしょうに。でも、スグリ酒作《しゅづく》りに目《め》くじらをたてている人《ひと》たちには、それ見《み》たことかと言《い》われるわね。牧師《ぼくし》さんもよく思《おも》っていないとわかって、ここ三年《さんねん》は作《つく》っていないし、あれも薬《くすり》としてとっておいただけなんだけど。ほらほら、泣《な》かないで。こんなことになって残念《ざんねん》だけど、わたしはあなたのせいとは思《おも》っていませんよ」

「泣《な》かずにはいられないわ。わたしの心《こころ》はぼろぼろよ。天《てん》の星々《ほしぼし》はわたしに闘《たたか》いを挑《いど》んでいるのかしら。ダイアナとは永遠《えいえん》に別《わか》れ別《わか》れ……ああ、マリラ、最初《さいしょ》に友情《ゆうじょう》を誓《ちか》い合《あ》ったとき、こんなことになるとは夢《ゆめ》にも思《おも》わなかったわ」

「ばかを言《い》うものじゃありません、アン。バリーさんだって、あなたのせいじゃないとわかれば考《かんが》え直《なお》してくれます。いまごろはもう、あなたの悪《わる》ふざけくらいに思《おも》ってるわ。夕方《ゆうがた》になったら、バリー家《け》に行《い》って、どういうことか説明《せつめい》するといいわ」

「わたしに腹《はら》を立《た》てているダイアナのお母《かあ》さんに会《あ》うのは、なんだか気《き》が進《すす》まないわ」

アンはため息《いき》まじりに言《い》った。

「マリラに行《い》ってもらったほうがいいんじゃないかしら。わたしより威厳《いげん》があるもの。バリーさんも、マリラの話《はなし》なら聞《き》いてくれるはずよ」

あるいはそのほうがいいのかもしれない、とマリラは思《おも》った。

「では、わたしが行《い》くとしましょう。もう泣《な》いてはいけませんよ、アン。きっとうまくいきますから」

オーチャード・スロープから帰《かえ》ってきたマリラは、もはや〝きっとうまくいく〟とは思《おも》わなくなっていた。マリラの姿《すがた》に気《き》づいたアンが、ポーチのドアから飛《と》びだしてきた。

「ああ、マリラ、その顔《かお》を見《み》ればむだ足《あし》だったのがわかるわ。バリーさんに、わたしを許《ゆる》すつもりはなかったのね？」アンは悲《かな》しそうにたずねた。

「まったく、バリーさんときたら！」マリラは吐《は》きすてるように言《い》った。「あんなわからず屋《や》は見《み》たこともないわ。すべてかんちがいで、あなたのせいじゃないって説明《せつめい》したのにまるで信《しん》じないし、スグリ酒《しゅ》のこと――わたしがスグリ酒《しゅ》はほとんど害《がい》にならないと言《い》いつづけてきたことをもちだして、さんざん嫌味《いやみ》を言《い》うし。だから、はっきり言《い》ってやったわ。スグリ酒《しゅ》は一度《いちど》にグラス三杯《さんばい》も飲《の》むものじゃないし、うちの子《こ》がそんな意地《いじ》きたないことをしたら、その場《ば》でぴしゃりとお尻《しり》をたたいて酔《よ》いをさましてやりますって」

怒《いか》れるマリラが足早《あしばや》に台所《だいどころ》にはいってしまうと、ポーチには、途方《とほう》に暮《く》れたアンがひとりとり残《のこ》された。アンは帽子《ぼうし》もかぶらず、ひんやりした秋《あき》の薄暗《うすくら》がりへ足《あし》をふみだした。西《にし》の森《もり》の上《うえ》に低《ひく》くかかる青白《あおじろ》い月《つき》の光《ひかり》のなか、決意《けつい》の感《かん》じられるしっかりした足《あし》どりで枯《か》れたシロツメクサの野原《のはら》を抜《ぬ》け、丸木橋《まるきばし》を渡《わた》った。おずおずとドアをたたく音《おと》に応《こた》えて、ミセス・バリーが現《あらわ》れた。

白《しろ》くなるほどくちびるをかみしめ、必死《ひっし》の形相《ぎょうそう》で戸口《とぐち》にたたずむアンの姿《すがた》を見《み》ると、ミセス・バリーの顔《かお》から温《あたた》かみが消《き》えていった。ミセス・バリーは思《おも》いこみや好《す》ききらいが激《はげ》しく、気《き》に入《い》らないことがあるとひややかにだまりこむ、厄介《やっかい》なタイプだった。とはいえ、まだ幼《おさな》いわが子《こ》が、わざと酒《さけ》を飲《の》ませるような子《こ》と遊《あそ》んで悪《あく》に染《そ》まるのをおそれるのは母親《ははおや》としてあたりまえのことだし、このとき、ミセス・バリーはアンがわざと酒《さけ》を飲《の》ませたとしか思《おも》っていなかった。

「何《なに》かご用《よう》かしら？」ミセス・バリーはよそよそしい口調《くちょう》で言《い》った。

アンは胸《むね》のまえで両手《りょうて》を組《く》んだ。

「ああ、バリーさん、どうかお許《ゆる》しください。わたし、わざとやったわけじゃ……その……ダイアナをわざと酔《よ》わせたわけじゃないんです。どうしてそんなことができるでしょう？　ご自分《じぶん》が親切《しんせつ》なだれかに引《ひ》き取《と》られた、まだ幼《おさな》いあわれなみなしごで、世界《せかい》にただひとり、腹心《ふくしん》の友《とも》ができたと想像《そうぞう》してみてください。その子《こ》をわざと酔《よ》わせようなどと考《かんが》えますか？　わたしはただのキイチゴのコーディアルだと思《おも》っていたんです。コーディアルだと固《かた》く信《しん》じていたんです。お願《ねが》いですからダイアナとはもう遊《あそ》ばせないなんて言《い》わないでください。そんなことになったら、わたしの人生《じんせい》は悲《かな》しみの黒《くろ》い雲《くも》におおいつくされてしまいます」

人《ひと》のいいミセス・リンドなら、あっという間《ま》に態度《たいど》をやわらげそうなこの演説《えんぜつ》も、ミセス・バリーにはさっぱりきかないばかりか、逆《ぎゃく》にいらだたせることになった。ミセス・バリーはアンの大《おお》げさなことばづかいや派手《はで》な身《み》ぶり手《て》ぶりにうさんくささを感《かん》じて、からかわれたとかんちがいしていた。

ミセス・バリーは、ひややかにこう言《い》い放《はな》った。

「あなたのような子《こ》がダイアナの遊《あそ》び相手《あいて》にふさわしいとは思《おも》えません。家《いえ》に帰《かえ》っておとなしくしていなさい」

アンはくちびるをふるわせ、すがるように言《い》った。

「最後《さいご》に一度《いちど》だけ、ダイアナにお別《わか》れを言《い》わせてください」

「ダイアナは父親《ちちおや》とカーモディに出《で》かけています」

ミセス・バリーはそう言《い》うと、家《いえ》にはいってドアを閉《し》めた。

絶望《ぜつぼう》したアンは、すごすごとグリーン・ゲイブルズに引《ひ》き返《かえ》した。

「最後《さいご》の望《のぞ》みも消《き》えてしまったわ」アンはマリラに言《い》った。

「わたしもバリーさんに会《あ》いにいったんだけど、すごく無《ぶ》礼《れい》なあつかいを受《う》けたの。マリラ、わたし、あの人《ひと》が育《そだ》ちのいい女性《じょせい》とは思《おも》えないわ。もう祈《いの》るしかないけど、たぶんうまくいかないでしょうね。だって、マリラ、バリーさんみたいな頑《がん》固《こ》者《もの》は、神《かみ》さまだって動《うご》かせそうにないもの」

「アン、そんなことを言《い》うものじゃありません」

マリラはそう言《い》ってたしなめながら、つい笑《わら》いたくなるという罰《ばち》あたりなくせをけんめいにおさえこんだ。困《こま》ったことにそのくせはだんだんひどくなってきていた。じっさい、その夜《よる》、事《こと》のしだいをマシューに話《はな》したときも、アンの苦《く》境《きょう》がおかしくて、思《おも》いきり笑《わら》ってしまった。

それでも、休《やす》むまえに東《ひがし》の切妻部屋《きりづまべや》にようすをうかがいにいって、泣《な》き疲《つか》れて眠《ねむ》っているアンを見《み》つめるマリラの顔《かお》には、柄《がら》にもないやさしさがにじんでいた。

「かわいそうに」

マリラはそうつぶやき、涙《なみだ》にぬれた顔《かお》からほつれた巻《ま》き毛《げ》をそっとはらいのけると、身《み》をかがめて、枕《まくら》の上《うえ》に横《よこ》たわるほんのり赤味《あかみ》のさしたほおに、そっとくちびるを寄《よ》せた。

新《あたら》しいはりあい

翌日《よくじつ》の午後《ごご》、窓辺《まどべ》でパッチワークをしていたアンがふと外《そと》を見《み》ると、〈ドリュアスの泉《いずみ》〉の近《ちか》くでダイアナが意味《いみ》ありげに手《て》をふっていた。アンはすぐに家《いえ》を出《で》て、くるくると表情《ひょうじょう》が変《か》わる大《おお》きな目《め》をおどろきと希望《きぼう》にかがやかせながら、窪地《くぼち》へと走《はし》った。しかし、ダイアナのしょんぼりした顔《かお》を見《み》たところで、希望《きぼう》のほうは消《き》えていった。

「お母《かあ》さんは、まだ怒《おこ》ってるのね？」

アンが息《いき》を切《き》らしながらたずねると、ダイアナは悲《かな》しそうにうなずいた。

「そうなの。アン、あなたとはもう遊《あそ》んじゃいけないって言《い》うのよ。泣《な》いて、泣《な》いて、あれはあなたのせいじゃないって説明《せつめい》したんだけど、だめだったわ。あなたにさよならを言《い》いにいかせてって、一生懸命《いっしょうけんめい》お願《ねが》いして、どうにか許《ゆる》してもらったの。十分《じっぷん》だけっていう約束《やくそく》でね。母《かあ》さんは時計《とけい》を見《み》ながら待《ま》ってるわ」

「永遠《えいえん》の別《わか》れを言《い》うのに十分《じっぷん》じゃ足《た》りないわ」

アンは目《め》に涙《なみだ》を浮《う》かべて言《い》った。

「ああ、ダイアナ、わたしを忘《わす》れないって約束《やくそく》してくれる？　この先《さき》、親《した》しい友《とも》だちができても、若《わか》かりし日《ひ》のそなたの友人《ゆうじん》として？」

「もちろんよ」ダイアナもすすり泣《な》きをはじめた。

「この先《さき》、二度《にど》と腹心《ふくしん》の友《とも》をもたないことも約束《やくそく》するわ。もちたくないの。あなたを愛《あい》するようにだれかを愛《あい》することなんて、ぜったいにできないもの」

「ああ、ダイアナ」

アンは胸《むね》のまえで両手《りょうて》を組《く》み、大声《おおごえ》をあげた。

「わたしを愛《あい》してくれているの？」

「あら、きまってるじゃない。知《し》らなかったの？」

「ええ」

アンはゆったり息《いき》を吸《す》いこんだ。

「もちろん好《す》いてくれているのはわかっていたけど、愛《あい》してもらおうなんて思《おも》っていなかったわ。だれかに愛《あい》してもらえるなんて、思《おも》ってもみなかったことよ。だって、物心《ものごころ》ついてから、だれかに愛《あい》されたことが一度《いちど》もないんだもの。ああ、なんてすてきなの！　まるで、そなたとのあいだをわかつ真《ま》っ暗《くら》な道《みち》を永遠《えいえん》に照《て》らす一筋《ひとすじ》の光《ひかり》のよう……ねえ、もう一度《いちど》、言《い》ってみて？」

「あなたを心《こころ》から愛《あい》してるわ、アン。これからもずっとよ。信《しん》じて」ダイアナは言《い》った。

「ダイアナ、われもそなたをとわに愛《あい》しつづけます」

アンはそう言《い》ってうやうやしく手《て》を差《さ》しだした。

「そなたとの思《おも》い出《で》は、さみしきわが人生《じんせい》で、星《ほし》のごとくかがやきつづけることでしょう。そう、最後《さいご》に一緒《いっしょ》に読《よ》んだ物語《ものがたり》にあったように。ダイアナよ、お別《わか》れにあたり、そなたの黒髪《くろかみ》をひと房《ふさ》いただけぬか？」

「何《なに》か切《き》るものを持《も》ってる？」

ダイアナは、アンの芝居《しばい》がかった物言《ものい》いに心《こころ》をゆさぶられ、新《あら》たにあふれだした涙《なみだ》をぬぐいながら、いつもどおりのことばでたずねた。

「ええ。ちょうど、エプロンのポケットにパッチワーク用《よう》のハサミがあるわ」

アンはそう言《い》って、しかつめらしくダイアナの巻《ま》き毛《げ》をひと房切《ふさき》り取《と》った。

「さらば、愛《いと》しき友《とも》よ。いまこのときから、となりの家《いえ》に暮《く》らしながら、他人《たにん》として生《い》きていかねばなりません。それでもわが心《こころ》はそなたとともにあります」

アンはその場《ば》に残《のこ》ってダイアナを見送《みおく》った。ダイアナがうしろをふりかえるたび、悲《かな》しそうに手《て》をふって名残《なごり》をおしんだ。やがて見《み》えなくなると、自分《じぶん》も家《いえ》に戻《もど》ったが、こうしてロマンティックな別《わか》れのひとときを楽《たの》しんだことは、アンにとって、大《おお》きななぐさめになった。

「何《なに》もかも終《お》わったわ」

アンはマリラに報告《ほうこく》した。

「もうけっして友《とも》だちは作《つく》らないわ。こんな悲《かな》しみはこりごりだもの。いまはケイティ・モーリスもヴァイオレッタもいないし、もしいたとしても、あのころのようにはつきあえないわ。ほんものの友《とも》だちを知《し》ってしまったいま、どうすれば空想《くうそう》のなかの女《おんな》の子《こ》に満足《まんぞく》できるというの？　ダイアナとは泉《いずみ》のほとりで感動的《かんどうてき》なお別《わか》れをしたの。そのお別《わか》れは、神聖《しんせい》な思《おも》い出《で》として、永遠《えいえん》にわたしの心《こころ》に残《のこ》るわ。できるだけ悲《かな》しい場面《ばめん》にふさわしいことばを使《つか》ったのよ。『そなた』って言《い》ったほうが『あなた』って言《い》うより、ずっとロマンティックでしょ。ダイアナが髪《かみ》をひと房《ふさ》くれたから、小《ちい》さな袋《ふくろ》に入《い》れて、一生首《いっしょうくび》からさげて歩《ある》くわ。わたしをお墓《はか》にうめるときは、それも一緒《いっしょ》にうめてね。わたし、そんなに長《なが》くは生《い》きられない気《き》がするのよ。冷《つめ》たくなって横《よこ》たわっているわたしの死体《したい》を見《み》れば、バリーさんも自分《じぶん》がしたことをくやんで、ダイアナがわたしの葬式《そうしき》に行《い》くのを許《ゆる》してくれるかもしれないわ」

「そうやってぺらぺらしゃべれているうちは、悲《かな》しみで死《し》ぬ心配《しんぱい》はありませんよ、アン」

マリラはそっけなく言《い》った。

次《つぎ》の月曜日《げつようび》、アンはマリラをおどろかせた。意《い》を決《けっ》したようにくちびるをぎゅっと結《むす》び、教科書《きょうかしょ》を入《い》れたバスケットをさげて、部屋《へや》からおりてきたのだ。

「学校《がっこう》に戻《もど》ることにしたわ」

アンは宣言《せんげん》した。

「親友《しんゆう》との仲《なか》を引《ひ》き裂《さ》かれて、生《い》きる楽《たの》しみがなくなってしまったの。学校《がっこう》に行《い》って、彼《かの》女《じょ》の姿《すがた》を見《み》て、すぎさりし日々《ひび》の思《おも》い出《で》にどっぷりひたらなくちゃ」

「どっぷりひたらなくちゃならないのは、学科《がっか》や計算《けいさん》でしょうが」

マリラは、状況《じょうきょう》の好転《こうてん》をよろこばしく思《おも》う気持《きも》ちをアンにさとられないようにして言《い》った。

「学校《がっこう》へ戻《もど》るなら、人《ひと》の頭《あたま》で石盤《せきばん》を割《わ》るようなことは二度《にど》としないでもらいたいわね。行儀《ぎょうぎ》よくふるまって、先生《せんせい》の言《い》うとおりにするんですよ」

「模範生《もはんせい》をめざすことにするわ」

アンは悲《かな》しそうに同意《どうい》した。

「でも、それってあんまり楽《たの》しそうじゃないのよね。フィリップス先生《せんせい》から模範生《もはんせい》と言《い》われているミニー・アンドリューズには、想像力《そうぞうりょく》とか、きらきらしたところがひとつも見《み》あたらないの。退屈《たいくつ》でのろまで、一度《いちど》でも楽《たの》しくすごしたことがあるとは思《おも》えない子《こ》なのよ。でも、これだけ落《お》ちこんでいるいまのわたしなら、簡単《かんたん》に模範生《もはんせい》になれそうよ。学校《がっこう》へは街道《かいどう》を通《とお》って行《い》くわ。ひとりで〈カバノキの道《みち》〉を歩《ある》くなんてとても無理《むり》。そんなことをしたら、涙《なみだ》があふれて止《と》まらなくなるもの」

学校《がっこう》に戻《もど》ると、アンはおおいに歓迎《かんげい》された。ゲームをするときにはアンの想像力《そうぞうりょく》を、歌《うた》を歌《うた》うときにはアンの声《こえ》を、昼休《ひるやす》みに本《ほん》を朗読《ろうどく》するときにはアンのお芝居《しばい》の才能《さいのう》を思《おも》いだして、みな、さみしい思《おも》いをしていたのだ。聖書《せいしょ》を読《よ》む時間《じかん》に、ルビー・ギリスが青《あお》いプラムの実《み》を三《みっ》つ、こっそり渡《わた》してきた。エラ・メイ・マクファーソンは花《はな》のカタログの表《ひょう》紙《し》から切《き》り取《と》った大《おお》きな黄色《きいろ》いパンジーの絵《え》をくれた。アヴォンリーの子《こ》どもたちは、そういうきれいな絵《え》を大事《だいじ》にとっておいて、学校《がっこう》の机《つくえ》の飾《かざ》りに使《つか》っていた。ソフィア・スローンはエプロンのふち飾《かざ》りに使《つか》える、完璧《かんぺき》にエレガントなレース編《あ》みのやり方《かた》を教《おし》えると言《い》ってきた。ケイティー・ボールターは石盤《せきばん》消《け》しの水《みず》を入《い》れる香水《こうすい》の壜《びん》をくれた。ジュリア・ベルはふちが波形《なみがた》にカットされた薄《うす》いピンク色《いろ》の紙《かみ》に、丁寧《ていねい》な文字《もじ》でこんな思《おも》いを書《か》いて渡《わた》してきた。

夕闇《ゆうやみ》のカーテンがおりて
そこに星《ほし》のピンがささりだしたら
友《とも》を思《おも》いだそう

その友《とも》が、はるかかなたをさまよっているとしても
「人《ひと》によろこんでもらえるって、本当《ほんとう》にいいものね」
その夜《よる》、アンはマリラにそう言《い》って、幸《しあわ》せそうにため息《いき》をついた。
アンの復帰《ふっき》をよろこんだのは女《おんな》の子《こ》だけではなかった。昼休《ひるやす》みのあと、フィリップス先生《せんせい》に言《い》われてミニー・アンドリューズのとなりの席《せき》に向《む》かったアンは、机《つくえ》の上《うえ》にイチゴのようなかたちをしたおいしそうなリンゴが置《お》いてあることに気《き》づいた。いままさにかぶりつこうとしたそのとき、アヴォンリーでこの種類《しゅるい》のリンゴを育《そだ》てているのは、〈かがやきの湖《みずうみ》〉の対岸《たいがん》にあるブライス家《け》の果樹園《かじゅえん》だけだということを思《おも》いだした。アンは真《ま》っ赤《か》に燃《も》えさかる石炭《せきたん》でもつかんだかのようにリンゴを放《ほう》りだして、これ見《み》よがしにハンカチで手《て》をふいた。リンゴは翌朝《よくあさ》までそのままアンの机《つくえ》の上《うえ》にあったが、学校《がっこう》の掃除《そうじ》と火《ひ》おこしをまかされているティモシー・アンドリューズが、自分《じぶん》へのほうびとして持《も》ち帰《かえ》った。チャーリー・スローンは赤《あか》と黄色《きいろ》の縞模様《しまもよう》の紙《かみ》で華《はな》やかに飾《かざ》られた石盤用《せきばんよう》のペンをプレゼントしてくれた。それも、一《いっ》セントで買《か》えるふつうのペンではなく、二《に》セントの高級品《こうきゅうひん》だっ

た。昼休《ひるやす》みのあと、アンのもとに届《とど》けられたペンは、リンゴよりもはるかに温《あたた》かく迎《むか》えられた。アンがそのプレゼントを快《こころよ》く受《う》けとり、送《おく》り主《ぬし》の気持《きも》ちに笑《え》みで応《こた》えると、アンにのぼせているチャーリーは、一気《いっき》に歓喜《かんき》のてっぺんにかけのぼり、そのせいで書《か》き取《と》りをさんざんまちがえて、フィリップス先生《せんせい》から放課後《ほうかご》の居残《いのこ》りを命《めい》じられる羽目《はめ》になった。

しかしながら、ガーティー・パイのとなりに座《すわ》っているダイアナ・バリーは、贈《おく》り物《もの》はおろか、目《め》くばせひとつよこさず、アンの晴《は》れやかな気持《きも》ちに暗《くら》い影《かげ》を落《お》とした。それは、ブルータスの胸像《きょうぞう》をもたずに進《すす》んだシーザーの行列《ぎょうれつ》が、かえってブルータスの不在《ふざい》を思《おも》い起《お》こさせることになったのと同《おな》じだった。

「ただ一度《いちど》笑《わら》いかけてくれるだけでいいのに……」

その夜《よる》、アンはマリラにそう言《い》って悲《かな》しみを打《う》ち明《あ》けた。

ところが、翌朝《よくあさ》、このうえなくしっかり折《お》りたたまれた美《うつく》しい手紙《てがみ》と小《ちい》さな包《つつ》みがアンのもとに届《とど》けられた。

親愛《しんあい》なるアン

あなたとは学校《がっこう》でも遊《あそ》んだり話《はなし》をしたりしてはいけないと命《めい》じられています。わたしのせいじゃないし、わたしをうらまないでください。いままでと同《おな》じようにあなたを愛《あい》していいます。あなたに秘密《ひみつ》を打《う》ち明《あ》けられないのはすごくさみしいし、ガーティー・パイのことはちっとも好《す》きになれません。あなたのために赤《あか》い薄紙《うすがみ》で新《あたら》しいしおりを作《つく》りました。学校《がっこう》でいますごくはやっているけど、作《つく》り方《かた》を知《し》っているのは三人《さんにん》だけです。しおりを見《み》たらわたしを思《おも》いだしてください。

あなたの真《しん》の友《とも》
ダイアナ・バリー

アンは手紙《てがみ》を読《よ》み、しおりにキスをすると、いそいそと返事《へんじ》をしたため、教室《きょうしつ》の反対側《はんたいがわ》へ送《おく》り返《かえ》した。

わが愛《いと》しのダイアナ

もちろん怒《おこ》ってなどいません。お母《かあ》さんの命令《めいれい》にはしたがうしかないんですもの。それに、わたしたちは心《こころ》で語《かた》り合《あ》えます。すてきなプレゼントはずっと大事《だいじ》にします。ミニー・アンドリューズは、想像力《そうぞうりょく》はないけど、とてもいい子《こ》です。でも、ダイアナという腹《ふく》心《しん》の友《とも》がいる以上《いじょう》、ミニーの腹心《ふくしん》の友《とも》にはなれません。つづりまちがいがあったら許《ゆる》してください。だいぶましになったけど、まだあまり得意《とくい》じゃないの。

死《し》がふたりをわかつまであなたのものである
アン、もしくはコーデリア・シャーリー

追伸《ついしん》　今夜《こんや》はあなたの手紙《てがみ》を枕《まくら》の下《した》に入《い》れて寝《ね》ます。A《エー》、もしくはC《シー》・S《エス》

こうしてアンはまた学校《がっこう》に通《かよ》いだしたが、マリラとしては、いずれまたさわぎを起《お》こすものとなかばあきらめていた。ところが、そうはならなかった。ミニー・アンドリューズから模範生《もはんせい》の心《こころ》がけを学《まな》んだのか、フィリップス先生《せんせい》とも、まずまずうまくつきあっていた。

アンは、すべての学科《がっか》でギルバート・ブライスの上《うえ》に立《た》つと心《こころ》に決《き》めて、がむしゃらに勉強《べんきょう》した。ふたりのライバル関係《かんけい》はあっという間《ま》に全校生徒《ぜんこうせいと》に知《し》れわたった。ギルバートのほうに敵意《てきい》はなかったが、アンも同《おな》じとはいえなかった。けっしてほめられたことではないが、一度《いちど》いだいたうらみはいつまでも忘《わす》れないのが、アンという人間《にんげん》だった。アンの憎《にく》しみには、愛情《あいじょう》に勝《まさ》るともおとらぬ激《はげ》しさがあった。ただし、アンとしては、ギルバートを学業《がくぎょう》のライバルと認《みと》めるわけにはいかなかった。認《みと》めれば、無視《むし》をしていることにならないからだ。

それでも、優等賞《ゆうとうしょう》はふたりのあいだを行《い》き来《き》するようになった。ギルバートが書《か》き取《と》りで一番《いちばん》になれば、こんどはアンが赤毛《あかげ》のおさげをひとふりしてそれを追《お》い越《こ》した。ある朝《あさ》、計算《けいさん》のテストで満点《まんてん》をとったギルバートの名前《なまえ》が黒板《こくばん》に書《か》かれれば、翌朝《よくあさ》には、徹夜《てつや》で小《しょう》数《すう》の計算《けいさん》を勉強《べんきょう》したアンの名前《なまえ》が書《か》かれた。アンとギルバートが同点《どうてん》をとり、ふたりの名《な》前《まえ》が黒板《こくばん》に一緒《いっしょ》に書《か》かれることもあった。アンにとっては〝ご注目《ちゅうもく》〟とひやかされるのと同《おな》じくらいおぞましい話《はなし》で、ギルバートはよろこんだが、アンはくやしがった。月末《げつまつ》ごとにおこなわれる筆記試験《ひっきしけん》では異様《いよう》なまでに緊張《きんちょう》が高《たか》まった。最初《さいしょ》の月《つき》は、ギルバートが三《さん》点差《てんさ》で一位《いちい》になり、つぎの月《つき》は五点差《ごてんさ》でアンが一位《いちい》になった。とはいえ、ギルバートが全《ぜん》校生徒《こうせいと》のまえでアンの勝利《しょうり》をたたえたことで、アンはさほどよろこべなくなった。ギルバートが敗北《はいぼく》にうちひしがれてくれたら、もっといい気分《きぶん》になれていたのに……

教《おし》えているのがあのフィリップス先生《せんせい》だとしても、アンのように固《かた》い決意《けつい》をもって学《まな》ぼうという生徒《せいと》が進歩《しんぽ》しないはずはなかった。学期末《がっきまつ》にはアンもギルバートも五学年《ごがくねん》に進級《しんきゅう》し、ラテン語《ご》、幾何《きか》、フランス語《ご》、代数《だいすう》といった特別《とくべつ》クラスの基礎《きそ》を学《まな》びはじめた。そのなかの幾何《きか》で、アンはつまずいた。

「さっぱりわからないのよ、マリラ」

アンはうめくように言《い》った。

「わたしにわかるのは何《なに》がなんだかさっぱりわからないってことだけ。幾何《きか》には想像《そうぞう》を広《ひろ》げるゆとりがぜんぜんないの。フィリップス先生《せんせい》に、こんなだめな生徒《せいと》ははじめてだって言《い》われたわ。それに、ギル——ほかの生徒《せいと》のひとりがばかに優秀《ゆうしゅう》でね。くやしいったらありゃしない。ダイアナだってわたしよりはましなのよ。でも、ダイアナに負《ま》けるのはぜんぜん気《き》にならないわ。知《し》らない者同士《ものどうし》みたいな顔《かお》をしていても、彼女《かのじょ》への愛《あい》はけっして消《き》えないからね。もちろん、ダイアナのことを考《かんが》えるとすごく悲《かな》しくなるわ。でもね、マリラ、こんなにおもしろい世界《せかい》にいるんだもの、そうそう悲《かな》しんでばかりもいられないわよね？」

アン、命《いのち》を助《たす》ける

大《おお》きな事《こと》というのは、すべて小《ちい》さな事《こと》の延長《えんちょう》にある。カナダの首相《しゅしょう》が遊説先《ゆうぜいさき》にプリンス・エドワード島《とう》を選《えら》んだことが、グリーン・ゲイブルズのアン・シャーリーの運命《うんめい》を動《うご》かしたと言《い》っても、にわかには信《しん》じてもらえないだろう。しかし、本当《ほんとう》に動《うご》かしたのである。

一月《いちがつ》、首相《しゅしょう》の来島《らいとう》に合《あ》わせて、シャーロットタウンで大《おお》きな政治集会《せいじしゅうかい》がもよおされた。集会《しゅうかい》には彼《かれ》の忠実《ちゅうじつ》な支持者《しじしゃ》も、そうでない者《もの》も参加《さんか》した。アヴォンリーの住人《じゅうにん》はほとんどが首相《しゅしょう》が所属《しょぞく》する保守党《ほしゅとう》の支持者《しじしゃ》で、集会《しゅうかい》の夜《よる》は、ほぼすべての男《おとこ》たちと、かなりの割合《わりあい》の女《おんな》たちが、三十《さんじゅう》マイル（約四十八《やくよんじゅうはち》キロ）はなれたシャーロットタウンに出《で》かけていった。ミセス・リンドもそのひとりだった。ミセス・リンドは政治《せいじ》にとても熱心《ねっしん》で、支持《しじ》しているのは対抗勢力《たいこうせいりょく》の自由党《じゆうとう》だが、自分《じぶん》が参加《さんか》しない政治集会《せいじしゅうかい》は政治集会《せいじしゅうかい》ではないとさえ考《かんが》えていた。ミセス・リンドは夫《おっと》のトマスをしたがえて——馬《うま》の面倒《めんどう》を見《み》る者《もの》がいたほうが便《べん》利《り》というのがその理由《りゆう》だった——町《まち》へ出《で》かけていった。マリラ・カスバートも政治《せいじ》にはそれなりに関心《かんしん》があったし、これを逃《のが》せばほんものの首相《しゅしょう》を目《め》にする機会《きかい》は二度《にど》とめぐってこないと考《かんが》えて、翌日帰宅《よくじつきたく》するまでの家事《かじ》をアンとマシューにたのんで、リンド夫妻《ふさい》に同行《どうこう》することにした。

そんなわけで、マリラとミセス・リンドが集会《しゅうかい》を楽《たの》しんでいるころ、グリーン・ゲイブルズの快適《かいてき》な台所《だいどころ》は、アンとマシューが独占《どくせん》していた。昔《むかし》ながらの料理用《りょうりよう》ストーブに赤々《あかあか》と火《ひ》が燃《も》え、窓《まど》ガラスに青白《あおじろ》い霜柱《しもばしら》がかがやいていた。マシューはソファで『農民《のうみん》の声《こえ》』という雑誌《ざっし》を手《て》にしたまま、舟《ふね》をこいでいた。アンは確固《かっこ》たる決意《けつい》のもと、テーブルで勉強《べんきょう》にいそしんでいたが、ときどき、これ以上《いじょう》はもう一秒《いちびょう》だってがまんできないという顔《かお》で、時計《とけい》の棚《たな》に目《め》をやることがあった。そこには、その日《ひ》、ジェーン・アンドリューズから借《か》りてきた新《あたら》しい本《ほん》が置《お》いてあって、ジェーンがスリル満点《まんてん》とうけあったその本《ほん》に手《て》をのばしたくて、うずうずしていたのだ。しかし、その欲望《よくぼう》に負《ま》けることは、翌日《よくじつ》のテストで、ギルバート・ブライスに負《ま》けることでもあった。アンは時計《とけい》の棚《たな》に背《せ》を向《む》け、そもそも本《ほん》など存在《そんざい》していないと考《かんが》えることにした。

「マシュー、学校《がっこう》に通《かよ》っていたころ、幾何《きか》は習《なら》った？」

「うーむ、たしか、習《なら》わなかったな」マシューはハッと目《め》を覚《さ》まして答《こた》えた。

「習《なら》っていてほしかったな」アンはため息《いき》をついた。

「そしたら同情《どうじょう》してもらえたのに。習《なら》ったことがない人《ひと》に、ほんものの同情《どうじょう》はできないもの。ああ、人生《じんせい》が雲《くも》におおいつくされていくわ。わたし、幾何《きか》ではひどい落《お》ちこぼれなの、マシュー」

「うーむ、そんなことはないさ」マシューはやさしくなだめた。

「おまえはなんでもよくできるじゃないか。先週《せんしゅう》、カーモディのブレアの店《みせ》でフィリップス先生《せんせい》が言《い》っていたぞ。おまえは学校《がっこう》で一番《いちばん》かしこいし、めざましい進歩《しんぽ》が見《み》られるって。『めざましい進歩《しんぽ》』と言《い》ったんだぞ。テディ・フィリップスはろくな教師《きょうし》じゃないとけなす者《もの》もいるが、そう悪《わる》くないじゃないか」

マシューにかかれば、アンをほめる人間《にんげん》は、だれであれ、〝悪《わる》くない〟ということになるのだろう。

「記号《きごう》の文字《もじ》を変《か》えずにいてくれれば、それだけでもっとうまくつきあえるはずなのよ」

アンは不満《ふまん》げに言《い》った。

「せっかく課題《かだい》を暗記《あんき》していっても、先生《せんせい》が黒板《こくばん》に教科書《きょうかしょ》とべつの文字《もじ》を使《つか》って書《か》くから、すっかり混乱《こんらん》してしまって。教師《きょうし》だからってそんなひきょうなことをしていいのかしら？いま、農業《のうぎょう》の勉強《べんきょう》もしていて、どうしてこのへんの道《みち》が赤《あか》いのか、ついにわかったのよ。すごくほっとしたわ。マリラとリンドさんは楽《たの》しんでいるかしら？　リンドさんが、言《い》ってたわ。オタワみたいなやり方《かた》じゃカナダはだめになるから、投票権《とうひょうけん》のある人《ひと》はじっくり考《かんが》えなくちゃいけないって。女《おんな》の人《ひと》が投票《とうひょう》できるようになったら、すぐにすばらしい変化《へんか》が見《み》られるとも言《い》ってたわ。マシューはどっちの党《とう》の候補者《こうほしゃ》に投票《とうひょう》するの？」

「保守党《ほしゅとう》だ」マシューはためらいなく答《こた》えた。

保守党《ほしゅとう》への投票《とうひょう》は、マシューにとって信仰《しんこう》のようなものだった。

「それじゃ、わたしも保守党《ほしゅとう》にするわ」アンはきっぱりと言《い》った。

「よかった。だってギル——クラスの男《おとこ》の子《こ》のひとりが自由党《じゆうとう》なの。たぶんフィリップス先生《せんせい》も自由党《じゆうとう》よ。プリッシー・アンドリューズのお父《とう》さんがそうだから。ルビー・ギリスが言《い》うには、男《おとこ》の人《ひと》がだれかに結婚《けっこん》を申《もう》しこむときは、宗教《しゅうきょう》は相手《あいて》の母親《ははおや》に、政党《せいとう》は父親《ちちおや》に合《あ》わせなくちゃいけないんですって。それって本当《ほんとう》なの、マシュー？」

「うーむ、どうだろうね」

「マシューは結婚《けっこん》を申《もう》しこんだことがあるの？」

「うーむ、たしか、なかったと思《おも》うが」

マシューは生《う》まれてこのかた、求婚《きゅうこん》など考《かんが》えたこともなかった。

アンはほおづえをついて考《かんが》えこんだ。

「おもしろそうだと思《おも》わない、マシュー？　ルビー・ギリスは、大人《おとな》になったら男《おとこ》の人《ひと》をおおぜいふりむかせて、全員《ぜんいん》が自分《じぶん》に夢中《むちゅう》になるように仕向《しむ》けるって言《い》うんだけど、それはちょっと刺激《しげき》が強《つよ》すぎるんじゃないかしら。わたしはまともな人《ひと》がひとりふりむいてくれればじゅうぶん。でも、ルビーはお姉《ねえ》さんがたくさんいるから、その手《て》のことにとてもくわしいの。それに、リンドさんもギリス家《け》の娘《むすめ》たちはホットケーキみたいにつぎつぎに売《う》れていくって言《い》ってたわ。フィリップス先生《せんせい》は毎晩《まいばん》のようにプリッシー・アンドリューズに会《あ》いにいっているのよ。勉強《べんきょう》を見《み》るためって言《い》ってるけど、先生《せんせい》が勉強《べんきょう》を見《み》てあげなくちゃいけないのは、同《おな》じようにクイーンズ・アカデミーをめざしているミランダ・スローンだと思《おも》うわ。だって、プリッシーよりはるかにできが悪《わる》いんだもの。それなのに、ミランダの勉強《べんきょう》は見《み》にいかない。この世《よ》はよくわからないことだらけだわ、マシュー」

「うーむ、そのあたりのことは、よくわからないからなあ」マシューは認《みと》めた。

「さてと、勉強《べんきょう》をすませてしまうわね。それまでジェーンが貸《か》してくれた本《ほん》を開《ひら》くわけにはいかないの。でも、読《よ》みたくてたまらないわ、マシュー。背《せ》を向《む》けて見《み》ないようにしているのに、ありありと目《め》に浮《う》かぶのよ。ジェーンは具合《ぐあい》が悪《わる》くなるほど泣《な》いたんですって。泣《な》ける話《はなし》って、いいわよね。でも、この本《ほん》は居間《いま》のジャムの戸棚《とだな》に入《い》れてかぎをかけて、そのかぎをマシューに預《あず》けておこうかと思《おも》うの。勉強《べんきょう》がすむまでは、たとえひざまずいてたのんでもぜったいに渡《わた》さないでね。誘惑《ゆうわく》にあらがうのって口《くち》で言《い》うほど簡単《かんたん》じゃないけど、そうしてもらえたら、ずっと簡単《かんたん》になるわ。ついでに、地下《ちか》に冬《ふゆ》リンゴをとりにいくけど、マシューも食《た》べる?」

「うーむ、では、いただくとするかな」マシューは言《い》った。

ふだんは口《くち》にしない種類《しゅるい》のリンゴだが、アンの好物《こうぶつ》と知《し》っていたのだ。

アンがリンゴをのせた皿《さら》を持《も》って元気《げんき》よく地下《ちか》の食料貯蔵室《しょくりょうちょぞうしつ》から出《で》てきたちょうどその

とき、家《いえ》の外《そと》の凍《い》てついた板張《いたば》りの道《みち》を急《いそ》ぐ足音《あしおと》が聞《き》こえた。そして、つぎの瞬間《しゅんかん》、台所《だいどころ》のドアが勢《いきお》いよく開《ひら》いて、ダイアナ・バリーがかけこんできた。あわててかぶってきたショールの下《した》の顔《かお》は真《ま》っ青《さお》で、ひどい息切《いきぎ》れだった。おどろいたアンは、持《も》っていたろうそくと皿《さら》を放《ほう》りだした。皿《さら》、ろうそく、リンゴがぶつかりあいながら地下室《ちかしつ》への階段《かいだん》をころがり落《お》ちていった。翌日《よくじつ》、階段《かいだん》の下《した》で溶《と》けたろうを見《み》つけたマリラは、それを片《かた》づけながら、火事《かじ》にならなかったことを神《かみ》に感謝《かんしゃ》した。

「いったいどうしたの、ダイアナ？　とうとうお母《かあ》さんから許《ゆる》しが出《で》たの？」

アンは大《おお》きな声《こえ》でたずねた。

「ああ、アン、すぐに来《き》て」

ダイアナは不安《ふあん》でたまらないといったようすで、すがるように言《い》った。

「ミニー・メイの具合《ぐあい》が悪《わる》いの。メアリー・ジョーは、きっと咽頭炎《いんとうえん》だって言《い》ってるわ。父《とう》さんも母《かあ》さんも町《まち》へ行《い》ってしまったし、お医者《いしゃ》さまを呼《よ》びにいく人《ひと》もいないのよ。ミニー・メイはすごく苦《くる》しそうだし、どうすればいいか、メアリー・ジョーにもわからないし……ああ、アン、わたし、こわいわ！」

マシューは何《なに》も言《い》わず帽子《ぼうし》と上着《うわぎ》に手《て》をのばし、ダイアナの横《よこ》をすり抜《ぬ》けて真《ま》っ暗《くら》な庭《にわ》へ出《で》ていった。

「マシューは馬《うま》を用意《ようい》して、カーモディにお医者《いしゃ》さまを呼《よ》びにいったのよ」アンは大急《おおいそ》ぎで頭巾《ずきん》と上着《うわぎ》を身《み》につけながら言《い》った。「何《なに》も言《い》わなくても言《い》ったみたいにわかるの。マシューとわたしは〈同《おな》じたましいの持《も》ち主《ぬし》〉だから」

「カーモディに行《い》ってもお医者《いしゃ》さまは見《み》つからないわ」

ダイアナはむせび泣《な》きながら言《い》った。

「ブレア先生《せんせい》は町《まち》に出《で》かけているわ。たぶん、スペンサー先生《せんせい》もよ。メアリー・ジョーは咽頭炎《いんとうえん》にかかった子《こ》を見《み》たことがないの。リンドさんも出《で》かけてしまったし……ああ、アン……」

「泣《な》かないで、ダイアナ」アンは明《あか》るい声《こえ》で言《い》った。

「咽頭炎《いんとうえん》にかかった子《こ》に何《なに》をすればいいか、わたし、ちゃんと知《し》ってるわ。ハモンドさんが三回《さんかい》つづけて双子《ふたご》を産《う》んだ話《はなし》をしたでしょ。三組《さんくみ》の双子《ふたご》の世話《せわ》をすれば、自然《しぜん》といろいろなことを経験《けいけん》できるものなの。あの子《こ》たちもつぎつぎ咽頭炎《いんとうえん》にかかったわ。トコン（吐《は》き薬《ぐすり》）の壜《びん》をとってくるからちょっと待《ま》っていて。あなたの家《いえ》にないといけないから。さあ、行《い》きましょう」

ふたりは手《て》をつないで〈恋人《こいびと》の小道《こみち》〉を急《いそ》ぎ、カチカチに凍《こお》った草原《そうげん》を横切《よこぎ》った。森《もり》の近道《ちかみち》は雪《ゆき》が深《ふか》くて通《とお》れなかったのだ。ミニー・メイには申《もう》し訳《わけ》ないが、アンにはこの状況《じょうきょう》がロマンティックに思《おも》えてならなかったし、それを〈同《おな》じたましいの持《も》ち主《ぬし》〉と分《わ》かちあえることに、幸《しあわ》せを感《かん》じていた。

その夜《よる》はよく晴《は》れて冷《ひ》えこんでいた。真《ま》っ暗《くら》な闇《やみ》に銀色《ぎんいろ》の雪《ゆき》の斜面《しゃめん》が浮《う》かびあがり、静《しず》まりかえった雪原《せつげん》の上《うえ》には大《おお》きな星々《ほしぼし》がまたたいていた。先《さき》のとがった黒《くろ》いモミが、その枝《えだ》に粉雪《こなゆき》をまとってそこここにたたずみ、そのあいだを風《かぜ》が吹《ふ》き抜《ぬ》けていった。この神秘《しんぴ》的《てき》な世界《せかい》を、しばらく遠《とお》ざかっていた腹心《ふくしん》の友《とも》と分《わ》かちあえていることが、アンは心底《しんそこ》うれしかった。

三《みっ》つになるミニー・メイは、本当《ほんとう》に苦《くる》しそうだった。熱《ねつ》にうかされながら、台所《だいどころ》のソファに横《よこ》たわる彼女《かのじょ》のつらそうな息《いき》づかいが、家《いえ》じゅうに響《ひび》いていた。ベビー・シッターとして雇《やと》われたメアリー・ジョーは、途方《とほう》に暮《く》れておろおろするばかりで、何《なに》をすべきかまるで考《かんが》えられなくなっていた。あるいは、考《かんが》えていたのかもしれないが、それを実行《じっこう》に移《うつ》すことができずにいた。

アンは慣《な》れたようすですぐに仕事《しごと》にとりかかった。

「ミニー・メイの病気《びょうき》はたしかに咽頭炎《いんとうえん》ね。とてもひどいけど、もっとひどい咽頭炎《いんとうえん》を見《み》たことがあるわ。何《なに》はともあれ熱《あつ》いお湯《ゆ》がたくさんいるわ。まあ、ダイアナ、やかんのお湯《ゆ》が茶碗一杯《ちゃわんいっぱい》ぶんしか残《のこ》っていないじゃないの！　ほら、水《みず》を足《た》したから、メアリー・ジョー、ストーブにまきをくべて。あなたを傷《きず》つけたくはないけど、そんなことはちょっと想像力《そうぞうりょく》を働《はたら》かせれば思《おも》いつきそうなものよ。つぎはミニー・メイの服《ふく》を脱《ぬ》がせてベッドに連《つ》れていくから、ダイアナはやわらかいフランネルのねまきをさがしてきて。何《なに》はともあれ、トコンを飲《の》ませなくちゃ」

ミニー・メイはトコンを飲《の》むのをいやがったが、アンもだてに三組《さんくみ》の双子《ふたご》の世話《せわ》をしてきたわけではなかった。トコンは喉《のど》を通《とお》っていった。長《なが》い不安《ふあん》な夜《よる》のあいだに、一度《いちど》ではなく何度《なんど》も。アンとダイアナが苦《くる》しむミニー・メイをしんぼう強《づよ》く看病《かんびょう》するあいだ、メア

リー・ジョーもできることはなんでもやろうと、どんどんまきを燃《も》やし、咽頭炎《いんとうえん》の赤《あか》ん坊《ぼう》の病院《びょういん》が開《ひら》けるほどたくさんの湯《ゆ》をわかした。

マシューが医者《いしゃ》を連《つ》れてきたのは、夜中《よなか》の三時《さんじ》ごろのことだった。スペンサーヴェイルまで行《い》かなければならなかったのだ。とはいえ、すぐにも助《たす》けが必要《ひつよう》な状態《じょうたい》はすでに脱《だっ》していて、ミニー・メイはぐっすり寝入《ねい》っていた。

「おそろしいことに、もうちょっとであきらめるところだったんです」アンは説明《せつめい》した。「ハモンドさんの双子《ふたご》の最後《さいご》のひと組《くみ》のときよりもひどくなってきて。本当《ほんとう》に、息《いき》がつまって死《し》んでしまうかと思《おも》いました。壜《びん》にあったトコンの最後《さいご》の一滴《いってき》を飲《の》ませるときには、思《おも》わず、心《こころ》のなかでつぶやいてしまいました。『これが最後《さいご》の望《のぞ》みの綱《つな》、これがだめならもうだめかもしれない』って。ダイアナやメアリー・ジョーをこれ以上不安《いじょうふあん》にさせたくないから声《こえ》には出《だ》さなかったけど、自分《じぶん》の気持《きも》ちを楽《らく》にするために、そうせずにはいられなかったんです。でも、その三分後《さんぷんご》、ミニー・メイは咳《せき》をして、痰《たん》を吐《は》きだして、にわかに快方《かいほう》に向《む》かいました。わたしがどんなにほっとしたかは想像《そうぞう》してもらうしかありません、先生《せんせい》。だってなんて言《い》えばいいかわからないんですもの。どうしてもことばにできないことってありますよね」

「ああ、あるとも」

医者《いしゃ》はうなずいた。そして、アンをじっと見《み》た。この子《こ》のなかにもことばにできない何《なに》かがあると思《おも》っているかのようだった。あとになって、医者《いしゃ》はバリー夫妻《ふさい》にそれを説明《せつめい》した。

「カスバート家《け》にいるあの赤毛《あかげ》の女《おんな》の子《こ》は、すばらしくかしこい子《こ》ですなあ。ミニー・メイの命《いのち》を救《すく》ったのはあの子《こ》だと言《い》っていいでしょう。だって、わたしが着《つ》いたときには手《て》遅《おく》れになっていたかもしれないんですからね。まだ子《こ》どもだというのに、看護《かんご》の腕《うで》も心《こころ》の持《も》ちようも、実《じつ》に立派《りっぱ》です。わたしに経過《けいか》を説明《せつめい》しているときのあの目《め》——あんな目《め》は見《み》たことがありません」

白《しろ》い霜《しも》におおわれた美《うつく》しい冬《ふゆ》の朝《あさ》、アンは家《いえ》に戻《もど》った。眠気《ねむけ》でまぶたが重《おも》かったが、真《ま》っ白《しろ》になった草原《そうげん》を横切《よこぎ》り、〈恋人《こいびと》の小道《こみち》〉のカエデが作《つく》る、きらきらした夢《ゆめ》のように美《うつく》しいトンネルの下《した》を歩《ある》くあいだずっと、疲《つか》れたようすも見《み》せず、マシューを相手《あいて》にしゃべりつづけた。

「ああ、マシュー、すばらしい朝《あさ》ね？　神《かみ》さまが自分《じぶん》で楽《たの》しむために描《か》いた絵《え》みたいじゃない？　あの木立《こだち》を見《み》て！　ふっと息《いき》をかければ消《き》えてしまいそうよ！　霜《しも》のある世界《せかい》に生《い》きていて本当《ほんとう》によかったと思《おも》わない？　それに、いまにして思《おも》えば、ハモンドさんが双《ふた》子《ご》を三組《さんくみ》産《う》んでくれて、本当《ほんとう》によかったわ。そうじゃなければ、わたしもミニー・メイに何《なに》をしてあげればいいか、わからなかったもの。双子《ふたご》ばかり産《う》んだことでハモンドさんに腹《はら》を立《た》てて悪《わる》かったわ。でもねえ、マシュー、わたし、ものすごく眠《ねむ》いわ。学校《がっこう》へは行《い》けない。目《め》を開《あ》けていられないだろうし、ぜんぜん頭《あたま》が働《はたら》かないはずだわ。でも、休《やす》みたくないな。だって、ギル――ほかの生徒《せいと》がクラスで一番《いちばん》になってしまうし、それを抜《ぬ》き返《かえ》すのが、すごくたいへんなのよ。もちろん、たいへんであればあるほど、抜《ぬ》き返《かえ》したときのよろこびは大《おお》きいんだけどね」

「うーむ、おまえならどうにかして抜《ぬ》き返《かえ》すさ」

マシューはそう言《い》って、アンの青《あお》ざめた顔《かお》と目《め》の下《した》にできたクマを見《み》た。

「すぐにベッドにはいって、ゆっくり眠《ねむ》るといい。家《いえ》のことはみんなわたしがやっておくから」

言《い》われたとおり、アンはゆっくり眠《ねむ》った。目《め》を覚《さ》まして台所《だいどころ》におりていったとき、白《しろ》っぽいバラ色《いろ》の冬《ふゆ》の日《ひ》は、もうすっかり午後《ごご》になっていて、すでに戻《もど》っていたマリラが編《あ》み物《もの》をしていた。

「首相《しゅしょう》には会《あ》えたの？」

アンはマリラに気《き》づくと、すかさずたずねた。

「どんな人《ひと》だったの、マリラ？」

「まあ、顔《かお》で首相《しゅしょう》になったわけじゃないのはたしかね」とマリラは言《い》った。

「あの鼻《はな》といったら、まったく！　でも、話《はなし》はできる人《ひと》よ。保守党支持者《ほしゅとうしじしゃ》として鼻《はな》が高《たか》かったわ。むろん、自由党支持者《じゆうとうしじしゃ》のレイチェルは、彼《かれ》に用《よう》はないって言《い》ってるけどね。あなたのお昼《ひる》はオーブンのなかにあるわ、アン。それと、戸棚《とだな》から青《あお》プラムの砂糖煮《さとうに》を出《だ》して食《た》べなさい。おなかがすいているでしょう。ゆうべのことはマシューから聞《き》いたわ。あなたがやるべきことをちゃんとわかっていて、本当《ほんとう》によかった。わたしには何《なに》も思《おも》いつかなかったはずよ。咽頭炎《いんとうえん》の子《こ》なんて一度《いちど》も見《み》たことがないんだから。お昼《ひる》を食《た》べ終《お》わるまで、おしゃべりのことは忘《わす》れなさい。しゃべりたくてしょうがないって顔《かお》に書《か》いてあるけど、まずは食事《しょくじ》です」

マリラもアンに話《はな》すことがあったが、興奮《こうふん》すると空腹《くうふく》も昼食《ちゅうしょく》も見《み》えなくなるアンの性格《せいかく》を考《かんが》えて、そのときは話《はな》さずにおいた。そして、アンが皿《さら》の青《あお》プラムをたいらげたところで、ようやく口《くち》を開《ひら》いた。

「お昼《ひる》すぎにバリーさんがみえたわ、アン。あなたに会《あ》いたいって言《い》われたけど、起《お》こしたくないからって断《ことわ》ったの。あなたはミニー・メイの命《いのち》の恩人《おんじん》だと言《い》っていたわ。それに、スグリ酒《しゅ》の一件《いっけん》でひどい態度《たいど》をとったことをとてもくやんでいたわ。わざと飲《の》ませたわけじゃないことはもうわかっているし、許《ゆる》してもらえるなら、またダイアナと友《とも》だちになってもらいたいってことでした。なんなら夕方《ゆうがた》、会《あ》いにいくといいわ。というのも、ダイアナはゆうべからひどいかぜをひいていて、外《そと》に出《で》られないみたいなの。ほらほら、アン・シャーリー、たのむからそんなに舞《ま》いあがらないでちょうだい」

マリラがたしなめるのも無理《むり》はなかった。はじかれたように立《た》ちあがったアンの顔《かお》は燃《も》えるような生気《せいき》にかがやいていて、天《てん》にも昇《のぼ》る心持《こころも》ちになっているのが一目瞭然《いちもくりょうぜん》だった。

「ああ、マリラ、いますぐに行《い》ってても――お皿《さら》を洗《あら》わずに行《い》ってもいい？　帰《かえ》ったらちゃんと洗《あら》うわ。こんなにわくわくしているときに、皿洗《さらあら》いみたいなまるでロマンティックじゃないことをしたくないの」

「はいはい、行《い》ってらっしゃい」マリラはいつになくやさしく言《い》った。

「ちょっと、アン・シャーリー！　気《き》でも狂《くる》ったの？　すぐ戻《もど》って何《なに》かはおりなさい。それじゃ風《かぜ》に向《む》かってけんかを売《う》っているようなものでしょう。まったく、帽子《ぼうし》もショールもつけずに出《で》ていくなんて……髪《かみ》をなびかせて果樹園《かじゅえん》をかけぬけていくあの子《こ》をごらんなさいな。あれで悪《わる》いかぜをひかずにすんだら、それは神《かみ》さまのお慈悲《じひ》でしかありませんよ」

紫色《むらさきいろ》の冬《ふゆ》の夕暮《ゆうぐ》れに包《つつ》まれて、アンがおどるような足《あし》どりで雪道《ゆきみち》を戻《もど》ってきた。はるか南西《なんせい》の白《しろ》い雪原《せつげん》と暗《くら》いトウヒの谷《たに》を見《み》おろす、あわい金色《きんいろ》とうるわしいバラ色《いろ》の空《そら》には、宵《よい》の明星《みょうじょう》が大粒《おおつぶ》の真珠《しんじゅ》さながらにまたたいていた。雪《ゆき》の丘《おか》を走《はし》るそりにつけられた鈴《すず》の音《ね》が妖精《ようせい》のベルのように凍《い》てついた空気《くうき》をふるわせていたが、その美《うつく》しささえ、アンの心《こころ》にわきおこり、くちびるから流《なが》れだすメロディにはかなわなかった。

「いまあなたのまえにいるのは、完璧《かんぺき》に幸《しあわ》せな人間《にんげん》よ、マリラ」アンは言《い》った。「完璧《かんぺき》に幸《しあわ》せ――そう、たとえ髪《かみ》は赤《あか》くてもね。いまのわたしには赤毛《あかげ》をものともしない強《つよ》いたましいがあるの。バリーさんはわたしにキスをして、泣《な》きながら、本当《ほんとう》にすまないことをしたし、恩返《おんがえ》しのしようがないって言《い》ってくれたのよ。すごく照《て》れくさかったけど、マリラ、わたし、できるだけ丁寧《ていねい》に『ぜんぜんうらんでなどいません、バリーさん。最後《さいご》にもう一度《いちど》、ダイアナをわざと酔《よ》わせたりはしていないと言《い》わせてください。それで、過《か》去《こ》を忘却《ぼうきゃく》の殻《から》に閉《と》じこめさせていただきます』とだけ言《い》ったの。なかなか威厳《いげん》に満《み》ちた言《い》い方《かた》でしょ、マリラ？　バリーさんを〝徳《とく》をもってして恥《は》じいらせた〟気《き》がするわ。そのあと、ダイアナとすてきな午後《ごご》をすごしたの。ダイアナがカーモディのおばさまに教《おそ》わった、すてきなかぎ針編《ばりあ》みの編《あ》み方《かた》を教《おし》えてくれたのよ。アヴォンリーでそれを知《し》っているのはわたしたちだけだから、ほかの人《ひと》にはぜったいに教《おし》えないって、おごそかに誓《ちか》い合《あ》ったわ。それとね、ダイアナからバラのリースがえがかれたきれいなカードをもらったの。そこにはこんな詩《し》の一節《いっせつ》が書《か》いてあったわ。

わたしがあなたを愛《あい》するようにあなたがわたしを愛《あい》するなら
死以外《しいがい》の何《なに》ものもふたりを引《ひ》き裂《さ》くことはできない

まさにそのとおりよ、マリラ。学校《がっこう》でまた一緒《いっしょ》に座《すわ》らせてもらえないか、フィリップス先生《せんせい》にお願《ねが》いしようと思《おも》ってるの。ガーティー・パイはミニー・アンドリューズと一緒《いっしょ》に座《すわ》ればいいいんだもの。そして、エレガントにお茶《ちゃ》をいただいたわ。バリーさんがね、ほんもののお客《きゃく》さまが来《き》たときみたいに、一番《いちばん》いいティーセットを使《つか》ってくれたの。わたしがどんなにどきどきしたか、ことばではとても言《い》いあらわせないわ。わたしのために一番《いちばん》いいティーセットを使《つか》う人《ひと》なんて、いままでひとりもいなかったんだもの。フルーツケーキとパウンドケーキとドーナツだけじゃなく、果物《くだもの》の砂糖煮《さとうに》も二種類《にしゅるい》いただいたわ。バリーさんに『お茶《ちゃ》はいかが?』ってすすめてもらったのよ。それに『お父《とう》さん、アンにビスケットをまわしてさしあげて』ってたのんでくれたわ。大人《おとな》になるのはきっとすてきなことね、マリラ。だって、大人《おとな》みたいにあつかわれただけであんなにいい気分《きぶん》になれるんだもの」

「それについてはなんとも言《い》えないわね」

マリラはそう言《い》って、小《ちい》さなため息《いき》をついた。

「とにかく、わたしが大人《おとな》になったら、小《ちい》さな子《こ》が相手《あいて》でも大人《おとな》と話《はな》すときと同《おな》じように話《はな》して、子《こ》どもたちが大《おお》げさなことばを使《つか》ってもぜったいに笑《わら》わないことにするわ。笑《わら》われたときにどれほど傷《きず》つくか、悲《かな》しい経験《けいけん》があるわたしにはよくわかるの。お茶《ちゃ》のあとはダイアナとタフィーを作《つく》ったのよ。あまりうまくいかなかったわ。たぶん、ダイアナもわたしもはじめてだったからね。ダイアナがお皿《さら》にバターをぬっているあいだ、タフィーをかきまぜていてって言《い》われたのに、すっかり忘《わす》れてこげつかせてしまったの。そのあと、タフィーをさましていたら、台《だい》の上《うえ》を猫《ねこ》が歩《ある》いてしまって、お皿《さら》ひとつぶん、捨《す》てなくちゃならなかったし。でも、タフィー作《づく》りはとっても楽《たの》しかったわ。帰《かえ》りぎわ、バリーさんにできるだけしょっちゅう来《き》てねって言《い》われたのよ。それに、ダイアナはわたしが〈恋人《こいびと》の小道《こみち》〉に出《で》るまで、ずっと窓辺《まどべ》に立《た》って投《な》げキスをしてくれていたわ。まちがいなく言《い》えるのは、マリラ、今夜《こんや》はお祈《いの》りがしたいってこと。きょうの日《ひ》を祝《いわ》って、これまで言《い》ったことのない、特別《とくべつ》なお祈《いの》りを考《かんが》えるつもりよ」

発《はっ》表《ぴょう》会《かい》、惨《さん》事《じ》、そして告《こく》白《はく》

「マリラ、ちょっとだけダイアナに会《あ》いにいってきていい？」

二月《にがつ》のある日《ひ》の夕方《ゆうがた》、アンが切妻部屋《きりづまべや》からかけおりてきて、息《いき》を切《き》らしながらたずねた。

「なんだってまた、こんなに暗《くら》くなってから外《そと》をほっつき歩《ある》きたがるんでしょうね」

マリラはそっけなく言《い》った。

「ダイアナとは学校《がっこう》から一緒《いっしょ》に帰《かえ》ってきたし、そのあとも雪《ゆき》のなかで三十分《さんじっぷん》は立《た》ち話《ばなし》をしていたじゃないの。そのあいだ、あなたはずっとしゃべりっぱなしでしたよ。何《なに》がなんでもういっぺん会《あ》わなきゃならないわけがあるとは、とても思《おも》えません」

「でも、ダイアナが会《あ》いたがっているのよ」アンはけんめいにうったえた。

「大事《だいじ》な話《はなし》があるみたいなの」

「どうしてそんなことがわかるの？」

「たったいま窓《まど》から合図《あいず》を送《おく》ってよこしたからよ。あのね、ろうそくと厚紙《あつがみ》を使《つか》って信号《しんごう》を送《おく》る方法《ほうほう》を考《かんが》えたの。窓《まど》のところにろうそくを置《お》いて、それを厚紙《あつがみ》でかくしてチカチカさせるんだけど、何度《なんど》チカチカさせるかでちがう意味《いみ》になるの。わたしが考《かんが》えたのよ、マリラ」

「そんなことを考《かんが》えるのはあなたくらいのものです」マリラはひややかに言《い》った。「そんなことをしていると、いつかそのばかな信号《しんごう》がカーテンを燃《も》やすことになりますよ」

「あら、すごく気《き》をつけているわ、マリラ。それに、すごくおもしろいの。チカチカが二《に》回《かい》だと『そこにいる?』、三回《さんかい》だと『はい』、四回《よんかい》だと『いいえ』、五回《ごかい》だと『できるだけ早《はや》く来《き》て』って意味《いみ》なの。いまは五回《ごかい》チカチカさせていたわ。何《なに》があったか気《き》になって、頭《あたま》が変《へん》になりそう」

「では、これ以上変《いじょうへん》にならないようにしないとね」マリラは皮肉《ひにく》をこめて言《い》った。

「いいわ、行《い》ってらっしゃい。でも、きっかり十分以内《じっぷんいない》に帰《かえ》ってくるんですよ」

ダイアナの大事《だいじ》な話《はなし》を聞《き》いてすぐに戻《もど》ることは、アンにとってけっして簡単《かんたん》なことではなかった。それでも、本人《ほんにん》にしかわからないその苦《くる》しみを乗《の》り越《こ》えて、アンは約束《やくそく》した時《じ》間《かん》にちゃんと戻《もど》ってきた。

「ああ、マリラ、なんだったと思《おも》う？　あしたはダイアナの誕生日《たんじょうび》でしょ。だから、学校《がっこう》帰《がえ》りにダイアナの家《いえ》に寄《よ》って、そのままひと晩泊《ばんと》まっていってはどうか、わたしに聞《き》いてみるよう、お母《かあ》さんに言《い》われたんですって。それから、ダイアナのいとこたちがニューブリッジから大《おお》きな馬《ば》そりに乗《の》ってやってきて、あすの晩《ばん》、公会堂《こうかいどう》で開《ひら》かれる討論《とうろん》クラブ主《しゅ》催《さい》の発表会《はっぴょうかい》に行《い》くんだけど、その発表会《はっぴょうかい》にダイアナとわたしを連《つ》れていってくれるんですって。もちろん、マリラがいいと言《い》ってくれたらってことだけど。ねえ、いいでしょ、マリラ？　ああ、わくわくするなあ」

「そのわくわくはすぐにおさまりますよ。だって、あなたは行《い》かないんですから。家《いえ》の自《じ》分《ぶん》のベッドで寝《ね》るほうがいいし、討論《とうろん》クラブの発表会《はっぴょうかい》なんてばかばかしいだけ、小《ちい》さな女《おんな》の子《こ》が行《い》くようなところじゃありません」

「討論《とうろん》クラブはこのうえなく立派《りっぱ》な集《あつ》まりよ」

「立派《りっぱ》な集《あつ》まりじゃないとは言《い》いません。でも、発表会《はっぴょうかい》に出《で》かけたり、よその家《いえ》に泊《と》まったり、そういうのはあなたにはまだ早《はや》すぎます。子《こ》どもにそんなことをさせるなんて。バリーさんも、よくダイアナを行《い》かせる気《き》になるわねえ」

「でも、またとない機会《きかい》よ」

アンはいまにも泣《な》きそうな声《こえ》で言《い》った。

「ダイアナの誕生日《たんじょうび》は年《ねん》に一回《いっかい》しかないのよ。誕生日《たんじょうび》は特別《とくべつ》な日《ひ》よ。発表会《はっぴょうかい》ではプリッシー・アンドリューズが『今宵《こよい》、鐘《かね》を鳴《な》らしてはいけない』を暗誦《あんしょう》するの。すごく教訓的《きょうくんてき》な詩《し》だから、マリラ、聞《き》けばぜったいにためになるわ。それに聖歌隊《せいかたい》も悲《かな》しくて美《うつく》しい歌《うた》を四曲歌《よんきょくうた》うの。讃美歌《さんびか》と同《おな》じくらいまじめな歌《うた》ばかりよ。そうだわ、マリラ、牧師《ぼくし》さんも来《く》るのよ。ええ、たしかそのはず。スピーチをするわ。それこそ、お説教《せっきょう》みたいなものじゃない。ねえ、お願《ねが》い、行《い》ってもいいでしょ、マリラ？」

「さっきなんて言《い》ったか聞《き》いていなかったの、アン？　ブーツを脱《ぬ》いでベッドにはいりなさい。八時《はちじ》をすぎましたよ」

「もうひとつだけ言《い》うことがあるの、マリラ」

アンは弾薬庫《だんやくこ》に残《のこ》っている最後《さいご》の一発《いっぱつ》をとりだすことにした。

「バリーさんがね、お客《きゃく》さま用《よう》のベッドで寝《ね》ていいってダイアナに言《い》ったんですって。あなたの小《ちい》さなアンがお客《きゃく》さま用《よう》のベッドを使《つか》わせてもらえるなんて、名誉《めいよ》なことだと思《おも》わない？」

「そんな名誉《めいよ》はなくても生《い》きていけないとね。ベッドにはいりなさい、アン、もうあなたのおしゃべりはひとことも聞《き》きたくありません」

アンがほおに涙《なみだ》をつたわせながら悲《かな》しそうに切妻部屋《きりづまべや》へあがっていくと、話《はな》し合《あ》いのあいだ寝《ね》いすでぐっすり眠《ねむ》っていたはずのマシューが、目《め》を開《あ》けて、決意《けつい》したように言《い》った。

「うーむ、マリラ、わたしはアンを行《い》かせてやるべきだと思《おも》うがねえ」

「そうは思《おも》いません」とマリラは言《い》い返《かえ》した。

「あの子《こ》のしつけはだれの受《う》け持《も》ちですか、マシュー？　あなた？　それともわたし？」

「うーむ、おまえだ」マシューは認《みと》めた。

「それなら、口出《くちだ》しはやめてください」

「うーむ、口《くち》を出《だ》したわけじゃないんだ。おまえのやり方《かた》に文句《もんく》をつけるつもりはない。行《い》かせてやるべきだというのはわたしの意見《いけん》だ」

「あなたはあの子《こ》が行《い》きたいと言《い》ったら月《つき》へだって行《い》かせてやるべきだと言《い》うんでしょう？　ええ、そうにきまってます」マリラはからかうように答《こた》えた。

「わたしだってダイアナのところに泊《と》まるだけなら行《い》かせてやったかもしれません。でも、発表会《はっぴょうかい》はいかがなものかと思《おも》ってね。そんなところに行《い》けば、きっとかぜをひくし、頭《あたま》をばかげたことでぱんぱんにして、のぼせあがるだけです。落《お》ち着《つ》きをとり戻《もど》すのに一週間《いっしゅうかん》はかかるでしょう。わたしはあの子《こ》の性質《せいしつ》も、どう接《せっ》すればいいかも、あなたよりはわかっているつもりですよ、マシュー」

「行《い》かせてやるべきだと思《おも》うがねえ」

マシューは頑固《がんこ》にくり返《かえ》した。議論《ぎろん》は苦手《にがて》だが、こうと思《おも》ったことはけっしてゆずらなかった。手《て》づまりとなったマリラは息《いき》をのみ、沈黙《ちんもく》に逃《に》げこんだ。

翌朝《よくあさ》、アンが流《なが》しで朝食《ちょうしょく》の皿《さら》を洗《あら》っていると、納屋《なや》に向《む》かいかけたマシューが足《あし》を止《と》めて、また、マリラに言《い》った。

「行《い》かせてやるべきだと思《おも》うがねえ、マリラ」

一瞬《いっしゅん》、マリラは罰《ばち》あたりなことばを口《くち》にしそうになったが、結局《けっきょく》、避《さ》けられない運命《うんめい》を受《う》けいれて、吐《は》きすてるように言《い》った。

「わかりました、行《い》かせますよ。そうしなけりゃあなたの気《き》がすまないんでしょう」

アンが水《みず》のしたたるふきんを手《て》に、流《なが》しから飛《と》んできた。

「ああ、マリラ、マリラ、いまのありがたいことばをもう一度言《いちどい》ってみて」

「一度言《いちどい》えばじゅうぶんです。あなたを行《い》かせるのはマシューで、わたしじゃありませんからね。夜中《よなか》に暑《あつ》い公会堂《こうかいどう》から出《で》てきて冷《つめ》たい空気《くうき》にあたったり、慣《な》れないベッドで寝《ね》たり、そんなこんなで肺炎《はいえん》にかかっても、それはマシューのせいです。ほら、アン・シャーリー、べとべとの水《みず》を床《ゆか》にまきちらしてるじゃないの。こんながさつな子《こ》は見《み》たこともありません」

「ああ、またマリラの大《おお》きな悩《なや》みの種《たね》になっているわ」アンはすまなそうに言《い》った。「こんなふうに失敗《しっぱい》ばかりして。でも、やらかして当然《とうぜん》なのに、やらかさなかった失敗《しっぱい》のことをちょっとだけ考《かんが》えてみて。よごしちゃった床《ゆか》は学校《がっこう》へ行《い》くまえにきれいにしておくわ。ああ、マリラ、ついに発表会《はっぴょうかい》に行《い》けるのね。いままで一度《いちど》も行《い》ったことがないから、ほかの子《こ》が発表会《はっぴょうかい》の話《はなし》をしていると、なんだか、のけ者《もの》にされてるみたいでさみしかったの。その気持《きも》ち、マリラにはわかってもらえなかったけど、マシューはわかってくれたわ。わかってもらうってすごくいいものよ、マリラ」

興奮《こうふん》のあまり、アンは午前中《ごぜんちゅう》の授業《じゅぎょう》で実力《じつりょく》を発揮《はっき》できなかった。ギルバート・ブライスには書《か》き取《と》りで負《ま》け、暗算《あんざん》でも大差《たいさ》をつけられた。とはいえ、その後《ご》のくやしがりようは、いつもほどではなかった。発表会《はっぴょうかい》とお客《きゃく》さま用《よう》のベッドのことを考《かんが》えるのに忙《いそが》しくて、それどころではなかったのだ。アンとダイアナは一日《いちにち》じゅうその話《はなし》をしていて、フィリップス先生《せんせい》より厳《きび》しい先生《せんせい》なら、こっぴどくしかられていただろう。

その日《ひ》の学校《がっこう》は発表会《はっぴょうかい》の話《はなし》で持《も》ちきりだった。行《い》けないことになっていたら、とてもたえられなかったと思《おも》うほどだった。アヴォンリーの討論《とうろん》クラブは冬《ふゆ》のあいだ二週《にしゅう》に一度《いちど》、これよりささやかな無料《むりょう》の発表会《はっぴょうかい》をもよおしているが、この夜《よる》の会《かい》は図書館《としょかん》を援助《えんじょ》する目的《もくてき》で十《じっ》セントの入場料《にゅうじょうりょう》を集《あつ》める盛大《せいだい》なものだった。出演者《しゅつえんしゃ》は何週間《なんしゅうかん》もまえから練習《れんしゅう》にはげんできたし、子《こ》どもたち、とくに出演者《しゅつえんしゃ》の妹《いもうと》や弟《おとうと》はこの日《ひ》を心待《こころま》ちにしていた。九歳《きゅうさい》以上《いじょう》の子《こ》はキャリー・スローンをのぞいて全員《ぜんいん》が行《い》くことになっていた。キャリーの父親《ちちおや》は、マリラと同《おな》じように、夜《よる》の発表会《はっぴょうかい》は小《ちい》さな女《おんな》の子《こ》が出《で》かけるところではないと考《かんが》えていた。キャリー・スローンはその午後《ごご》、文法《ぶんぽう》の教科書《きょうかしょ》にかくれて泣《な》きつづけ、生《い》きていてもしょうがないという気分《きぶん》ですごすことになった。

授業《じゅぎょう》が終《お》わると同時《どうじ》にアンの興奮《こうふん》はいよいよ本格化《ほんかくか》し、その後《ご》、発表会《はっぴょうかい》のさなかに最高潮《さいこうちょう》に達《たっ》してはじけるまで、じわじわと高《たか》まっていった。アンとダイアナは〝完璧《かんぺき》にエレガントなお茶《ちゃ》〟を楽《たの》しんでから、二階《にかい》にあるダイアナの小《ちい》さな部屋《へや》で身支度《みじたく》という楽《たの》しい仕事《しごと》にとりかかった。ダイアナはアンの前髪《まえがみ》を最新《さいしん》のポンパドールスタイル（前髪《まえがみ》をあげて額《ひたい》を出《だ》し、全体《ぜんたい》にふくらみをもたせてうしろでまとめた髪型《かみがた》）に整《ととの》え、アンはダイアナの髪《かみ》のリボンを得意《とくい》の蝶結《ちょうむす》びで華《はな》やかに飾《かざ》った。また、うしろ髪《がみ》については少《すく》なくとも六種類《ろくしゅるい》の結《ゆ》い方《かた》を試《ため》した。ようやく支度《したく》ができたとき、ふたりはときめきにほおを赤《あか》く染《そ》め、きらきらと目《め》をかがやかせていた。

実《じつ》を言《い》うと、アンはごくふつうの黒《くろ》いベレー帽《ぼう》にさえない灰色《はいいろ》の筒《つつ》そでのコートという自分《じぶん》の姿《すがた》と、粋《いき》な毛皮《けがわ》の帽子《ぼうし》にしゃれた短《みじか》めの上着《うわぎ》というダイアナの姿《すがた》を比《くら》べて、すこしせつない気持《きも》ちになった。もっとも、想像力《そうぞうりょく》はこういうときのためにあると気《き》づくのに、時間《じかん》はかからなかった。

やがて、ダイアナのいとこたちがニューブリッジからやってきた。ダイアナとアンは、すでにぎゅうぎゅうづめの大《おお》きな馬《ば》そりに乗《の》りこんだ。

アンは公会堂《こうかいどう》までの旅《たび》を心《こころ》ゆくまで楽《たの》しんだ。そりは凍《こお》った雪《ゆき》の上《うえ》をサテンの布《ぬの》の上《うえ》を滑《すべ》るように進《すす》んでいった。すばらしい夕暮《ゆうぐ》れで、雪《ゆき》におおわれた丘《おか》とセント・ローレンス湾《わん》の紺碧《こんぺき》の水《みず》は、まるで真珠《しんじゅ》とサファイヤでこしらえた巨大《きょだい》なボウルと、そこに注《そそ》がれたブドウ酒《しゅ》のようだった。そりの鈴《すず》の音《ね》と、森《もり》の妖精《ようせい》たちが浮《う》かれさわいでいるような笑《わら》い声《ごえ》が、あちこちから聞《き》こえていた。

「ああ、ダイアナ」

アンはミトンをしたダイアナの手《て》をにぎってささやいた。

「なんだか美《うつく》しい夢《ゆめ》を見《み》てるみたいじゃない？　わたしの顔《かお》、ふだんと変《か》わらないかしら？　いつもとすごくちがう気分《きぶん》だから、それが顔《かお》に出《で》てしまっている気《き》がするの」

「とってもきれいよ」

いましがた、いとこのひとりにかわいいと言《い》われて気《き》をよくしていたダイアナは、気前《きまえ》よくほめちぎった。

「こんなきれいな顔色《かおいろ》をしたあなたは、はじめて見《み》るわ」

その日《ひ》の舞台《ぶたい》はアンにとっては〝ゾクゾク〟の連続《れんぞく》だった。しかも、プログラムが進《すす》むにつれて、ゾクゾクの度合《どあ》いがどんどん大《おお》きくなっていった。プリッシー・アンドリューズは新《あたら》しいピンク色《いろ》のシルクのブラウスを身《み》にまとい、白《しろ》くなめらかな首《くび》に真珠《しんじゅ》のネックレス、髪《かみ》にほんもののカーネーションをつけて暗誦《あんしょう》をした。カーネーションはフィリップス先生《せんせい》が彼女《かのじょ》のためにはるばる町《まち》まで出《で》かけて買《か》ってきたものとうわさされていた。〝一《ひと》筋《すじ》の光《ひかり》もささない闇《やみ》のなか、ぬるぬるしたはしごをのぼっていく〟場面《ばめん》では、アンはうっとり目《め》をつぶって主人公《しゅじんこう》になりきった。聖歌隊《せいかたい》が『やさしきヒナギクのはるか上《うえ》に』を歌《うた》ったときは、まるでそこに天使《てんし》がえがかれているかのように天井《てんじょう》を仰《あお》ぎ見《み》た。サム・スローンが『ソッケリーはいかにして雌鶏《めんどり》に卵《たまご》を抱《だ》かせたか』を紙芝居《かみしばい》風《ふう》に語《かた》りはじめたところでアンが笑《わら》うと、近《ちか》くの席《せき》の人《ひと》たちが笑《わら》いだした。それはもはやアヴォンリーでさえあきあきされている話《はなし》で、みな、おもしろくて笑《わら》ったのではない。アンにつられて笑《わら》ったのだ。また、フィリップス先生《せんせい》が、シーザーのなきがらをまえにしてローマ市民《しみん》に語《かた》ったマーク・アントニーのことばを、一文《いちぶん》ごとにプリッシー・アンドリューズに視線《しせん》を送《おく》りながら、感動的《かんどうてき》な名調子《めいちょうし》で暗誦《あんしょう》したときも、アンはすっかりひきこまれて、たとえ仲間《なかま》がいなくても、迷《まよ》わず立《た》ちあがって彼《かれ》らの反乱《はんらん》に参加《さんか》することを決意《けつい》していた。

ひとつだけ、アンの興味《きょうみ》を引《ひ》かない演目《えんもく》があった。ギルバート・ブライスが『ライン河畔《かはん》のビンゲン』を暗誦《あんしょう》しているあいだ、アンは図書館《としょかん》で借《か》りたローダ・マリーの本《ほん》を出《だ》して読《よ》みつづけた。暗誦《あんしょう》が終《お》わっても、手《て》が痛《いた》くなるほど拍手《はくしゅ》をしているダイアナのかたわらで、身《み》じろぎひとつせずに座《すわ》っていた。

十一時《じゅういちじ》、発表会《はっぴょうかい》をすっかり楽《たの》しんだふたりはバリー家《け》に戻《もど》った。そのあとには、発表会《はっぴょうかい》についてのおしゃべりという、もうひとつの楽《たの》しみが待《ま》っていた。家族《かぞく》はみな眠《ねむ》ってしまったようで、家《いえ》のなかは暗《くら》くしんとしていた。アンとダイアナはしのび足《あし》で細長《ほそなが》い応接間《おうせつま》へはいった。客用《きゃくよう》の寝室《しんしつ》はその奥《おく》にあった。暖炉《だんろ》の残《のこ》り火《び》にうっすらと照《て》らされた応接間《おうせつま》は、心地《ここち》よいぬくもりに包《つつ》まれていた。

「ここで着替《きが》えましょう。暖《あたた》かくて快適《かいてき》だわ」ダイアナが言《い》った。

「楽《たの》しかったわねえ」

アンはそう言《い》って満足《まんぞく》げなため息《いき》をもらした。

「壇《だん》にあがって暗誦《あんしょう》をしたら、さぞかしいい気分《きぶん》でしょうね。いつかわたしたちにも声《こえ》がかかるのかしら、ダイアナ？」

「ええ、もちろんかかるわ。いずれね。暗誦《あんしょう》するのはいつも年長《ねんちょう》の生徒《せいと》たちよ。ギルバート・ブライスはしょっちゅうやってるけど、彼《かれ》はわたしたちとふたつしかちがわないわ。ああ、アン、どうすればあれを聞《き》いていないふりができるの？『もうひとりいるが、それは妹《いもうと》ではない』ってところで、彼《かれ》、あなたを見《み》たのよ」

「ダイアナ」アンはあらたまった声《こえ》で言《い》った。

「あなたはわたしの腹心《ふくしん》の友《とも》よ。でも、わたしのまえであの人《ひと》の話《はなし》をすることだけは、許《ゆる》しません。ベッドにはいる支度《したく》はできた？　どっちが先《さき》にベッドにたどりつけるか競争《きょうそう》しましょう」

ダイアナはよろこんで賛同《さんどう》した。白《しろ》いねまきを着《き》たふたりの少女《しょうじょ》は、応接間《おうせつま》を横切《よこぎ》り、客用《きゃくよう》の寝室《しんしつ》のドアをすり抜《ぬ》け、同時《どうじ》にベッドに飛《と》び乗《の》った。すると、ふたりの下《した》で何《なに》かが

動《うご》き、あえぐような息《いき》づかいと悲鳴《ひめい》、そして、だれかのくぐもった声《こえ》が聞《き》こえてきた。

「神《かみ》さま、お助《たす》けを！」

どうやってベッドからおりて部屋《へや》をあとにしたのか、アンとダイアナは覚《おぼ》えていなかった。夢中《むちゅう》で逃《に》げだしてわれにかえったときには、体《からだ》をふるわせながらしのび足《あし》で二階《にかい》へ向《む》かっていた。

「い……いまのはだれ……なんだったの？」

恐怖《きょうふ》にカチカチ歯《は》を鳴《な》らしながら、アンがひそひそ声《ごえ》でたずねた。

「ジョゼフィーンおばさまよ」ダイアナはそう言《い》ってふきだした。

「ああ、アン、どうしてあそこにいたのかはともかく、あれはまちがいなくジョゼフィーンおばさまだわ。そう、おばさまのことだからカンカンになるわね。まずいことになったわ……本当《ほんとう》にまずいことに……でも、こんなにおかしなことはないわね、アン？」

「ジョゼフィーンおばさま？」

「父《とう》さんのおばさま。シャーロットタウンに住《す》んでるの。ずいぶんお年《とし》を召《め》しているのよ。七十歳《ななじっさい》くらいかしら。あのおばさまにも小《ちい》さな女《おんな》の子《こ》だったことがあるなんて、とても信《しん》じられないわ。近《ちか》いうち来《く》ることになっていたけど、まさか、今夜《こんや》来《く》るなんて。たいそうきちんとしたうるさい人《ひと》だから、きっとものすごく怒《おこ》られるわ。となると、今夜《こんや》はミニー・メイと一緒《いっしょ》の部屋《へや》で寝《ね》るしかないのかしら……あの子《こ》、すごく蹴《け》ってくるのよね」

翌日《よくじつ》、ミス・ジョゼフィーン・バリーは早《はや》い時間《じかん》の朝食《ちょうしょく》の席《せき》に姿《すがた》を見《み》せなかった。ミセス・バリーはアンとダイアナにやさしく笑《わら》いかけた。

「ゆうべは楽《たの》しかった？　本当《ほんとう》はあなたたちが戻《もど》るまで起《お》きていて、ジョゼフィーンおばさまがみえたから、やっぱり二階《にかい》で寝《ね》てもらうしかないって知《し》らせるつもりだったんだけど、すごくくたびれて、寝《ね》てしまったの。まさか、おばさまのじゃまはしなかったでしょうね、ダイアナ」

ダイアナは思慮深《しりょぶか》くだまっていたが、テーブル越《ご》しにアンと罪深《つみぶか》い笑《え》みをかわした。朝《ちょう》食《しょく》のあと、アンは急《いそ》いで家《いえ》に帰《かえ》ったので、ほどなくしてバリー家《け》で起《お》きた騒動《そうどう》については、その日《ひ》の午後《ごご》も遅《おそ》くなって、マリラの使《つか》いでミセス・リンドに会《あ》いにいくまで、のんきにも、知《し》らないままとなった。

「ゆうべはあなたとダイアナで気《き》の毒《どく》なジョゼフィーンを死《し》ぬほどこわがらせたんですって？」

ミセス・リンドは深刻《しんこく》そうな口《くち》ぶりで言《い》ったが、目《め》が笑《わら》っていた。

「ダイアナのお母《かあ》さんが、ついさっき、カーモディに行《い》くついでにうちに寄《よ》っていったんだけど、本当《ほんとう》に困《こま》っていたわよ。ジョゼフィーン・バリーは、けさ、ご立腹《りっぷく》で起《お》きてきて、ダイアナとはひとことも口《くち》をきいていないんですって。彼女《かのじょ》を怒《おこ》らせると、笑《わら》いごとじゃすまされませんからねえ」

「あれはダイアナのせいじゃないのに」アンはすまなそうに言《い》った。

「そう、あれはわたしのせい。どっちが先《さき》にベッドにたどりつけるか競争《きょうそう》しようって言《い》ったのは、わたしなんだから」

「やっぱり！」

読《よ》みがあたったミセス・リンドはうれしそうに言《い》った。

「あなたが思《おも》いつきそうなことだと思《おも》いましたよ。いやはや、たいへんなことをやらかしたわねえ。ジョゼフィーンは一《いっ》か月滞在《げつたいざい》するつもりだったけど、もう一日《いちにち》だっていたくないから、あすにはシャーロットタウンへ帰《かえ》るとごねだしたようですよ。日曜《にちよう》だっていうのに。もし送《おく》ってもらえるならきょうにも出発《しゅっぱつ》していたし、ダイアナの音楽《おんがく》のレッスン代《だい》を一学期《いちがっき》ぶんはらう約束《やくそく》だったけど、そんなおてんば娘《むすめ》にお金《かね》は出《だ》せないって言《い》われてしまったみたい。ああ、けさのバリー家《け》はさぞかしにぎやかだったでしょうね。バリーさんも、きっと大弱《おおよわ》りだわ。ジョゼフィーンはお金持《かねも》ちだから、味方《みかた》につけておきたいのに。いえ、もちろん、ダイアナのお母《かあ》さんがそう言《い》ったわけじゃありませんよ。でも、わたしは人《ひと》の気持《きも》ちがよくわかるほうですからね」

「わたしって、どうしてこう運《うん》が悪《わる》いのかしら」とアンは嘆《なげ》いた。

「ばかなことをして、大切《たいせつ》な友《とも》だち──命《いのち》をささげてもいいと思《おも》っている大切《たいせつ》な友《とも》だちを巻《ま》きこんでばかり。どうしてなのかしら、リンドさん？」

「それはあなたが考《かん》えなしに行動《こうどう》する不注意《ふちゅうい》な人間《にんげん》だからですよ。あなたはたちどまって考《かんが》えるってことをしない──何《なに》か思《おも》いつくと、後先考《あとさきかんが》えず、すぐ口《くち》に出《だ》したり、動《うご》いたりするんですから」

「あら、でも、それが一番《いちばん》よ」とアンは言《い》い返《かえ》した。

「何《なに》かひらめいて、すごくわくわくしたら、すぐにやらなくちゃ。たちどまって考《かんが》えていたら、だいなしよ。そう思《おも》ったことはないの、リンドさん？」

たちどまって考《かんが》えたことしかないミセス・リンドは、わけ知《し》り顔《がお》で首《くび》を横《よこ》にふった。

「すこしは考《かんが》えることを学《まな》びなさい、アン。あなたがしたがうべきことわざは、『飛《と》ぶまえに確《たし》かめよ』です――お客《きゃく》さま用《よう》のベッドに飛《と》ぶまえには、とくにね」

ミセス・リンドは自分《じぶん》の冗談《じょうだん》をおもしろそうに笑《わら》ったが、アンは物思《ものおも》いにふけったままだった。アンにとって、これは笑《わら》いごとではなかった。きわめてゆゆしい事態《じたい》だった。そこでミセス・リンドの家《いえ》を出《で》ると、凍《こお》った草原《そうげん》をつっきってオーチャード・スロープへ向《む》かった。ダイアナが台所《だいどころ》のドアを開《あ》けた。

「ジョゼフィーンおばさまがすごく怒《おこ》ってるんですって？」

アンは声《こえ》をひそめてたずねた。

「そうなの」

ダイアナはくすくす笑《わら》いをこらえながらも、不安《ふあん》げにふりかえって閉《と》ざされた居間《いま》のドアを見《み》た。

「怒《おこ》って地団駄《じだんだ》をふんでいたわ。それはもう、たいへんな怒《おこ》りようなの。わたしみたいに行儀《ぎょうぎ》の悪《わる》い女《おんな》の子《こ》ははじめて見《み》たとか、こんな子《こ》に育《そだ》てた親《おや》の顔《かお》が見《み》たいとか言《い》って。こんなところにはいられないってさわいでるわ。わたしはべつにかまわないけど、父《とう》さんと母《かあ》さんは、そうも言《い》っていられないわよね」

「どうしてわたしのせいだって言《い》わなかったの？」

「わたしがそんなことをすると思《おも》う？」ダイアナは傷《きず》ついたように言《い》った。

「わたしは告《つ》げ口《ぐち》なんかしないわ、アン・シャーリー。それに、責任《せきにん》はわたしも同《おな》じよ」

「じゃあ、わたしが自分《じぶん》でおばさまに話《はな》すわ」

アンが意《い》を決《けっ》してそう言《い》うと、ダイアナは目《め》を見開《みひら》いた。

「アン・シャーリー、それはぜったいにだめ！　だって……だって……生《い》きたまま食《た》べられちゃうわ！」

「これ以上《いじょう》こわがらせないでよ。大砲《たいほう》の口《くち》にはいっていくほうがまだましに思《おも》えるくらい、おびえてるんだから。でも、やらなくちゃ、ダイアナ。あれはわたしのせいで、ちゃんと告白《こくはく》しなくちゃいけないことなんだから。さいわい、告白《こくはく》にかけては、ちょっとばかり自《じ》信《しん》があるの」

「おばさまは居間《いま》にいるわ」とダイアナが言《い》った。

「どうしてもと言《い》うなら行《い》ってみて。でも、わたしがあなたなら、そんなことはしない。それに、たぶんあなたが話《はな》しても、うまくいかないと思《おも》うわ」

こんなはげましの言葉《ことば》に送《おく》られて、アンは居間《いま》のドアに近《ちか》づき、ほら穴《あな》のライオンと対《たい》決《けっ》する覚悟《かくご》でそっとノックをした。

「どうぞ」

とげのある声《こえ》が返《かえ》ってきた。

ミス・ジョゼフィーン・バリーは、やせぎすでかたくるしく頑固《がんこ》そうな女性《じょせい》だった。怒《いか》りはまったくおさまっておらず、金《きん》ぶちの眼鏡《めがね》の奥《おく》の目《め》をぎらぎらさせながら、火《ひ》のそばで、むきになって編《あ》み物《もの》をしていた。ダイアナが来《き》たと思《おも》ったのか、いすに座《すわ》ったままふりかえって、青《あお》い顔《かお》をして立《た》っている少女《しょうじょ》をじっと見《み》た。少女《しょうじょ》の大《おお》きな目《め》には、必死《ひっし》で奮《ふる》い起《お》こした勇気《ゆうき》と身《み》がすくむほどの恐怖《きょうふ》が、同時《どうじ》に浮《う》かんでいた。

「だれなの？」ミス・ジョゼフィーン・バリーはぶしつけにたずねた。

「グリーン・ゲイブルズのアンです」

アンはいかにも彼女《かのじょ》らしく両手《りょうて》をぎゅっとにぎりしめ、声《こえ》をふるわせながら答《こた》えた。

「告白《こくはく》することがあって来《き》ました。聞《き》いていただけますか？」

「告白《こくはく》すること？」

「ゆうべベッドに飛《と》び乗《の》ったのは、ぜんぶわたしのせいなんです。わたしがそうしようと言《い》ったんです。ダイアナはそんなことを思《おも》いつく子《こ》じゃありません。ダイアナはレディみたいにとてもおしとやかな女《おんな》の子《こ》です、ミス・バリー。ダイアナを責《せ》めるのはおかどちがいというものです」

「おかどちがい？　結局《けっきょく》はダイアナも一緒《いっしょ》に飛《と》び乗《の》ったってことにしかならないでしょう。まったく、良家《りょうけ》の娘《むすめ》がそんなはしたないことをするなんて！」

「でも、ふざけていただけなんです」

アンはひきさがらなかった。

「許《ゆる》してください、ミス・バリー、こうしてあやまってるんですから。とにかく、ダイアナのことは許《ゆる》して、音楽《おんがく》のレッスンを受《う》けさせてあげてください。ダイアナは音楽《おんがく》を習《なら》いたがっているんです、ミス・バリー。やりたかったことがだめになったときの気持ち、わたしにはわかりすぎるぐらいわかります。どうしてもだれかに腹《はら》を立てずにはいられないなら、わたしに腹《はら》を立ててください。小《ちい》さいときから怒《おこ》られてばかりで、ダイアナよりずっと打《う》たれ強《づよ》いはずですから」

先《さき》ほどまで怒《いか》りに燃《も》えていた老婦人《ろうふじん》の目《め》は、すでに楽《たの》しげな知《し》りたがりの目《め》に変《か》わっていたが、それでも、口調《くちょう》にはまだとげが残《のこ》っていた。

「ふざけていただけというのは言《い》い訳《わけ》になりません。わたしが若《わか》いころは、そんなおふざけに夢中《むちゅう》になる女《おんな》の子《こ》はいませんでした。長旅《ながたび》で疲《つか》れて、ぐっすり眠《ねむ》っているときに、大《おお》きな女《おんな》の子《こ》ふたりに飛《と》び乗《の》られて起《お》こされるのがどんなものか、あなたはまるでわかっていないようですね」

「わからないけれど、想像《そうぞう》はできます」アンは真剣《しんけん》に言《い》った。「ものすごくわずらわしいにちがいないと思《おも》います。でも、わたしたちにも言《い》い分《ぶん》はあるんです。想像力《そうぞうりょく》はあるでしょ、ミス・バリー？　もしあるなら、わたしたちの身《み》になってみてください。ベッドにだれかが寝《ね》ているなんてぜんぜん知《し》らなかったから、死《し》ぬほどどぎよっとしたんですよ。本当《ほんとう》にこわい思《おも》いをしたんですよ。それに、約束《やくそく》してもらっていたのに、お客《きゃく》さま用《よう》の部屋《へや》で寝《ね》られなくなってしまいました。あなたはお客《きゃく》さま用《よう》の部屋《へや》で寝《ね》るのに慣《な》れているかもしれません。でも、そんな栄誉《えいよ》を一度《いちど》も味《あじ》わったことのないみなしごにとってそれがどんなことか、ちょっとだけ想像《そうぞう》してみてください」

このとき、ミス・バリーの怒《いか》りは、すでに消《き》えてなくなっていた。じっさい、ミス・バリーは笑《わら》いだした。ことばにつくせぬほど大《おお》きな不安《ふあん》を胸《むね》に台所《だいどころ》で待《ま》っていたダイアナは、それを聞《き》いて、ほっと大《おお》きなため息《いき》をついた。

「残念《ざんねん》ながらわたしの想像力《そうぞうりょく》はいささか錆《さ》びついていたようです——ずいぶん使《つか》っていなかったものでね」とミス・バリーは言《い》った。

「あなたたちに同情《どうじょう》すべきところがあったことは、認《みと》めざるを得《え》ませんね。物事《ものごと》はみな、どちらの側《がわ》から見《み》るかによって変《か》わってくるものです。ここに座《すわ》って、あなたのことを話《はな》してごらんなさい」

「残念《ざんねん》ですが、それはできません」アンはきっぱりと言《い》った。

「そうしたい気持《きも》ちはやまやまなんです。あなたはおもしろそうな方《かた》ですし、もしかすると〈同《おな》じたましいの持《も》ち主《ぬし》〉かもしれません――とてもそうは見《み》えないけど。でも、ミス・カスバートが待《ま》つ家《いえ》に帰《かえ》らなければならないんです。マリラはわたしを引《ひ》き取《と》って、きちんとしつけてくださっている、とてもやさしい方《かた》です。最善《さいぜん》をつくしてくださっていますが、どう考《かんが》えても、うんざりするような大仕事《おおしごと》なんです。ですから、わたしがベッドに飛《と》び乗《の》ったことを、マリラのせいにしないでください。でも、帰《かえ》るまえに、ダイアナを許《ゆる》すことと、予定《よてい》どおりアヴォンリーに滞在《たいざい》することを、約束《やくそく》していただけませんか」

「もし、あなたがときどきおしゃべりにきてくれるなら、そうしてあげてもいいわ」ミス・バリーは言《い》った。

その夜《よる》、ミス・バリーはダイアナに銀《ぎん》のブレスレットを贈《おく》り、バリー夫妻《ふさい》にスーツケースから荷物《にもつ》を出《だ》したことを話《はな》した。

「ここに残《のこ》ることにしたのは、あのアン嬢《じょう》ちゃんのことを、もっとよく知《し》りたくなったからです」ミス・バリーは率直《そっちょく》に言《い》った。

「あの子《こ》は実《じつ》におもしろい。この年《とし》になると、ああいうおもしろい人間《にんげん》にはなかなかめぐりあえませんからね」

事《こと》のしだいを聞《き》いたマリラは、「言《い》ったとおりじゃないの」としか言《い》わなかった。これはマシューへのあてこすりだった。

ミス・バリーは一《いっ》か月《げつ》の滞在予定《たいざいよてい》をさらにのばした。いつもよりきげんがよかったのは、アンのおかげで、ふたりはすっかり心《こころ》を通《かよ》わせるようになった。

出発《しゅっぱつ》にあたってミス・バリーは言《い》った。

「いいかい、アン嬢《じょう》ちゃん、シャーロットタウンのわたしの家《いえ》に来《き》てくれたら、とっておきの部屋《へや》に泊《と》めてあげますからね」

「ミス・バリーはやっぱり〈同《おな》じたましいの持《も》ち主《ぬし》〉だったわ」

アンはマリラに打《う》ち明《あ》けた。

「そうは見《み》えないけど、そうだった。マシューのときみたいに最初《さいしょ》からピンときたわけじゃないけど、しばらくしてわかったの。〈同《おな》じたましいの持《も》ち主《ぬし》〉は思《おも》いのほかたくさんいるわ。この世《よ》に〈同《おな》じたましいの持《も》ち主《ぬし》〉がたくさんいるって、すてきなことね」

〈下巻《げかん》につづく〉

Shogakukan Junior Bunko

★小学館ジュニア文庫★
赤毛のアン（上）

2017年10月２日　初版第１刷発行

作／L.M.モンゴメリ
訳／対馬 妙
絵／日本アニメーション

発行人／立川義剛
編集人／吉田憲生
編集／杉浦宏依

発行所／株式会社　小学館
〒101-8001　東京都千代田区一ツ橋２－３－１
電話　編集　03-3230-5105
販売　03-5281-3555

印刷・製本／大日本印刷株式会社

デザイン／クマガイグラフィックス

編集協力／辻本幸路

Printed in Japan　　ISBN 978-4-09-231189-3